흑마법 기업 합동
대운동회, 개막!!

케르케
"이 블루머라는 듯
어쩐지 배덕의 향기

메어리
"어쩐지, 소녀,
부끄럽구나……."

프란츠
"스포츠 요소가 없는 게 너무 많아!"

파피스타냐
"빈틈 발견. 지금이 찬스."

세룰리아
"주인님, 열심히 운동회에서
싸우자고요!"

묘지에서 밤마다 치러지는
배덕한 경기란……?!

안아 일으켜 보니 그 이마에 부적 같은 것이 척 붙어있는
것이다. 세로로 가늘고 긴 종이에 주문 같은 것이 적혀 있다.

"뭐야, 이거?
마법 아이템인가?"

구해준 소녀의 정체는
언데드……?!

거베라

한색 계열 머리카락을 한 젊은 여자다. 머리카락은
공 같은 것을 이루며 좌우 두 개로 나뉘어 묶어져 있다.

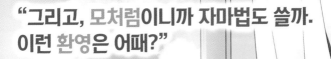

"그리고, 모처럼이니까 자마법도 쓸까.
이런 환영은 어때?"

어째선지 주위의 풍경이 학교 교실 같은 장소로 바뀐다.
심지어 나와 바니타자르도 교복 같은 것을 입고 있다.

"시추에이션은 방과 후 학교야.
　　　누가 교실에 올지도 모른다는
　　　　　두근대는 기분을 맛볼 수 있겠지."

Contents

젊은이들의 흑마법 기피가 심각합니다만, 취직해보니 대우도 좋고 사장도 사역마도 귀여워서 최고입니다!

3

모리타 키세츠 지음 | **47AgDragon** 일러스트 | **팀에스비** 옮김

제 1 화

아리에노르의 미니 유학

본가에서의 여름휴가도 끝나고, 우리는 무사히 본가에서 왕도 교외에 있는 사원 기숙사로 돌아왔다.

"아~, 왠지 집에 돌아온 기분이 들어요."

세룰리아의 말에 나도 수긍이 가는 듯하다.

살아온 시기는 압도적으로 본가 쪽이 긴데 묘한 이야기다.

"소녀도 그래. 흐아~암. 마차로 이동하느라 지쳤으니까 잠깐 낮잠 자고 올게."

메어리는 하품을 하고는 침실 쪽으로 사라져 버렸다. 어째서 〈형언할 수 없는 악몽의 창시자〉가 여행 좀 한 것 가지고 지치는 건지 수수께끼지만, 체력이 있고 없고는 또 별개인가.

"나도 조금 피곤하네. 세룰리아, 잠깐 눈 좀 붙일 테니까 30분 정도 지나면 깨워줄래?"

"알겠어요. 그럼, 주인님이 일어나실 때까지 다른 방 청소도 해둘게요."

"세룰리아도 편하게 쉬어. 식사도 오늘부터 만들어 먹는 건 힘들 테니까, 오늘은 왕도 가게에서 사 먹지 않을래?"

세룰리아는 너무 바지런해서 가끔은 일을 쉽게 만들어 주지 않으면 과로가 될지도 모른다.

"으~음. 마음은 감사하지만, 이런 날일수록 제가 손수 요리한 음식을 대접하고 싶어요."

두 손을 겹치며 세룰리아가 말한다. 소소한 몸짓들이 역시 귀엽다.

"윽…… 그야, 나도 세룰리아가 손수 만든 요리를 먹고 싶지만…… 그렇게 일방적으로 받기만 하는 관계는 좋지 않다고 할까……."

"하지만, 저는 주인님의 사역마니까 그렇게 이상하지는 않답니다."

안 되겠다. 손쉽게 논파 당할 것 같다.

하지만 여기선 마음을 모질게 먹고 세룰리아가 편히 쉬게 해야 하는 게 아닐까. 마음을 모질게 먹고 편히 쉬게 만든다는 것도 이상한 말이군…….

그런 상태로 내가 갈등하고 있을 때——

"우와!! 뭐야, 이거!!!!!"

라는 메어리의 목소리가 울렸다.

위대한 마족이 소리를 질렀으니 틀림없이 보통 엄청난 일이 있는 게 아닐 것이다.

나도 세룰리아도 곧바로 메어리 방으로 이동했다.

참고로 나와 세룰리아의 방과 메어리의 방은 따로 마련돼 있다. 프라이버시 문제도 있지만, 침대를 한 방에 여러 개 넣으면 좁아진다는 이유도 있다.

"의외로 바퀴벌레가 나왔다든가 그런 일일지도 몰라요."

"그러고 보니 메어리 녀석, 갯강구를 봤을 때 갯강구와 바퀴벌레만은 안 된다고 했었지."

그렇다고는 해도 바퀴벌레가 나오는 것도 충격적인 일이니 다른 이유였으면 좋겠지만.

내가 메어리 방의 문을 열자, **방 안에 있는 문이 보였다.**

이상하다. 메어리의 방에서 더 안으로 들어가는 방 같은 건 없었을 테다.

"어라? 어떻게 된 거야? 환각 계열 자마법이라도 걸렸나……?"

"그런 낌새는 없고, 실체도 존재하는 모양이야. 즉, 마법이 아니야. 실제로 문이 만들어졌다는 거야."

메어리는 놀라움과 노여움이 반씩 섞인 표정을 짓고 있었다.

"소녀가 없는 새에 대체 누가 이런 무허가 공사를 한 거야……? 구직하면서 압박 면접 당하는 악몽을 한 달 내내 꾸게 할 테다!"

잔잔하게 정신을 갉아먹는 악몽이군…….

나도 압박 면접을 받아본 적이 몇 번인가 있다. '자네, 체력이 약해 보이는데, 해나갈 자신은 있는가?'같은 질문을 받았었다. 내 알 바냐. 오히려 체력이 그렇게 강하지 않아도 해나갈 수 있는 노동 환경을 기업 측이 만들라고……. 육체노동이 아니라 마법 업계니까!

압박 면접 이야기에 옆길로 샜으니, 다시 돌아가서.

"메어리 씨, 참고로 문은 열어보셨나요?"

세룰리아는 이 가운데서 아마 가장 냉정하다.

메어리는 좌우로 고개를 저었다.

"으으응. 아직. 만약 이세계 같은 데로 이어진 거면 곤란하잖아?"

바보 같은 이야기처럼 들릴지도 모르겠지만, 또 그렇다고 단언할 수도 없다.

"여기 사는 이가 소녀라는 걸 알고서 싸움을 걸어오는 거라면, 저쪽도 어느 정도 하는 상대일지도 모르니까."

그래, 단순한 일반인의 방에 이상이 생긴 것이 아니라 〈형언할 수 없는 악몽의 창시자〉의 방이 이상해진 것이다.

"메어리 말이 맞아……. 여기선 신중하게 조사해 보자……."

"하지만, 신중하게 조사하는 건 역시 귀찮으니까 열어버릴 거지만."

찰칵.

"결국 여는 거냐!"

리스크를 알면서도 그대로 용인하는 거냐!

메어리이기 때문에 가능한 스트롱 스타일! 하지만 나랑 세룰리아도 있으니까, 너무 그러진 말았으면 좋겠다!

──그러나.

딱히 아무 문제도 일어나지 않았다.

문 바깥쪽으로는 지극히 평범한, 메어리의 방과 거의 똑같은 양식의 방이 펼쳐져 있다.

다만 살풍경하달까, 생활감이 없다.

침대와 책상, 간단한 마법으로 켜지는 라이트가 있을 뿐. 여관의 한 방 같은 인상이다.

"평범한 방이네."

"응, 나도 평범한 방이라고 생각해."

세룰리아가 "바깥에서 확인해보지 않으실래요?"라고 하기에 밖으로 나가 보니, 순수하게 방 하나만큼이 증축되어 있었다.

그렇다 쳐도 어째서 방이 늘어난 거지……? 아무리 그래도 방 하나가 늘었으니 럭키라고 생각할 만큼 생각 없진 않다.

"오늘 사장님은 출근했을 테니까 여쭤러 가보자."

그게 제일 빠르다.

참고로 세룰리아와 메어리도 한가했기에 따라왔습니다.

◇

"아~. 그랬죠, 그랬죠! 말씀드리는 걸 잊고 있었어요. 죄송해요."

케르케르 사장에게 죄송하다는 말을 들으면 난 용서해드릴 수밖에 없다. 문제는 이유다.

"어째서 방이 늘어 있는 건가요? 서비스라면 그건 그거대로 기쁘겠지만."

"왜, 미니 유학 제도로 9월부터 아리에노르라는 분이 오신다는 이야기를 했었잖아요."

"아아, 네네. 이 회사에서 잠시 일을 배우게 되는 거였죠."

아리에노르는 모르코 숲이라는 곳에서 대대로 흑마법사

로 일하며 먹고살아 온, 이른바 자영업계 흑마법사다.

허당기가 절묘하지만, 미워할 수 없는 데가 있다.

그리고, 함께 사바트도 행해버렸고……

"그 아리에노르 씨가 묵을 곳을 어디로 해야 하나 생각했는데, 사원 기숙사를 증축해서 거기서 지내시도록 하는 게 좋지 않을까~ 하고. 그래서 그런 형태로 만들었습니다."

""에에에에엑!"" "어머나."

나와 메어리가 경악해 소리를 질렀고, 세룰리아는 살짝 재미있어 하는 기색이었다.

"처음엔 이곳 본사 지하에 있는 빈방이라도 내드릴까 생각했거든요. 제가 사는 곳이죠~. 아니면 여기서 기거하면서 일하는 크루냐 씨의 옆방이라든가. 하여간 방은 몇 개쯤 있으니까."

본사는 원래 성채였으니까. 지하실도 포함해서 방 개수는 풍부하다.

"하지만, 같은 건물이라면 하루 종일 한 걸음도 밖으로 나가지 않는 일이 빈번하게 발생해버리거든요. 건강에도 좋지 않을 테고, 무엇보다 모처럼 미니 유학을 오신 거니까 평소랑은 다른 거리의 공기를 마시며 견문을 넓히셨으면 해요."

"일리 있네요……."

직장과 집이 같은 곳이라면 편하게 쉴 수가 없어서 마음이 병들기 쉽다는 이야기도 들어본 적이 있다. 일과 사생활을 나누는 게 힘들겠지.

　"게다가 이왕이면 근무 시간 외의 시간도 연수에서 동기였던 동료와 접촉하며 지내는 편이 좋은 경험이 되지 않을까 싶어서요. 그런 고로 함께 지내게 되셨습니다!"

　접촉한다는 표현 때문에 또 쓸데없는 걸 떠올리고 말았다. 아리에노르와는 실컷 물리적으로 접촉했으니까……. 다시 얼굴을 마주하는 건, 부끄럽기도 하다.

　"알겠습니다……. 불안하지 않은 건 아니지만, 잠깐이니까 그런 점은 참고 견디겠습니다……."

　방도 완전한 개인실이 주어졌으니, 아리에노르의 성격상 전혀 밖으로 나오지 않을 가능성도 있지만.

　"우후후후. 다 함께 재밌게 지내자고요~."

　"하아……. 어딘지 이상한 게 오겠네……."

　세룰리아와 메어리의 반응은 대조적이었지만, 아무튼 아리에노르가 오는 걸로 결정됐다.

◇

　그리고, 9월.

　아리에노르가 사역마인 까마귀 〈청아 리머릭〉과 함께 회사에 등장했다.

　저 녀석, 또 선배들한테도 흰소리를 쳐서 분위기를 안 좋게 만드는 건 아닐까 벌벌 떨었지만, 기우였다.

"시즈오그군 칼라일 흑마법 상점에서 왔습니다, 아리에노르 칼라일입니다……. 부족한 점이 많지만 앞으로 잘 부탁드리겠습니다……."

사장님과 파피스타냐 선배 앞에서 무지막지하게 긴장했어! 완전히 주눅 든 상태!

그런가, 아리에노르는 손윗사람임을 분명하게 알 수 있는 상대 앞에서는 철저하게 저자세로 나오는 타입이구나……. 체육계 환경엔 이런 녀석 생각보다 많지…….

까마귀 리머릭이 "아리에노르, 바보, 하지만, 좋은 녀석, 봐줘"라고 실드를 치는 건지 아닌지 잘 모를 소리를 하고 있었다.

"너는 쓸데없는 소리 하는 거 아니야!"

아리에노르가 꽁 하고 리머릭을 때렸다. 이러니저러니 해도 좋은 콤비처럼 보인다.

"나는 파피스타냐. 잘 부탁해."

"사장인 케르베로스, 케르케르입니다. 짧은 기간이지만 잘 부탁드려요."

회사 측 멤버는 이런 상황엔 익숙한지, 여유가 있네.

"네, 네……. 분골쇄신 멸사봉공의 정신으로 열심히 노력하겠습니다……."

이 녀석, 나랑 만났을 때랑 캐릭터가 너무 다르다고…….

"그렇게 자신을 몰아붙이면 사흘 만에 지쳐버려요. 호흡은 길게 가져가죠. 그런데, 아리에노르 씨는 프란츠 씨랑 연수에서 함께였었죠?"

아리에노르가 슬쩍 이쪽을 보고는 얼굴을 붉혔다.

틀림없이 지금, 이것저것 떠올렸지. 나도 그러니까 알 수 있다.

"네. 시, 신세를 졌습니다……."

"잠시 동안 아리에노르 씨는 프란츠 씨랑 같이 지내면서 이 회사의 업무를 배우세요."

케르케르 사장의 미소에 아리에노르는 "네, 네엡!" 하고 약간 버벅거리면서 대답했다.

그렇게 해서 아리에노르는 내 곁에 붙어 다니게 되었다.

괜찮을지 걱정도 되지만, 어디까지나 공적인 상황이니까 이 녀석도 성실하게 임하겠지.

◇

나와 세룰리아가 일 때문에 숲으로 나가자, 아리에노르도 따라왔다.

"흐하하핫! 설마 네놈과 또 만나게 될 줄이야! 이번에야말로 네놈이 찍소리도 못하게 만들어 주지."

괜찮으려나……. 그리고, 요즘 시대에 찍찍 소리를 내는 녀석은 없다.

"이 미니 유학에서 네놈이 강해진 이유를 철저히 파헤쳐서 네놈에게 지지 않는 흑마법사가 되어주지!"

오옷, 의욕이 있는 건 사실인 모양이다.

내가 흑마법사로서 잘 나가고 있는 이유엔 유능한 (시스터 콤플렉스가 있는) 흑마법사의 자손이라는 사실도 관련이 있지만, 말하지 않는 편이 좋으려나……. 적어도 시스터 콤플렉스가 있었다는 건 말하고 싶지 않다.

"알겠어. 그럼, 날 똑똑히 잘 보고 배워……."

"그렇게 말하지 않아도 그래주마! 자, 처음엔 어떤 께름칙하고 무시무시한 내용이지? 그것과 맞바꾸어서 네가 힘을 손에 넣어 온 게 분명해!"

숲 너머 밭에 도착했다.

"임프를 불러내서 이 밭을 갈 거야."

잠시 아리에노르는 멍하니 있었다.

"밭을?"

"갈 거야. 열심히 갈 거야."

다시 아리에노르는 멍하니 있다가, 이윽고 콩콩 나를 때리고 들었다.

"너, 장난치는 거지! 아리에노르 님께 강해지는 비결을 가르쳐주지 않을 생각이지! 치사하다!"

"아니 아니 아니! 진짜로 이런 일을 하는 거라고! 애초에 매일 사신(邪神)과 어떤 계약을 맺는 일만 하다간 몸이 남아나지 않잖아!"

세룰리아는 한 발짝 물러나서, '훈훈하네요~'라며 줄곧 즐거워하고 있다.

일단은 주인이 얻어맞고 있으니 말려줬으면 좋겠다. 아프진 않지만.

"그건 그렇지만…… 왕도의 흑마법사는 좀 더 화려한 거 아닌가……? 최신 유행 로브를 빼입고 업계 용어를 마구 쏟아내는 모습을 상상했어……."

이 녀석, 왕도에 이상한 동경심을 품고 상경했구나.

리머릭이 '촌뜨기, 촌뜨기'라며 화를 부추긴다.

이 까마귀, 주인보다 똑똑할 가능성이 있어.

"자, 임프 소환해서 일하자."

먼저 내가 임프를 불러낸다.

"그럼, 늘 하던 밭일을 부탁해."

"네!" "알겠사옵니다!"라고 임프들이 활기차게 인사를 하고 흩어진다.

상호 간에 이런 부분엔 익숙하니까 곧바로 진행한다.

"흠, 임프 정도야 이 아리에노르 또한 아무 문제 없이 소환할 수 있다고!"

아리에노르가 으스댔지만, 임프 소환은 기초 중의 기초니까 실제로도 가능하겠지.

그러나——

아리에노르가 불러낸 임프는 눈매가 사납고 아무리 봐도 의욕이 없어 보였다.

"자, 애들아, 밭을 갈아라!"

"그렇게 크게 소리 안 쳐도 다 들린다고." "하면 되잖아,

하면."

뭔가 질 나쁜 임프들이네…….

그리고, 일하는 것도 엉성했다.

흙을 갈아엎는 깊이가 너무 얕아……. 잡초도 하나도 안
뽑아…….

저래서는 나중에 고객들이 회사에 불만을 표시하거나,
아무 말도 없긴 하지만 다음부턴 두 번 다시 의뢰하지 않
거나 둘 중 하나다…….

"주인님, 저건 똑같은 〈임프 소환〉이 아니라, 다른 마법
인 〈글러 먹은 임프 소환〉이에요. 소환 시의 마력도 적지
만, 임프도 제대로 마력을 받지 못하기 때문에 의욕이 있
는 임프는 전혀 오질 않는답니다."

"〈임프 소환〉에서조차 도움이 안 되는 녀석은 도움이 안
되네……."

나는 타고나기를 잘 타고났었던 모양이다. 그런 부분은 처
음부터 클리어했었기 때문에 거기서 벽을 느끼진 못했다.

"자, 프란츠의 임프들처럼 성실하게 일하는 거야! 소환
한 내가 부끄러워지지 않느냐!"

어떻게든 아리에노르가 일을 시키려 했지만, 임프들은
콧방귀를 뀌었다.

"받은 마력이 다르잖아." "일 잘하는 임프를 부르고 싶으
면 좋은 마법을 쓰라고."

막말을 막 하네…….

"젠장……. 정식 〈임프 소환〉은 아직 쓸 수 없단 말이다……."

이거, 생각보다 큰일일지도 모르겠네.

일 자체는 내가 소환한 임프로 문제없이 진행할 수 있을 것 같으니까, 조금 아리에노르를 살짝 돌봐줄까.

"있지, 제대로 된 〈임프 소환〉 연습할래?"

"여, 연습이라고……? 부, 부끄러운 꼴을 이렇게 드러냈 는데, 더 부끄러운 꼴을 보여주는 건가……."

모르긴 몰라도 흑마법사가 주위에 없는 환경이었다면 지금 한 마법으로도 얼버무릴 수 있었겠지.

어렸을 때 익힌 간단한 타입의 마법들을 계속 사용해왔 을지도 모른다.

그런 부분이 없지는 않다. 어렸을 때 자기 스타일로 포 크랑 나이프를 쓰는 법을 익혀버리면, 어른이 되어서도 교 정하기가 어렵다. 적어도 무의식적으로는 무리다.

아리에노르가 자신의 프라이드와 싸우고 있는 건 홍조 를 띤 얼굴을 보면 알 수 있다.

하지만, 여기서 프라이드 앞에 패배해 도망친다면 성장 은 없다.

프라이드가 없는 인간은 거의 없다. 그야 자신감은 있는 것이 당연하다.

하지만 자신의 발전을 방해하는 방향으로 프라이드가 기능한다면, 그것은 자기 자신을 죽이는 프라이드다. 그런 프라이드는 깨버리는 편이 좋다.

"네 마음은 이해해. 하지만, 언젠가는 공부를 해놓지 않으면 평생 쓰지 못하는 채라고."

"…………알겠다. 가르쳐줘……."

나는 영창 발음 방법이며 마법진 그리는 방법 등을 가능한 한 정성껏 가르쳐주었다.

나도 가르치는 데에 익숙한 건 아니니까 어설픈 부분도 있다.

"이, 이렇게……?"

"그거, 원이 너무 각졌어. 좀 더 부드럽게 커브를 그리듯이 해."

"응. 다음에야말로 성공해 보이겠어!"

아리에노르는 기억력이 좋은 편은 아니었지만 성실했다.

몇 번이고 열중해서 지팡이를 움직이느라 땀을 흘릴 정도였다. 아직 9월은 덥다.

뭐랄까, 가끔은 가르치는 것도 나쁘지 않네.

나는 유일한 신입 사원이었던 탓도 있어서 마법을 가르쳐본 경험도 없었다.

하지만 막상 가르치는 입장이 되어보니 그제야 처음으로 깨닫는 것들도 많다.

마법 영창 하나만 보더라도, 평소엔 의미를 그다지 의식하지 않고 발음하지만 자세히 보면 선조들이 효율을 중시하여 개량해온 흔적을 알 수 있다.

이거, 케르케르 사장님은 나의 성장까지 내다보고서 아

리에노르를 내게 붙여줬을 가능성이 있겠는데.

사장님이라면 그 정도는 고려했을 것 같다.

두 시간 이상이 지나자 아리에노르의 〈임프 소환〉도 거의 성공에 가까워졌다.

적어도 〈글러 먹은 임프 소환〉과는 다른 마법이 되어 있다.

제대로 잘 소환한 임프가 아리에노르에게 인사를 했다.

"옷, 이거 해낸 거 아니야?! 해냈어, 해냈다!"

"잘했어, 아리에노르. 이걸로 성공이야."

"응, 고마워!"

활짝, 기뻐하며 아리에노르가 미소를 지어 보였다.

솔직히, 약간 어린 티가 남아 있어서…… 무지하게 귀여웠다.

만약 마법 학교에서 이런 식으로 하급생이 날 보며 웃어줬다면, 고백까지 생각했겠지…….

"어, 응……. 천만에……."

아리에노르도 내 얼굴을 보고 자기가 조금 지나쳤다는 걸 깨달았는지, 고개를 숙이고 말았다.

"아뿔싸, 네놈에게 솔직하게 감사를 표하고 말았다……. 이런 건 나답지 않아……."

철저하게 나는 라이벌이라는 설정인데, 거기에 상하 관계가 씌워지는 듯한 대응을 하고 말았다고 후회하는 거겠지.

"여기선 흑마법적인 답례를 해야겠지……. 고, 고개를 들어라, 프란츠!"

시키는 대로 고개를 들었다. 거역했다간 또 불평을 늘어놓을 것 같으니까.

아리에노르는 나와 눈이 마주치기 직전에 자신의 눈동자를 감는다.

그리고, 그와 동시에 내 쪽으로 한 발짝 내디뎠다.

깨달았을 때 아리에노르의 얼굴이 지나치게 가까웠고——

나는 입술을 빼앗겼다.

그러나 그 입술은 금방 떨어졌지만.

"이, 이게 흑마법사다운 답례인 것이다……. 주고받는 게 정확하게 이뤄지지 않으면 천칭이 기울어버리니 말이지……. 흑마법사로서, 그건 좋지 않아……."

노골적으로 부끄러워하면서 아리에노르가 팔짱을 끼고는 변명 같은 말을 했다.

"아, 알겠어……."

어라, 아리에노르가 원래 이렇게 귀여웠나……?

그 이후, 휴식 시간에 세룰리아가 내게 속닥속닥 이렇게 말했다.

"주인님, 저 아리에노르라는 분, 흑마법적 유혹술만은 말도 안 되게 높은 기술이에요."

"뭐야, 그 한쪽으로 치우친 능력치는……."

"흑마법적 유혹술에서 어려운 점은, 캐릭터를 만드는 데 있어서 너무 완벽하게 전략을 짜도 완성도가 떨어지고 만다는 점이에요. 어디까지나 본인도 깨닫지 못할 정도의 무방비함으로부터 유혹을 행하는 게 최상이랍니다. 그걸 저분은, 훌륭하게 해내고 계세요."

"그건 이해가 안 되는 것도 아니네……."

저런 태도를 취하면서 말로만 의식하지 말라고 해봤자 그럴 수 없지만, 본인은 어디까지나 센 척을 하고 있고 거기엔 거짓은 없는 거겠지.

"저기, 이건, 어느 정도 진지하게 드리는 말씀인데, 아리에노르 씨랑 혼약하시는 것도 좋을지 모른다고요?"

직구로 엄청난 소릴 한다.

"그런 말을 세룰리아한테 들으니까, 복잡하네……."

나는 세룰리아를 좋아하는 마음에 한 치의 의심도 없고, 그걸 세룰리아도 알고 있을 것이다. 물론 세룰리아가 그렇게 말하는 이유도 이해한다.

"서큐버스 입장에서는 내연 관계의 애인 포지션 정도가 일한다는 느낌도 들고, 저도 오히려 불타오르는 부분도 있답니다. 그래도 주인님을 한결같이 사랑할 자신쯤은 있고요."

그렇겠지……. 어떤, 서큐버스에게 있어서 사랑의 개념이라는 건 인간의 부부에 대한 감각보다도 넓다고 할까, 관대한 것이다.

"아직 입사 1년차이기도 하고, 조금 더 자리를 잡고 나서 생각해볼까……."

아무리 그래도 너무 성급했기에, 여기서는 패스!

"네. 실은, 그렇게 말씀해주시는 주인님을 보는 것도 그거대로 무척 기뻐요."

그리고 천사의 미소를 보여주는 세룰리아. 이쪽도 이쪽대로 너무 귀엽다.

흑마법사이기도 하니, 이왕 이렇게 된 거 차라리 다섯 명쯤과 결혼할 순 없을까…….

◇

아리에노르의 미니 유학에는 한 가지 더 커다란 문제가 있었다.

당연히 아리에노르는 우리 집에 묵을 것이기 때문에…….

나와 세룰리아, 그리고 회사에서 돌아오는 길에 합류한 메어리와 함께 사원 기숙사까지 데리고 갔다.

"그럼, 넌 지비에 요리가 특기구나?"

"그렇다. 아리에노르가 살던 토지에는 수많은 사슴이 살고 있으니까!"

아리에노르와 메어리가 제법 의기투합하고 있었다. 상당히 잘된 일이다.

그런 이야기가 끊이지 않는 사이에 사원 기숙사에 돌아왔다.

"오오, 이곳인가…….."

아리에노르는 집 앞에서 가만히 바라보고 있었다.

"생각했던 것보다도 넓어 보이는군. 왕도의 흑마법사는 갑갑한 지하실에서 비인도적인 생활을 강제당한다고 들었는데."

"그건 지방 사람의 편견이잖아……."

그렇게까지 힘들게 생활하진 않는다.

"그럼, 안으로 안내하지."

우리는 메어리의 방 안쪽에 신설된 아리에노르의 방을 소개했다.

"청결감도 있고, 상당히 세련됐잖아. 아니…… 흑마법사가 청결감을 추구하면 안 되는 건가……. 하지만 빌린 방을 더럽히면 손해배상을 청구 당할지도 모르고……."

본인에겐 말하지 않았지만, 걱정의 내용이 너무 하찮다.

"메어리 방을 통해야만 들어갈 수 있어서 남자인 내가 멋대로 여는 일은 없으니까 안심하고 푹 쉬어도 돼."

"그, 그런가……. 그러나, 프란츠여, 너는 정말로 여자 둘과 함께 살고 있구나. 하나는 사역마이긴 한 모양이나……."

조금 말하기 어려운 것처럼 아리에노르가 얘기했다.

"어, 응. 메어리도 내가 소환해버렸으니까 책임을 진다는 의미에서도 이렇게 지내고 있지."

"어찌 이리 문란한 생활이란 말인가……. 시골이었으면 금세 소문이 나서 더 이상 그 지역에서 살 수 없게 될 거라고. 역시, 도시 사람들은 상호 간에 간섭하지 않고 무관심하군. 이웃이 고독사를 당해도 알아채지 못하니.”

어쩐지 도시 사회의 병리 같은 얘기를 늘어놓고 있어!

“잠깐, 매일매일 악덕의 극한을 달성하는 거라면 그건 흑마법사로서 실로 옳은 행실이 아닌가……? 그렇게 되면 프란츠 쪽이 훌륭한 건가……. 으으…… 여자를 먹잇감 삼아대는 이런 녀석이 훌륭한 건가……?”

실례되는 소리를 듣고 있는 것 같기는 하지만, 직업 특성상 그런 건지 몇 번인가 회사 사람들과 좋은 관계가 된 적이 있기 때문에 부정하기 힘들다.

“저기 말이야, 아리에노르, 소녀는 세룰리아와 프란츠가 하는 그런 걸 하면서 지내는 게 아니니까 말이지……? 그런 건, 한다고 해도…… 특별한 때에만이니까…… 그 부분은 착각하지 말아줬으면 좋겠네……. 평소엔 프란츠랑 꼭 붙어서 잠드는 정도로 참고 있고 말이지.”

메어리가 주석을 덧붙였지만, 아무리 생각해도 아리에노르는 더욱더 심하게 오해하는 듯했다.

“소환한 여자 마족에게 동침을 강요하고 있다니, 프란츠 자식, 어떻게 그렇게 상스러운 남자일 수가! 이 흑마법사의 귀감!”

“혼나고 있는 건지 칭찬받고 있는 건지 진짜로 구분을 못 하겠어!”

나도 그렇지만, 흑마법사라고 해도 가치관은 일반인이

기 때문에 이럴 땐 곤란하다.

그렇다고 할까 흑마법사의 귀감이 될 법한 짓만 하는 사람과는 그다지 친구가 되고 싶지 않다.

거기서 어째선지 세룰리아가 "주인님의 방이 어디 있는지도 가르쳐드릴까요?"라고 아리에노르에게 물었다. 그럴 필요 있나?

"아, 알겠다…… . 라이벌의 방은 알아둬야 하니까…… ." 라고 말하며, 아리에노르도 내 방 쪽으로 가버렸다.

남아 있던 메어리가 내 팔을 붙잡았다.

"프란츠, 세룰리아랑 알콩달콩하는 건 불가항력이니까 허용하겠지만, 저 애만 선택하겠다고 나오면 안 돼."

"무슨 말을 하는 건진 대충 알겠지만, 적어도 나한텐 결혼할 의지 자체가 지금은 진짜로 없으니까. 현시점에서의 나는 사회인으로서 아직 내 앞가림도 제대로 못 하고 있어. 도저히 누군가를 평생 행복하게 해주겠다는 말을 할 수 있는 상황이 아니야."

일단은 이것으로 메어리의 뜻에 대한 대답은 되었으려나.

"음, 답변으로서는 허용하지."

메어리는 그렇게 말해주었다.

하지만, 이어서 내 얼굴을 올려다보며 이렇게도 말했다.

"단, 소녀의 방을 통과해 저 애의 방에 밤에 몰래 기어들어 가는 일이 생긴다면, 소녀는 이중적인 의미로 노할 테

니까 말이야? 절대 용서하지 않을 거라고? 그것만은 기억해두라고? 진짜 진짜로!"

"응, 그런 일은 절대 없어! 절대 없어! ······그런데 이중적 의미라는 거, 두 번째 거가 뭔지 잘 모르겠는데."

메어리가 뿌우 하고 뺨을 부풀렸다. 아무래도 내가 대응을 잘못한 것 같다.

"아이참! 소녀도 여자라고! 패스는 패스대로 실례잖아!"

힘을 뺀 주먹에 콩콩 맞았다. 힘을 빼지 않았더라면 〈형언할 수 없는 악몽의 창시자〉의 공격이니 이미 죽었겠지······.

"아, 그런가······. 잘못했어, 잘못했어!"

일단은 아리에노르에게 방 설명해주기는 무사히 끝났다.

그날은 세룰리아가 아리에노르에게 대접하기 위해 여러 가지 요리를 만들어주었다.

장어가 식탁에 올라오자, 아리에노르가 특히 매우 놀랐다.

"오오! 왕도에서도 장어를 먹을 수 있다니!"

"이거 아리에노르 씨의 고향에서는 자주 드시는 음식이죠? 어제 강에서 잡아서 보관해놨어요."

대접하려고 그렇게까지 하나.

"그리고, 작은 고기 파이도 만들었어요. 이것도 아리에노르 씨의 고향에서는 자주 드시는 음식이죠?"

"어, 교자르로군. 시즈오그 군에서도 일부 지역에서만

유명한 것인데. 음, 맛은 조금 다르지만, 이것도 이것 나름대로 맛있어."

아무래도 아리에노르는 이 집에 무사히 적응할 수 있을 것 같다.

짧은 기간이겠지만, 즐겁게 지낼 수 있으면 좋겠네.

"그럼, 답례로 내일은 이 아리에노르가 맛있는 시즈오그군 요리를 만들어주지!"

다음날, 아리에노르는 다진 고기 등등을 공 모양으로 만들어 구운 요리를 만들어왔는데——

"무지무지 맛있어!"

"살짝 덜 익힌 고기를 철판에서 구워 먹으면 딱 알맞게 익어요! 완벽한 프로의 솜씨예요!"

"아리에노르, 대단해! 이게 무슨 요리야?"

우리 셋은 하나같이 절찬했다.

"이건 우리 지역에서 〈상쾌 민스 구이〉라고 부르는 요리다. 다른 땅에서는 햄버그라고 하는 모양이다만."

상쾌라기보단 다진 고기의 느낌이 강하지만, 흠잡을 데 없이 맛있었다.

"이거, 흑마법사 관두고 요리사라도 하는 편이 좋지 않을까?"

"프란츠! 라이벌에게 그 한마디는 실례라고!"

무심코 속마음이 튀어나오고 말아, 아리에노르의 분노

를 샀다.

하지만, 이 요리는 그 정도로 맛있었다.

◇

아리에노르의 실습은 그 뒤로도 계속되었다.

단적으로 말해서, 아리에노르는 상당히 성장했다.

그렇다고는 해도 극적으로 무언가의 레벨이 올랐다기보다는 지금까지 어중간하게 알고 있던 마법의 질을 향상했기 때문이라는 이유가 크다.

"오오! 늪을 제대로 걸을 수 있어! 빠지지도 않아!"

그날도 늪을 완벽하게 딛고 걸어 다닐 수 있게 되었다. 바로 〈늪지대 보행〉 마법이다.

일하면서 직접 사용하지 않는 마법은 아무래도 흐지부지 넘어가게 되는 경우가 많다.

하지만, 그래서는 만일의 경우에 곤란해지기도 한다.

만일의 경우란 말 그대로 이때까지 다져온 종합력을 시험하는 장이기도 한 경우가 많으니까. 좀처럼 사용하지 않는 마법이 필요해지기도 한다.

아리에노르는 자영업으로 일해온 탓인지 지식과 기술이 어중간한 마법이 몇 가지 있었다.

이런 건 본가에서 어떻게 하라고, 부모님도 흑마법을 하고 계시지 않냐는 소리도 들을 법하지만, 거리가 너무 가까

우면 오히려 가르쳐달라는 말을 하기 어려워지기도 하니까.

토토토 선배가 가르쳐주는 드래곤 스켈레톤 운전에서도 고전했던 모양이지만, 어떻게든 소형 드래곤 스켈레톤을 몰 만큼은 익히게 되었다.

"음, 그거면 되지 않아? 경량이어도 운전을 할 수 있으면 어지간한 짐을 옮길 땐 정말 편리해."

"감사합니다! 고향으로 돌아가면 당장 소형 드래곤 스켈레톤을 찾아보겠습니다!"

그런 대화가 회사 안에서 들려왔다. 여전히 선배 앞에서는 엄청나게 저자세구나.

사원 기숙사(즉, 우리 집)에서도 청소 당번이나 그런 일들은 착실하게 해주었고, 생각했던 것 이상으로 성실했다.

말투 때문에 오해받기 쉽지만, 아리에노르는 견실한 성격인 것이다.

다만 스위치가 켜지지 않으면 그 견실함을 발휘하지 못한다.

숙제는 착실하게 해내지만, 스스로 나서서 공부하지는 못하는 학생이라고 할까.

◇

순식간에 2주가 조금 넘는 시간이 흘렀다.

그 날은 아리에노르가 먼저 돌아갔다.

내가 사장님에게 불려갔기 때문이다.

"프란츠 씨가 보기에, 그분은 어떤가요?"

"연수에서 봤을 땐 기초가 안 돼 있는 인상이 있었지만, 여기로 오고 나서 부족한 부분들을 빠르게 채워나가고 있다고 생각합니다. 이 페이스로 성장할 수 있다면 고향에 돌아가서도 잘해나갈 수 있을 것 같습니다."

즐거운 듯 케르케르 사장은 내 이야기를 듣고 있다. 사장님은 대체로 언제나 즐거워 보이긴 하지만.

"그렇죠, 그렇죠. 저도 나름대로 단련이 필요하지 않을까 했었는데, 어떻게든 됐네요. 어른이 되면 성장하는 방법을 익히지 못한 인간은 성장하기가 무척 힘들어지지만, 아직 아리에노르 씨는 어려서 때를 놓치지 않았네요."

사장님다운 시점이라고 생각했다. 그야말로 풋내기라는 의견이다.

"그래서, 성장의 증표로 이니시에이션을 할까 생각 중이에요. 통과 의례라는 거죠."

사장님의 눈에서 웃음기가 사라진다.

"조금 문턱이 높긴 하지만, 그런 일들을 거치지 않으면 성취감을 얻을 수 없을 테니까요. 프란츠 씨도 입회해주셨으면 하니까, 먼저 말씀드려 놓는 걸로 할게요."

"대체, 뭔가요……?"

"〈악령과의 대화〉라는 마법을 프란츠 씨는 익히셨겠죠."

"앗, 네, 사장님께서 가르쳐주신 것 중에 있었습니다."

사용할 길이 없다시피 한 흑마법을 나는 꽤 배웠는데, 그중 하나다.

그렇다기보다, 그걸로 대충 뭘 할 건지 알겠다.

"아리에노르를 악령과 대화시키는 건가요."

"네 네."

케르케르 사장의 꼬리가 좌우로 움직인다.

"왕도에서 두 시간 정도 가면, 숲 깊은 곳에 나쁜 짓을 일삼는 악령이 있어서요. 하는 일은 숲에 들어온 인간이 길을 헤매게 만든다든가 흙이 먹을 거로 보이는 환영을 보여준다든가 하는 거니까 하찮다고 하면 하찮지만, 민폐이긴 해요."

"그걸 대화를 통해 멈추게 하는 건가요."

"네. 실패해도 목숨에 위험은 없는 차원이고. 다만 흑마법사의 힘이 약하면 일시적으로 씌어버리기도 해요. 요컨대 갖고 노는 거죠. 그렇게 되면 물론 실패입니다. 아리에노르 씨의 고향에서도 악령에 대처해야 할 때는 있을 테니까 무의미한 일은 아니에요."

아리에노르, 모르코 숲이라는 곳에 살고 있다고 했으니까. 악령도 있을지도 모른다.

"알겠습니다."

하지만, 그 정도라면 사전에 불려 나올 만한 일은 아니다.

"그리고, 전혀 일이 잘 풀리지 않을 경우 말입니다만——."

여전히 케르케르 사장님의 눈은 웃지 않는 채다.

"다른 길로 먹고살 수 있을 가능성도 있지 않냐고, 꼭 그 것이 아니어도 좋다고 타일러주지 않으실래요?"

생각했던 것 이상으로 어려운 부탁이었다.

"넌 해고다, 그런 건가요? 아니, 해고고 뭐고 자영업이 니까 그렇게 말하면 이상하지만……."

"실은, 이건 저쪽 회사의 요망입니다."

사회의 혹독함이라는 것을 나는 직접 마주하는 듯한 느 낌이 들었다.

아리에노르가 사는 곳은 가족 경영이니까, 부모님으로 부터의 부탁이라는 뜻이다.

"지난 연수 결과는 물론 회사로 전달되었습니다. 그래 서, 아리에노르 씨에게는 재능이 없는 게 아닐까 그쪽에서 도 생각하시는 모양이에요. 본가가 그렇다고 해서 자기에 게 맞지도 않는 흑마법을 하느라 딸이 불행해지는 건 괴 롭다고."

나는 무척이나 나쁜 예감이 들었다.

"혹시, 이 미니 유학이라는 건 아리에노르의 뜻을 꺾기 위해서……."

"적어도 저는 그런 마음으로 그분을 받아들이진 않았습 니다."

딱 잘라 사장님은 부정했다. 하긴, 인간애의 결정체 같 은 사장님이니까.

"그러나…… 자영업으로 먹고산다는 건 회사에서 근무

하는 것 이상으로 곤란한 일들이 많은 생활입니다. 예를 들어, 마법 기술이 뛰어나다고 해도 의뢰주와 교섭하는 능력이 없다면 역할을 다할 수 없습니다. 경리 업무도 혼자서 해야만 하죠. 애초에 일거리가 줄어들면, 도산입니다."

사장님도 이런 말들을 하고 싶지는 않겠지. 표정이 침울하다.

"그런 일들을 그 녀석이 다 해내지 못할 것 같으면, 다른 길도 있다는 걸 보여주라고……."

"부모님의 말씀에 따르면 아리에노르 씨는 어렸을 땐 레스토랑을 열고 싶다는 말을 했었다고 합니다. 그랬는데, 갑자기 가업을 잇겠다는 말을 꺼내어 지금에 이른다고."

그래서 유난히 요리를 잘했던 건가!

혹시 어쩌면, 요리사 쪽이 너한테 맞는다고 말해줘야만 하는 걸까? 하지만, 그것이 본인의 희망인지는 모르니까……. 잘하는 것과 하고 싶은 건 별개이고…….

"어려운 일을 말씀드려서 죄송하지만, 아마도 프란츠 씨 같은 동년배분이 말하는 편이 효과가 있지 않을까 하고……."

"알겠습니다."

나는 사장님의 눈을 보며 말했다.

"하지만, 그건 그 녀석이 실패했을 경우죠? 성공하면 저는 너한테도 소질이 있다고 힘을 실어 줄 겁니다?"

"네. 물론이죠. 힘을 실어주세요."

사장님과의 이야기는 끝났다.

남은 건, 아리에노르가 실력을 보여줄지 아닐지 뿐이다.

그 후로 며칠을 악령과의 대화법에 대해 개인적으로 조사해 보았다.

결론부터 말하자면, 대화는 천차만별. 솔직하게 터놓고 대화해주는 녀석이 있는가 하면, 전부 고대어로 대응하는 녀석도 있다. 말없이 마음속으로 주거니 받거니 하는 경우도 있다.

그러나 일반적으로 악령은 자신보다 강한 자를 따른다.

그야 그렇겠지. 약한 자를 따르고 싶어 하는 녀석이 있을 리가 없다. 하물며 악령이니까 힘으로 굴복시킬 수밖에 없다.

그런 의미에서는 틀림없이 아리에노르에게 필요한 스킬이다. 고향으로 돌아가면 혼자서 악령과 맞서는 일이 생길 수도 있다. 거기서 씌어버린다면, 최악의 경우 빙의에서 벗어나지 못할 수도 있다.

위험한 일은 받지 않을 자유도 있지만, 거절을 반복하다 보면 솜씨가 나쁘다는 인상을 줄 테니 언젠가는 폐업의 쓴맛을 보게 되겠지.

조사하면 조사할수록, 그 녀석, 흑마법에 맞지 않는다. 어중간한 능력으로 하다간 사고의 원인이 되기도 하니, 진지하게 요리사를 목표로 해야 하는 거 아닐까?

그날 저녁도 아리에노르가 요리했는데, 겉보기부터 화

려했다.

오렌지색 파스타 위에 채소가 올라가 있다.

"그 파스타 반죽에는 파프리카를 넣어봤다. 소스는 우유를 졸여서, 뭐, 이것저것 넣었다."

보통 정성이 들어간 게 아니라는 건 틀림없었다. 그리고, 맛있다.

"엄청나요! 이거, 남자의 위장을 정복해서 놓아주지 않겠네요!"

세룰리아의 칭찬에 아리에노르가 "그, 그런 목적으로는 만들지 않았어!"라고 부끄러워하며 부정했다.

한편 메어리는 "이런 거 이길 수 있을 리가 없다고……"라며 머리를 감싼다. 뭘로 싸워 이길 생각인 거야, 너는……?

"드디어 내일은 큰 시험이 있다."

아리에노르가 그 말을 입에 올렸다.

생각했던 것 이상으로 침착한 얼굴이라고 생각했다.

"시험이라곤 해도, 승격이나 승진 같은 거랑은 관계없이 어디까지나 힘을 시험해보는 장이다."

"그야 네 경우엔 미니 유학 기간에 있는 거니까."

메어리가 분한 듯이 맛있어하며 요리를 먹고 있었다. 성가신 녀석이다.

"실패하면 아마 혼자서 해나갈 능력이 없다는 뜻이 되겠지."

문득 날카로운 눈빛으로 아리에노르는 말했다.

"부모님과 함께 사니까 부모님에게 내가 어떤 사람으로

보이는지 정도는 알 수 있다. 포기할 마음은 없으니 왕도
까지 왔지만, 내일, 여러 가지가 결정되겠지."

이럴 때 나는 무슨 말을 해야 할까.

A 그렇구나, 힘내.

B 내가 평생 책임져 줄 테니까, 넌 나를 위해서 요리를
해줘!

C 포기하지 않는 한 꿈은 이루어진다!

"그렇구나 힘내……."

B는 아무래도 무리. 절차를 두 단계 정도는 뛰어넘었잖아.

C는 제일 사람 짜증나게 하는 녀석이다. 포기하지 않으
면 괜찮다는 것에 근거가 없다.

마법 학교의 미니 테스트 범위 정도라면 포기하지 않는
한 어떻게든 되겠지. 하지만 마법의 세계는 소질이라든가
재능이라는 말로밖에 표현할 수 없는 벽 같은 것이 있다.

"라이벌에게 들을 것도 없는 소리다."

그렇게, 쓸쓸한 듯이 아리에노르는 웃었다.

◇

시험 당일.

나와 세룰리아는 아리에노르와 함께 사장실에 불려가,

다시금 악령에 대한 설명을 들었다.

"설명은 이상입니다. 또한 프란츠 씨와 세룰리아 씨는 어디까지나 지켜보는 역할입니다. 간섭은 금지입니다. 바꿔 말하자면, 두 분이 간섭할 수밖에 없는 사태가 되면 그 시점에서 아리에노르 씨는 실격이 됩니다."

나도 세룰리아도 짧게 "네"라고 대답했다.

아리에노르의 눈동자는 적어도 결의로 불타고 있었다.

의욕이다. 흑마법사를 포기하진 않았다.

숲까지는 도보로 제법 거리가 되기에, 가는 길은 토토토 선배가 드래곤 스켈레톤으로 데려다주었다.

거기서부터 숲속까지 대충 30분 정도를 걸어간다.

그러는 동안 우리는 거의 아무 말도 하지 않았다.

지켜보기로 한 사람이 나불나불 떠들어대는 건 이상하다.

깜빡 잘못 말해서 조언을 한 것으로 판단되면 좋지 않기도 하고.

사장님은 통과 의례라고 했었는데, 그 말대로 그만큼 신성한 것일지도 모른다.

아리에노르라는 아직 젊은 여성의 인생이 결정될지도 모르는 거니까.

이윽고 숲속에 있는, 물웅덩이를 크게 키워놓은 모양의 작은 늪이 나왔다.

"그럼, 시작하겠다."

아리에노르는 작게 심호흡을 한다.

그리고 〈악령과의 대화〉의 영창을 행하면서, 마법진을 그렸다.

영창도 마법진도 문제없다.

남은 건, 본인의 역량 문제.

영창이 끝난다.

그와 동시에 늪 정면에 이형의 존재가 나타났다.

눈과 코와 입이 달린 검은 안개라고라도 할까. 이것이 분명 그 악령이다.

표정은 퍽 얼빠져 보이고, 악령이라는 이름만큼의 긴박감은 없다.

《너희는 무슨 용건이냐?》

에코가 들어간 것 같은 독특한 목소리다.

"네놈이 여기서 나쁜 짓을 일삼고 있다는 것은 알고 있다. 그런 고로 모르코 숲의 위대한 칼라일 가의 마법사, 아리에노르 님께서 그것을 멈추러 왔다. 얌전히 이 아리에노르 님의 말을 따르도록!"

의식으로서는 틀린 곳은 없다.

자, 악령은 어떻게 반응할 것인가?

《모르코의 숲……? 어디야……?》

악령 쪽에서 순수하게 모르겠다는 표정으로 나왔다!

그렇겠지……. 왕도에서 멀고, 나도 잘 모를 정도니까.

"뭣?! 네놈, 무례하다! 역시 악령이로구나! 날 희롱하는

구나!"

《모르는 건 모르는 거지! 그거 엄청 마이너한 지명이라고!》

의도하지 않은 부분에서 말싸움이 시작되었다……. 이거, 어떻게 되는 거야…….

그러나 어중간한 지명을 꺼낸 것이 역효과를 내고 말았다.

《넌 그렇다면 유명하지 않은 녀석이로군. 그렇다면 네 말을 들을 필요도 없지.》

하긴 '왕도 제일의 마법사'와 '모르코 숲 제일의 마법사'는 인상이 상당히 다르다…….

《네 몸에 들어가 주지! 이름 없는 녀석이라면 가능하겠지!》

악령의 몸이 스윽 아리에노르 안으로 들어갔다!

"네 이놈, 아리에노르 님께 무슨 짓이냐! 끄으으으으으으……!"

아리에노르의 얼굴이 고통으로 일그러진다. 손은 자신의 목 부분을 누르고 있다!

"어이, 아리에노르!"

튀어 나가려 하는 내 손을 세룰리아가 딱딱한 표정으로 붙잡았다.

"아직 안된다고 결정이 난 건 아니에요. 일부러 악령을 안으로 불러들여서 혼내주는 방법도 있습니다. 의지가 강하다면 쫓아내는 것도 가능해요. 지금 시점에서 도와줘 버리면, 도전 자체를 인정하지 않고 실격으로 판단하는 것과 같아요."

하긴, 그래서는 평생 원망을 받는대도 대꾸할 말도 없겠군.

아리에노르의 괴로워하는 목소리는 그다지 오래 지나지 않아 사라졌다.

다만, 멍하니 서 있는 상태로 바뀌었다.

그리고 나를 향해 고개를 돌렸다.

그 눈은 한없이 흐리멍덩해서 묘하게 야릇하게 보였다.

"프란츠, 프란츠……."

목소리도 이상하게 달콤하다.

"아리에노르를…… 받아줘……."

심장이 쿵 내려앉는 말이었다. 거의 고백이 아닌가.

하지만, 그건 악령이 들어가서 된 모습이라고 금방 생각을 고쳐먹었다.

"추측이지만, 악령이 들어간 탓에 아리에노르 씨의 심층 심리에 감춰져 있던 말이 새어 나오고 있는 걸 거예요. 기분 좋게 꿈을 꾸는 듯한 상태가 되어 있네요……."

세룰리아가 해설해준다. 그 말은 아리에노르가 나를 좋아한다는 뜻인가? 하지만 과거에 있었던 일들을 생각해보면 심층 심리에 그런 마음이 있다 해도 이상하진 않은 것도 같고.

"그러고 보니 최면술로는 그 인간이 꺼리는 일을 시킬 수는 없다는 얘기를 들어본 적이 있어……."

악령이 들어왔다고는 해도 아리에노르의 마음은 아리에노르 안에 있으니 그것을 무시하는 것까지는 불가능하겠지.

그런 아리에노르는 내 쪽으로 더욱 다가오더니——

내게 손을 쭉 뻗었다.

돌연히, 평소의 아리에노르라곤 상상도 할 수 없을 정도로 강한 힘을 받았다.

깨달았을 땐 그 힘에 부딪혀 나동그라져 있었다.

내 위로 아리에노르가 올라타 있다.

그래도 나는 저항하지 않는다.

저항하면 그 시점에서 시험은 끝나고 만다. 아리에노르의 가능성이 한 가지 사라진다.

아직은, 여기서 아리에노르가 악령을 쫓아내면 아리에노르에게 승산은 있다.

"프란츠, 나와 아기를 만들자……."

말도 안 되는 말을 하고 있군……. 고백 다음 단계라고, 지금…….

나는 입을 다물고 있다. 대화를 나누어서는 안 된다. 나는 시험 진행 여부만 지켜보는 역할이다.

아리에노르는 내 위에서 천천히 자신의 옷의 단추를 풀어 내린다.

엑……. 그렇게 나오면 나도 버티기 힘든데…….

다만 그 손놀림은 느리고, 부자연스럽고, 더듬거리고…….

악령에 씌인 걸 텐데 얼굴은 진심으로 부끄러워하는 것 같고…….

아리에노르 내부에서 엎치락뒤치락 싸움이 벌어지고 있는 것이다.

말할 것도 없이 심층 심리가 어쨌든지 이런 건 합의하에 이뤄지는 일이 아니다. 더는 안 되겠다는 데까지 가면 스톱하자. 악령을 쫓아내는 마법도 사전에 확인해 두었다. 세룰리아도 쓸 수 있는 마법이다.

"이건 악령 때문이 아니니까……. 어디까지나 내 마음이니까……. 아기 만들자……."

내 생각을 꿰뚫어 본 듯이 아리에노르가 그런 말을 했다.

마침내 아리에노르가 속옷 차림이 되었다. 그리고, 내 쪽으로 몸을 기대어 온다.

"벗겨줘……. 그리고, 프란츠도 벗어……."

다만 나는 아리에노르의 눈동자를 마주 바라본다.

아리에노르, 지지 마. 이딴 악령이 마음대로 하게 놔두지 마.

이렇게까지 노골적으로 유혹당하면 버티는 것도 힘들지만, 여기서 분위기에 휩쓸려버린다면 최악이다.

"싫은 건가, 프란츠……? 뭐라도 말해줘……."

싫을 리가 없다고 말해주고 싶지만, 나는 말하지 않는다.

"진짜니까, 거짓말 아니니까…… 거짓말 아니니까……."

이번에는 내 옷을 벗기려 든다.

그 말은 마치 내가 알아주길 바라서 필사적으로 호소하는 듯했다.

하지만 아리에노르의 눈동자에 눈물이 고이기 시작하고 있었다.

역시, 아직 아리에노르는 악령과 싸우고 있다.

이겨라, 아리에노르!

"프란츠의 아기를 갖고 싶어……. 그러면, 그러면……."

아리에노르의 얼굴이 내 코앞으로 다가온다.

내가 할 수 있는 건, 가능한 한 냉정하게 그 눈동자를 마주 쳐다보는 것뿐이다.

"그러면…… 그걸 핑계 삼아 이것저것 포기할 수 있으니까……."

눈물이 내 뺨에 떨어졌다.

분명 그것은 심층 심리에서 나온 말이겠지.

그도 그럴 것이, 아리에노르가 제정신이라면 이런 말은 절대로 하지 않을 테니까.

아리에노르는 훨씬 훨씬 더 강한 척하며 약한 부분을 보여주지 않는 성격이니까.

그러니까 그 말은 너무나도 서글펐다.

"으윽, 으윽…… 프란츠랑 결혼해서, 아이 키우기가 어느 정도 마무리되면 내 레스토랑을 열어서, 그걸로 꿈을 이뤘다고 기뻐하면서…… 나는 행복한 사람이었다고 분명 그렇게 생각할 수 있을 테니까……."

오열이 섞인 소리로 아리에노르는 마지막으로 그런 말을 이었다.

"······그래서, 흑마법사를 완전히 포기할 수 있을 테니까."

자신의 꿈이 자기가 지닌 능력과 너무나 멀리 떨어져 있는 경우엔 어떻게 해야 하는 걸까.

그럼에도 한결같이 노력을 계속하는 것도 옳겠지만, 그건 너무나도 괴로운 길이다.

그렇다면 처음부터 어쩔 수 없는 사정 때문에 노력할 수 없게 되는 쪽이 차라리 낫다고 생각하는 인간도 있겠지.

아리에노르는 그렇게 느꼈을 것이다. 마음 깊은 곳에서.

하지만 아리에노르가 그렇게 입 밖으로 꺼낸 시점에 답 또한 나와 있었다.

"그런 식으로 포기할 수 있으면 좋았겠지만, 넌, 절대 포기 못 할 거잖아!"

참지 못하고 내가 뱉은 말은 거의 절규에 가까웠다.

미니 유학 동안 아리에노르가 얼마나 즐겁게 지냈는지, 나는 아프도록 잘 알고 있다.

소질이 별로 없다고 해도, 아리에노르는 흑마법이 너무 좋으니까.

"이건 일반론이니까 시험관으로서의 조언이 아니라고! 어디까지나 일반론이니까!"

서론을 늘어놓고서, 나는 거의 당연한 이야기라 볼 수 있는 말을 한다.

"흑마법사니까 자기 욕망에 충실하게 행동하면 된다고!"

흑마법사라는 건 자신의 꿈을 포기하는 그런 생물이 아

니다.

그런 건 흑마법사의 삶의 방식에 반한다!

"그리고 아리에노르, 넌 흑마법사잖아?! 올바른 길은 단하나다! 즉 네가 진짜로 하고 싶어 하는 길이다!"

그 말이 마음을 울렸는지, 그것도 아니면 처음부터 결론을 굳혀났던 건지는 모르겠지만——

"그래, 알겠다! 내 말이 바로 그 말이다!"

아리에노르는 그 자리에서 갑자기 일어서서 지팡이를 틀어쥐고 가슴을 활짝 폈다.

"아리에노르는 아리에노르다! 위대한 모르코 숲의 흑마법사다! 시시한 악령 따위에게 패배하지 않는다!"

악령이 튕겨 나가듯 아리에노르의 몸에서 튀어나왔다.

악령에겐 이런 일들이 의외였는지, 그 연기 형태의 존재는 경악한 표정을 짓고 있었다.

《뭐야, 이 녀석은……. 미숙한 줄 알았는데, 들어가 보니 생각 이상으로 완고하잖아……. 꿈쩍도 안 하네…….》

"당연하지. 칼라일 가는 명문 중의 명문! 모르코 숲 남부에서는 그 이름을 모르는 자가 없지!"

《되게 좁구먼! 아까보다 좁아졌다고!》

악령의 지적은 정당했지만, 그래도 아리에노르는 확실히 성장했다.

"시끄러워! 나는 흑마법사로서 살아갈 테니까! 이런 데서 무릎을 꿇을 순 없다!"

곧바로 아리에노르는 영창을 시작하고──

"바드라 · 안라 · 산라 · 테르에러리 · 보이드!"

──마법 포승줄로 악령을 꽁꽁 옭아맸다!

《뭣……. 이렇게 실력이 좋았단 말인가, 이 계집!》

"자, 패배를 인정해라, 악령."

품격 있는 마법사의 표정으로 아리에노르는 말했다.

"그렇지 않으면, 네놈 존재를 통째로 매장해주지. 아리에노르 님께선 신경이 잔뜩 날카로워진 상태이시란 말이다."

《죄, 죄송합니다……. 더, 더 이상 나쁜 짓 하지 않겠습니다…… 용서를…….》

악령은 사죄하며 그 자리에서 흔적도 없이 사라졌다.

께름칙한 것이 사라졌기 때문인지 그 순간 그때까지 느껴본 적 없는 듯한 시원한 바람이 불어왔다.

"좋아! 무사히 시험 클리어라고! 역시 나다!"

갑자기 어린아이처럼 바뀌어 신이 난 아리에노르가 의기양양한 얼굴을 했다.

"잘하셨어요! 저, 감동했답니다!"

세룰리아가 칭찬한 덕에 괜히 더 우쭐해진 모양이다.

"아니 뭐, 진심으로 잘했다고는 생각해, 아리에노르. 그러니까, 지켜보는 입장에서 한마디 하겠는데……."

"음, 대체 무엇이지? 흐흐흥!"

"속옷 차림이니까, 옷을 입어줘……."

악령에 씌었을 때 아리에노르는 속옷 차림이 되었던 것

이다.

생각했던 것보다 어른스러워서 난처했다고……. 햇빛이 비치는 곳에서 보니, 아리에노르는 상당히 몸매가 좋구나……. 옷을 입으면 더 말라 보이는 타입이라고 할까…….

"아, 아아! 금방 입지, 입을 거니까! 너도 저쪽 보고 있어!"

붉어진 아리에노르의 얼굴도 꽤나 볼만하다고 생각하면서 나는 숲 쪽으로 눈을 돌렸다.

시험을 마치고 털레털레 걸어서 돌아오던 도중, 문득 그런 질문을 받았다.

"있지, 프란츠. 과, 관심이 있는 건 아니다만…… 거기서…… 악령에 씐 내가 야리꾸리한 짓을 했다면, 어쩔 생각이었어……?"

아무래도 아리에노르의 의식 자체는 존재했고, 악령에게 육체를 조종당하는 그런 상태였던 모양이다.

"그냥 너를 실격시켰겠지."

지켜보는 역할로서 적절한 해답을 한다.

다른 인간을 해하는 행위니까 즉시 실격이겠지.

"아니, 그건 그렇지만…… 그, 그거, 조종당했다고는 해도, 고백 비슷한 부분도 있었고, 그…….'"

아리에노르가 신경 쓰는 건 알겠지만, 그거, 불공평하잖아.

"악령에 씐 인간의 발언 같은 건 당연히 무효지. 그 녀석이 자기 의지로 하는 말이라고 볼 수는 절대로 없으니까.

그러니까 대답을 할 상황조차 아니야."

나는 담담하게 대답한다.

"가령 내가 결혼하자고 했다고 치자. 그렇지만 너는 그런 말을 받아들일 수 없을 거고, 받아들인다 해도 아마도 평생 그건 귀신에 씐 탓이라며 후회하겠지."

"알겠다……. 프란츠 말이 맞아. 역시 라이벌이다……."

아리에노르 자신의 과오를 인정한 듯, 털썩 고개를 숙였다.

뭐, 그렇지만, 오늘 일로 아리에노르의 본심을 알 수 있어서 다행이다.

──아리에노르는 흑마법사를 하고 싶어 한다.

당연히 불안한 점은 수없이 많다. 그건 악령에 씐었을 때도 잔뜩 토로했다.

하지만 흑마법사를 하기로 아리에노르는 결의를 굳혔다. 그것이 이번 일의 결과다.

그러니까, 적어도 지금은 아직 요리는 취미로 남겨줘. 너는 요리사가 아니라 흑마법사다.

아리에노르가 행복하게 지낼 수 있다면 좋겠지만, 만약 죽을 때까지 흑마법사의 길을 포기한 것에 미련을 가지게 되었더라면 그건 역시 문제다.

숲을 빠져나온 뒤에도 회사까지 가는 길은 멀다.

세룰리아가 떠다니는 게 조금 부럽다.

"프란츠, 이건 네 인식에 오류가 있었을 경우에 그걸 바로잡기 위해서 말하는 것이다만."

유난히 변명처럼 들리네.

"설령 내가 너와…… 결혼해서, 출산이며 양육으로 바빠지면, 흑마법사를 포기할 수 있었다고 악령에 씌었을 때 말했다고 해도…… 어, 그러니까…… 너와 결혼한다거나 그런 게 전부, 흑마법을 포기하기 위한 수단에 불과하다는 것은…… 반드시 그렇다고는 볼 수 없으니까 말이야……. 그건 그거대로…… 진심이라든가, 그런 것도 가능성으로서는 없지는 않아서……."

빙빙 돌려 번거롭기는 하지만 하고 싶은 말은 대충 알겠다.

나도 부끄러워져서 아리에노르랑 똑같이 얼굴이 붉어졌다.

"너, 모르코 숲에서 혼자서 해나갈 생각이지……? 왕도로 이사해 올 생각 같은 건 없지……?"

"당연하다. 우리 가문은 모르코 숲의 명문이니까. 왕도에 와서 아이를 기르고, 아이가 더 이상 돌봐줄 필요가 없을 만큼 자라면, 내 염원이기도 한 레스토랑을 연다든가, 그런 계획은 전혀 없어……."

묘하게 구체적이라고.

그렇다면 함께하기엔 조건이 맞지 않는다.

내가 모르코 숲에 살기로 한다면 지금 일에 지장이 생길 수밖에 없을 거고, 너무 시골이라 일거리도 없을 거고, 여러모로 무리다.

"원거리 연애라는 수단도 있답니다. 마음만 이어져 있다면 거리라는 디메리트도 뛰어넘을 수 있어요."

세룰리아, 아무리 악마여도 악마의 속삭임은 그만둬줘.

나는 조금 앞으로 걸어 나와서, 거기서 뒤를 돌아보았다.

아리에노르와 마주 보는 형태로 섰다.

"나는 아리에노르라는 흑마법사를 존경해. 라이벌로서 존경해. 어려움 속에서도 꺾이지 않는 한결같은 모습을 존경해."

아리에노르도 "으, 음……" 하고 들뜬 목소리로 반응했다.

"그러니까, 네 꿈을 응원하고 싶어. 이게 지금 내 입장이다. 이상!"

이런 건 말로 해두는 편이 좋으니까, 그렇게 말했다.

"그, 그그, 그그그그고마워, 응…… 고마워…… 프란츠……."

아리에노르가 고맙다고 말해줬으니까, 이걸로 된 거라고 생각한다.

나는 아리에노르를 여성으로서 좋아하는 것이라고 생각한다.

하지만 노력가인 점도 좋아하고, 그런 부분을 응원한다고 했으면서 부주의하게 함께하자는 말을 할 수는 없다. 그래서는 아리에노르는 더욱 고민에 빠질 것이다. 깊이, 깊이 고민할 것이다.

상대를 존중한다는 건 어렵네. 이럴 때 말도 안 되게 자기중심적이라서 다른 사람 사정 같은 건 생각하지 않는 녀석 쪽이 살기 편하겠지. 의외로 그러는 쪽이 상대방도 행복해질 수 있을지도 모르고.

하지만 나는 그런 성격이 아니니까 그건 어쩔 수 없다.

"하아…… 안타까워요. 정말로 안타까워요……."

세룰리아는 우리를 번갈아 바라보며 한숨을 쉬었다.

"하지만 아직 두 분 다 젊으시고, 조금 더 일에 힘을 쏟는 것도 좋을지도 모르겠네요."

나도 마음속으로 온 힘을 다해 수긍한다.

그렇지. 나도 아리에노르도 20대 중반이라든가 서른 전이었다면 보다 결론도 쉽게 나왔을지 모르겠지만, 사회인으로서 이제 막 출항한 참이니까.

역시 흑마법의 세계. 우리를 고뇌하게 해주지 않는가.

◇

사장님께 결과를 보고하자 꼬리를 마구 흔들며 엄청 칭찬해주셨다.

"해내셨네요! 그렇다면 흑마법의 세계에서 잘해나갈 수 있을 거예요!"

"감사합니다……. 아직 많이 미숙하지만, 이 길에서 먹고살 수 있도록 열심히 하겠습니다……."

아리에노르도 역시 기뻐 보여서, 나는 그 미소를 보고 마음을 놓았다.

그 시험 끝에 흑마법을 포기한 아리에노르의 얼굴을 보게 됐다면 쇼크를 받아 견딜 수 없었겠지. 아리에노르는 흑마법으로 활약했기 때문에 빛난다. 나는 그런 빛나는 아리에노르를 사랑한다.

"미니 유학 과정은 이것으로 모두 수료하셨습니다! 축하드립니다!"

아리에노르가 무사히 흑마법사로서의 한 걸음을 내디딘 그 날 밤——

누군가의 그림자가 가까이 있는 듯한 느낌에 눈이 뜨였다.

메어리가 자기 안는 베개가 되어달라는 말이라도 하러 온 줄 알았다. 이따금 그렇게 내게 응석을 부릴 때가 있단 말이지.

이번에도 그런 걸까 하고 꾸물꾸물 일어났다.

아니었다.

그곳에는 아리에노르가 서 있었다.

희미한 실내용 램프 불빛으로 보아도 얼굴이 붉어져 있는 걸 알 수 있었다.

"잠시, 너와 이야기를 하고 싶어서. 어디까지나 그게 다다. 다른 뜻 같은 건 없으니까. 전혀 일절 없으니까……."

어, 그러니까, 밤중에 아리에노르와 이야기를 나눴다는

걸 메어리가 알기라도 하면 화를 내지는 않을까……?

하지만 내가 아리에노르의 방에 가는 건 아웃이어도, 아리에노르가 오는 것은 막을 수 없으니까 세이프다. 응, 룰은 지켰다고! 딱히 문제는 없음!

세룰리아는 곧바로 눈치를 채고 "술 한잔하고 올게요. 아마 취해서 테이블에 널브러질 것 같아요~"라며 방을 나갔다.

아리에노르와 침대에 나란히 앉았다.

조금 어둑어둑하지만, 대화를 하기엔 충분하다.

그리고…… 무드 같은 면에선 이런 편이 더 분위기 있을지도 모르고…….

"내게 소질이 없다는 건 알고 있었다. 그래도, 흑마법사가 되고 싶다는 마음도 거짓말은 아니야. 부모님은 요리사의 꿈을 버렸다고 생각하실지 모르지만, 그렇지 않다. 꿈이라는 건 하나만 가져야 하는 게 아니잖아?"

아리에노르가 논하는 이야기는 밤중에 하는 말답게 조용하고, 부드럽고, 그리고, 무척이나 맑았다.

그리고 하나하나 그런 말들을 건네주었다.

지방에서의 자영업은 힘들겠지만, 아직 하고 싶은 일들이 많다는 것.

적어도 부딪혀볼 만큼은 부딪혀본 다음에 결론을 내고 싶다는 것.

미니 유학에서 성장을 실감하게 되어 정말로 기쁘다는 것.

케르케르 사장님이 상세히 자영업에 대한 어드바이스를 해주었다는 것(역시 그 사람, 케어도 전력으로 해줬구나).

전부, 꾸밈없는 있는 그대로의 아리에노르의 이야기다.

"나도 내가 어디에나 있는 평범한 인간이라는 건 알고 있다. 칼라일 가도 과거에는 대단했을지 모르지만, 몇백 년의 시간이 흐르고 나면 평범한 시골 자영업일 뿐⋯⋯."

"너, 엄청나게 센 척했었으니까."

"하지만 그런 인간한테도 하고 싶은 일은 있고, 그러면, 할 수밖에 없다는 생각이 들지."

그런 아리에노르가 무척이나 매력적으로 보였다.

어디가 평범한데.

너처럼 앞을 향해 나아가며 빛나려 하는 인간은 절대 흔하지 않다고.

"무책임한 말이 될 테니까, 힘내라고 하진 않을게. 흑마법사니까 자기가 하고 싶은 게 있다면 그걸 제대로 이룩해 보라고."

"프란츠가 그런 말 안 해도 그럴 거야."

후훗, 하고 어딘가 자랑스러운 듯 아리에노르는 웃었다.

"언젠가 내가 동기 중에서 최고의 흑마법사가 될 테니까. 프란츠 따위 금방 보이지도 않게 될 거라고. 나한테 뒤쳐져서 분통해하더라도 난 모른다."

"응, 그럼, 내가 지켜보고 있을게."

이걸로 이야기가 잘 마무리되었다고 생각했지만, 아직

남은 것이 있었다.

아리에노르가 내 손에 살짝 자기 손을 겹쳤다.

"내가 하고 싶은 걸 말하자면…… 지금, 내가 하고 싶은 건, 프란츠와 아기 만들기 흉내일까……."

남자와 여자가 이렇게 근거리에 있으면 그렇게 되는 건가.

여기서 손을 대지 않는다면 그러는 편이 문제겠지. 자기가 하고 싶은 일이 있다면 그걸 하라고 방금 말한 참이고.

우리는 침대에서 사바트를 반복했다.

벌거벗고 끌어안고 침대 위를 빙글빙글 돌았다. 서로가 서로의 가슴에 키스를 하거나 했다. 그리고, 아이 만들기 흉내도 몇 번인가 했다.

색욕을 처리하는 것도 흑마법사로서는 옳은 일인 것이다. 응, 분명 그럴 거야…….

"솔직히 말하자면, 악령에 씌어서 네가 날 넘어뜨렸을 땐, 나름대로 힘들었어……. 여기서 참아야 하나 하고……. 물론 참았지만."

"그럼, 그걸 지금부터 이어서 하면 되겠네."

"천천히, 잔뜩 부탁할게. 잊을 수 없는 기억으로 간직하고 싶어."

"그렇지. 프란츠 주변은 여자투성이니까. 잊힐 가능성이 크지. 정말, 네가 여자의 적이라는 건 분명해."

왜 거기서 차가운 눈으로 쳐다보는데?

"……하지만, 그건 하는 수 없네. 지금 나한텐 몇 년이나 널 묶어둘 만큼의 힘이 없어. 그러니까, 적어도 오늘이라는 하루만큼은 기억에 남게 해주지!"

그다음 아리에노르는 침대에서 잠에 빠졌다. 꽤나 지치게 만들고 말았으니 여기서 자게 할까.

나는 부엌에 있는 세룰리아에게 양해를 구했다.

"미안하지만 오늘은 소파에서 잘 수 있을까?"

"네. 여기서 볼품없이 구질구질하게 굴진 않을 테니까 걱정하지 마세요♪"

세룰리아가 이해심 많은 사역마라 다행이다.

"참고로, 오늘에 대비해서 장어 요리 비율을 높여왔었답니다. 분명 불타오르셨겠죠."

"그런 꼼수를?!"

우리는 세룰리아의 손바닥 위에서 놀아나고 있었던 건가.

"하지만, 저도 웬일인지 질투심을 품고 말았어요. 내일이라도 모레라도 괜찮으니까, 잔뜩잔뜩 주인님과 사랑을 나눌 수 있게 해주세요."

"알겠어. 그날은 장어 요리를 해줘."

답례의 의미에서도 그 부분은 확실하게 하자.

◇

아리에노르가 지방으로 돌아가기 전날.

케르케르 사장님이 자주 들른다는 레스토랑에서 송별회를 열었다.

이런 부분에선 사장님은 정말로 세심하시다.

다만 아리에노르의 얼굴이 이상하리만치 진지했다.

"이 맛…… 아직 내가 내지 못하는 맛……."

앗, 요리 실력이 뛰어나기 때문에 알아채는 부분도 있는 건가.

"역시 왕도에서 요리 실력을 갈고닦아야 할까……? 아니, 그래서는 흑마법 쪽이……."

"어이 어이 어이! 벌써 흔들리는 거냐! 여기선 흑마법으로 나아가라고!"

"시끄러워! 방황도 인생이다!"

다음날 아리에노르는 돌아갔다.

이래놓고 3개월 정도 지나서 '레스토랑을 열었습니다' 같은 편지가 온다면, 난 어떤 얼굴을 해야 좋을지 모르겠으니까 제대로 흑마법에 정진해 줘.

부탁한다!

너는 라이벌이니까!

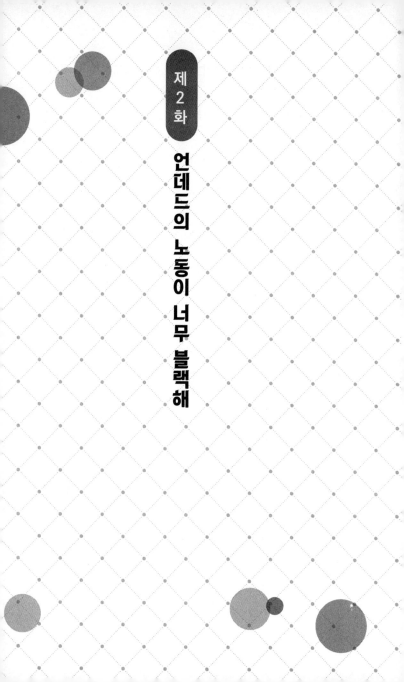

제 2 화

언데드의 노동이 너무 블랙해

아리에노르가 유학을 마치고 떠난 뒤로 사흘이 지난 휴일.

나는 휴일답게 집 청소를 하고 있었다.

모처럼이니 어제 큰맘 먹고 좋은 빗자루를 샀기 때문이다.

"이야아, 역시 마법 설정이 붙어 있는 빗자루가 효율이 좋네! 닥치는 대로 먼지를 뭉쳐서 쓸어 모으니까 보람이 있어!"

어떤 일을 하는 데에 있어서 소중한 요소로 성취감이라는 것이 있다.

오늘은 이만큼 해냈다, 오늘은 이렇게 잘했다는 것을 알게 되면 모티베이션이 증진되어 다시 할 수 있는 의욕이 생긴다.

이 빗자루가 바로 그런 것이라, 얼마나 깨끗해졌는지 알기 힘들었던 방 청소가 한마디로 말하자면 '시각'화된 것이다.

"가정집은 엄청나게 더러워지는 일은 없으니까 청소 효과를 알아보기 힘들었단 말이지……. 하지만 이거라면 먼지 볼이 커지니까 놀이 감각으로 할 수 있어. 뭐, 깨끗해 보였는데 이렇게나 먼지가 많이 있었다는 걸 알게 되니 쇼크지만……."

내가 빗자루질, 메어리가 창문 등을 닦고 세룰리아는 욕실 청소를 하고 있다.

세룰리아는 원래부터 이렇다 할 옷을 차려입지 않기 때

문에 물에 젖을 일이 많은 진일에 잘 맞는 것이다. 적재적소다. 그리고, 그다지 자세한 얘기는 듣지 않았지만 '서큐버스에게는 직장과 같은 곳이니까 청결하게 해야죠'란다.

"프란츠, 엄청 즐거워 보이네. 빠릿빠릿한 남자 메이드 같아."

메어리가 그렇게 말했다. 메어리도 청소는 그다지 내키지는 않는다는 얼굴을 하고 있긴 하지만 착실하게 도와주고 있다.

"딱히 청소가 재미있어서 나쁠 건 없잖아. 오늘은 페이스가 괜찮아서 마지막 부엌 청소도 슬슬 끝나가니까 샤샤샤 해치우고 외식이라도 하러 나가자."

이미 자기 방은 청소를 끝냈다.

"아니야 프란츠. 방이 하나 더 남아있다고. 아리에노르라는 애가 쓰던 방."

"아, 그런가…… 아직 거기가 있었네……"

미니 유학을 온 아리에노르용으로 케르케르 사장님이 증설했던 방이다.

"잠깐! 아리에노르의 이름을 듣고 감상에 잠기지 말라고? 그런 헤어진 여자를 떠올리는 모습은 보고 싶지 않아."

"아니 아니 아니, 애초에 아리에노르랑 사귀지도 않았거든!"

아무래도 메어리는 아리에노르가 마음에 걸리는 모양이다.

인간적으로 미워하거나 원망하는 건 아니지만, 메어리는 메어리 나름대로 아리에노르를 라이벌로 여기는 모양이다. 아리에노르가 나를 라이벌이라고 하는 것과는 분위기가 꽤 다르다.

메어리는 아직 납득이 안 되나 보다.

"흐~응. 사귀는 것도 아닌데, 할 건 했다는 거구나. 그야말로 흑마법사의 귀감이네."

아무래도 아리에노르와의 사바트는 이미 들킨 모양이다.

"그건…… 그 때 분위기가 그렇게 흘러갔다고 할까, 기세를 몰아서 그랬다고 할까……."

"하아……. 그럼, 소녀도 오늘 왕도에 갔을 때 그런 분위기가 될 만한 속옷이라도 찾아볼까!"

"이, 이상한 소리 하지 마. 메어리는 그대로가 귀여우니까!"

"뭐, 뭐야, 프란츠……. 소녀와 할 건 다 했으면서……. 게다가, 갑자기 귀엽다든가 그런 말을 하면……."

메어리의 말투는 아직 공격적이었지만, 얼굴은 유난히 빨갰다.

"하, 하지만, 기쁘긴 기쁘네……. 고마워……."

"메어리가 귀엽다는 건 이, 이미 잘 알고 있는 사실이니까……."

이거, 장래에 여러 명이랑 결혼할 수 있는 흑마법적인

방법이 없나 찾아보는 편이 좋을지도……

아리에노르가 지냈던 방 청소는 빠른 페이스로 진행됐다. 심플한 방에 지금은 개인물품도 놓아두지 않았으니까.

메어리가 떨어져 있는 머리카락 등을 철저하게 주웠는데, 저주 같은 건 걸지 말아줬으면 좋겠다.

이어서 진일이 끝난 세룰리아가 도우러 왔다.

말 그대로 고급 숙소의 한 방이라고 해도 좋을 곳이 된 것 같다.

"무척 깨끗하네요."

"응. 하지만, 안 쓰는 방으로 남겨놓는 것도 아깝네. 방 치해봤자 먼지만 쌓일 거고."

"사장한테 말해서 떼어달라고 하는 것도 좋을지도 모르겠네. 소녀 방 너머에 또 방이 있는 것도 왠지 싫고."

하긴, 취미가 다양하고 수납공간이 필요한 동거인이 있다면 방이 많은 건 감사한 일이겠지만 지금의 3인 가족에겐 이용가치가 없지.

"그럼 왕도에 쇼핑하러 갈까요. 저도 오랜만에 패션을 즐기고 싶어요."

"알겠어. 세룰리아의 패션 변화, 제법 알아보기 힘들지만……. 가끔은 노출도를 낮춘 옷도 어울리지 않을까."

"그건 서큐버스로서 상당히 어려운 일이네요."

서큐버스의 길은 심오하다.

"하지만 말이야, 거기서 오히려 노출이 없는 옷으로 색기를 느끼게 하는 것이야말로 하이 레벨이라고 할까. 섹시한 옷으로 색기를 풍기는 건 어떤 의미에선 당연한 거잖아? 세룰리아는 이제 다음 단계로 나아가야 할 때가 아닐까."

"알겠어요! 저도 주인님을 위해서 스텝 업 하겠습니다!"

좋았어, 이걸로 새로운 세룰리아의 일면을 볼 수 있다고!

그날은 아낌없이 세룰리아와 메어리의 옷을 사기로 했다.

돈은 쌓아놓지만 말고 제대로 써야지, 그렇지 않으면 경제가 돌아가지 않으니까.

그리고 돈을 안심하고 쓸 수 있는 것도 우리 회사가 안정된 경영을 하고 있고, 괜찮게 급료를 주기 때문이다. 네크로그란트 흑마법사 만세.

이야아, 오늘은 좋은 하루였다.

하지만──아직 오늘은 끝나지 않았다.

휴일을 즐기고서 저녁 무렵 집으로 돌아가는 길에, 인적이 드문 길 끝에서 이상한 것을 보았다.

사람이 쓰러져 있다.

"괜찮으십니까!" "괜찮으세요?"

나와 세룰리아가 허둥지둥 다가갔다.

한편 메어리는 겁먹은 눈으로 주위를 두리번두리번 둘러보고 있었다.

메어리는 자객이 아직 근처에 있다거나 하는 사태를 경계하고 있는 모양이다.

마침 알맞게 역할 분담이 이루어져 있다고 말할 수 있을지도 모르겠다.

쓰러져 있는 건 한색 계열 머리카락을 한 젊은 여자다. 머리카락은 공 같은 모양으로 좌우 두 개로 나뉘어 묶어져 있다.

하지만 그런 것보다 훨씬 더 눈에 띄는 요소가 있었다.

안아 일으켜 보니 그 이마에 부적 같은 것이 척 붙어 있는 거다. 세로로 가늘고 긴 종이에 주문 같은 것이 적혀 있다.

"뭐야, 이거? 마법 아이템인가?"

"주인님, 섣불리 만지지 않는 편이 좋아요. 위험할지도 몰라요!"

세룰리아가 말렸다.

그 말대로 이미 비상사태니까 무슨 일이 일어날지는 모를 일이다.

"으으, 으으윽⋯⋯."

아직 눈은 뜨지 못한 상태였지만 여자애가 가위에라도 눌린 것 같은 목소리를 냈다. 적어도 살아있긴 한 모양이다. 이대로라면 아직 의식이 있는 건지 악몽을 꾸고 있는 건지 판단할 수 없지만.

"대체 무슨 일이 있었던 거야? 말할 수 있겠으면 알려줘!"

그 여자애의 손이 느리게나마 움직인다.

그리고 그 손이 부적 같은 것을 가리킨다.

"역시, 이건가. 이걸 떼면 되는 거지."

하지만 내 손은 세룰리아에게 제지당했다.

"주인님, 너무 위험해요……. 아무리 다른 사람을 도우려고 하는 거라고 해도, 주인님이 끔찍한 일을 당하게 될지도 모르는 일을 사역마로서 용인할 수는 없어요……. 주제넘은 짓이지만 부디 이해해주세요."

그 진지한 눈동자에 나는 초조해하던 마음을 가라앉혔다.

"그렇지. 이럴 때야말로 냉정하게 대응해야지……."

당장 사장님을 부르러 갈까. 이게 무엇인지 아는 사람의 판단을 구해야 한다.

"세룰리아의 판단이 옳아."

뒤에서 메어리가 다가왔다.

"이 부적은 자(紫)마법에서 사용하는 거네. 잘 모르는 인간이 손을 댔다간 중상을 입어."

"자마법이라는 건 정신 지배와 관련된 건가. 희귀한 마법인 데다 내용이 여러 가지로 위험하니까 수업에서도 거의 배우지 않았단 말이지."

"그런 거야. 물론 합법적인 자마법 회사는 있지만, 여기에 손을 대면 위험하다는 건 확실해."

그렇게 말하면서, 메어리는 강제로 그 부적을 떼어냈다.

순간 메어리의 손에 전류 같은 것이 흘렀다.

"그렇다고는 해도, 소녀의 힘에 비한다면 모기에 물리는 정도에 그치지만. 오히려 모기 쪽이 숙면에 방해가 되니까 압도적으로 위협적이야."

"……마법 재능 같은 건 관계없이 힘으로 해결하네. 하지만, 고마워."

이것으로 쓰러져 있던 그녀에게도 무언가 변화가 일어나려나.

사실은 부적에 무시무시한 드래곤이라도 봉인되어 있었다든가, 그런 엔딩이 아니라면 좋겠다만.

"구, 구해줘……."

명확하게 그 입은, 그렇게 중얼거렸다.

그리고서, 눈꺼풀이 열렸다. 짙은 그늘이 드리워 있다.

하여간에 생기라는 것이 없다. 얼굴도 무척이나 창백하고.

"다시는 돌아가고 싶지 않아……."

이런 말까지 들었으니 해야 할 일은 이미 정해져 있다.

"세룰리아, 메어리, 이 애를 집으로 데리고 가도 괜찮을까? 적어도 사정이라도 들어야지 그냥 내버려 둘 수는 없어."

대답은 듣지 않아도 알고 있지만.

"물론이지요. 길가에 쓰러지다니 보통 큰일이 아닌걸요."

"아리에노르 방이 비어 있어서 마침 다행이잖아. 청소한 보람이 있네."

그럼, 결정 났네.

"우리 집에 같이 가는 거야. 사정은 집에 가고 나서 설명해줘도 괜찮으니까. 걷기 힘들 테니까 내가 업어줄게."

"고, 고마워……."

힘없이 그 애는 말했다. 그리고 업으려다가, 그 애 다리에 있는 어떤 것을 처음으로 알아챘다.

좌우에 절그렁절그렁 쇠사슬이 한껏 달려 있다.

게다가 쇠사슬 끝은 억지로 잡아 뜯은 것처럼 되어 있다.

이건 노예가 도망치거나 하지 못하게 달아놓는 거 아닌가?

하지만, 노예 제도도 인신매매도 오래전에 법으로 금지되었다. 그렇다면, 훌륭한 범죄다.

어쩌면 말도 안 되게 거대한 범죄 조직과 대치하는 일이 벌어지는 걸까.

뭐, 이쪽도 전력을 따져보면 이길 수 있을 것 같지만.

"미안해. 나, 쇠사슬까지는 풀 수가 없어서……."

둘러업은 그 애의 목소리는 미안함 탓인지 괜히 더 나약하게 느껴졌다.

"아니, 괜찮아. 별로 무겁지도 않고, 여기서 집도 별로 안 멀어. 하지만 이 차림으로 왕도에서 도망쳐 나온 거면 더 소란이 벌어진다고 할까, 경비병한테 사정 청취 정도 당할 것 같은데."

"앗, 나, 거꾸로 왕도를 향해서 도망쳐 나왔으니까……. 사막에 있는 시설에서……."

수수께끼가 너무 많은데.

"혹시 이건 소녀가 날뛸 찬스인 걸까~. 프란츠에게 멋진 모습 보여줘 버리는 걸까~."

분위기를 누그러뜨리기 위해서인지, 농담처럼 메어리가 말했다.

◇

집에 도착하자, 그 애는 자기 발로 걸을 수 있을 정도로는 회복해 있었다.

세룰리아가 내어준 뜨거운 차도 꿀꺽꿀꺽 마시고 있었다.

"아니 오히려 그거, 후후 안 불고 마실 수 있는 건가요……? 뜨끈뜨끈한 건데……."

세룰리아도 의외였던 모양이다. 뜨거운 걸 못 마시는 고양이 혀 타입의 반대라는 걸까.

"앗, 나, 이미 죽어서 뜨거움이나 차가움은 못 느껴."

아무렇지도 않게, 그 애는 아련한 미소를 보이며 말했다.

"내 이름은 거베라. 언데드란 말이지."

언데드, 즉 움직이는 시체라. 완벽하게 흑마법 업계와 관련된 존재다.

먼저 우리 쪽의 자기소개를 간단히 한 뒤에 그녀에게 물었다.

"거베라 씨, 당신은 자기 의지로 언데드가 된 경우인가? 아니면 누군가에 의해 언데드가 된 경우?"

언데드 중에는 고명한 흑마법사가 자신을 사후에도 움직일 수 있도록 만든 케이스가 있는가 하면, 네크로맨서가 사체를 움직이는 케이스도 있다. 먼저 그것을 물었다.

"나는 전형적인 네크로맨서에 의해 부활된 경우네. 그래서, 그 네크로맨서가 말도 안 되게 지독한 녀석이라서 말이지."

설마, 세계 정복이라도 꾀하고 있는 건 아니겠지……?

그런 녀석이 있다면 흑마법의 이미지가 나빠지는 게 문제가 아니라고.

"언데드를 이용해서 노예 노동을 시킨단 말이야."

엣?!

꽤나 의외의 말이 돌아왔다.

"토르미군은 사막이 펼쳐져 있어서, 불편하니까 땅값도 무지 싸거든. 그래서, 거기에 어떤 수완 좋은 거물 네크로맨서가 눈독을 들인 거야. 땅값이 싼 곳에 대형 공장을 만들고 다양한 곳에서 젊은 시체를 모아서 노동력으로 혹사했어."

거베라 씨는 자신의 다리에 채워진 쇠사슬을 향해 자조적인 시선을 옮겼다.

"봐, 이런 식으로 쉽게 도망치지 못하게 쇠사슬을 묶어

놓을 정도니까. 무지막지하지……. 모처럼 사바세계에 부활했는데 휴일도 없는 노동 체제라 재미있는 일은 아무것도 없었어."

"아무리 그래도 너무 심해요……."

아직 거베라 씨의 이야기에는 노동 환경의 전모가 완전히 드러나진 않았지만 세룰리아가 끔찍해하는 표정을 짓는 것도 당연하겠지.

역사책에서 읽은 것 같은 노예제 그 자체가 아닌가.

"그러면 언데드들끼리 사보타주 하면 되는 거 아니야?"

메어리는 기본 태도가 비교적 쿨하기 때문에 알아보기 힘들지만, 조용하게 분노하고 있군.

손가락으로 뺨을 가볍게 긁적이고 있어서 알 수 있다. 감정이 흔들릴수록 조금씩 움직임이 늘어난다.

"다 같이 일을 안 하면 그 네크로맨서도 이익을 낼 수가 없잖아?"

하지만 거베라 씨는 고개를 가로젓는다.

"진짜로 적이 거물 네크로맨서니까, 그럴 수가 없다고."

"혹시 몸을 소멸시킨다든가 하면서 협박해?"

언데드도 거베라 씨로 미루어 보건대 의식은 있으니까 사라지고 싶지는 않겠지.

"상대는 자마법을 엄청나게 조사해둬서 있지, 그런 의욕 없는 언데드에게는 '노동이야말로 삶의 보람'이라고 생각하게 만드는 부적을 붙여서 세뇌해버린단 말이지."

생각했던 방향과는 다르지만, 너무해!!!

"'노동이야말로 삶의 보람'이라는 부적이 붙은 애들은, 무지하게 힘들어야 정상인데도 계속 웃는 얼굴이라고……. 그렇게 되고 싶지 않았어……. 죽었으니까 추위도 느끼지 못하는데 한기가 들었어……."

"하긴 자마법의 효과는 흑마법에 가까운 부분들이 있지. 그렇다기보다 흑마법에서 파생된 게 자마법이라는 설도 있을 정도였나……."

"참고로 내 이마에 붙어있던 그 부적은 잡담 금지 효과가 있는 거. 소행이 나쁘다면서 붙었어."

일하는 중에 잡담도 못 하게 하는 거냐! 너무 블랙이야!

"이게 붙어 있는 동안엔 도움을 요청하는 것도 불가능해진단 말이지. 그래서 비틀거리면서 여기까지 도망쳐왔는데, 아무리 언데드여도 역시나 힘이 다했던 거야……."

다시금 포기한 듯한 옅은 미소를 거베라 씨는 지어 보인다.

저건 전부 소모해버려 싸울 수조차 없게 된 사람이 짓는 표정이다.

싸우는 것에도 분노하는 것에도 체력이 필요하다.

진짜로 너덜너덜해져 버리면 그것조차 불가능해진다.

그리고, 마지막으로 남은 길이 도망치는 것뿐이었다는 거다.

"이건 뭐, 자살자가 나올 것 같은 장소네요……."

"죽고 싶다는 생각을 한 적이 없는 사람은 거기엔 한 명도 없을 거야. 나도 예외는 아니고. 하지만 언데드니까 이미 심장은 뛰고 있지 않단 말이지. 죽을 수 있을 리가 없지."

그래, 죽을 수 없는 것이다. 언데드니까.

한없이 꽉 막혀 있다…….

"언데드니까 육체적인 고통이라는 건 없거든. 통각도 없고. 육체를 사용하니까 기껏해야 피곤함이 느껴지는 정도. 다만 일을 계속하다보면 무엇을 위해 존재하는 걸까 허무감에 사로잡히게 되기는 해."

나도 쓰레기 같은 회사에 취직했더라면 그런 마음이 되었을까.

이어서 거베라 씨가 해준 이야기를 정리하자면──

그 회사에서는 싼 게 비지떡이라고, 다양한 싸구려 잡화를 만드는 모양이다. 소동화 한 닢에 여러 가지 물건을 파는 소동화 균일 매장에 도매한다고 한다.

언데드들은 자기들이 만드는 물건이 질 나쁜 싸구려라는 것을 알고 있어서 자긍심도 가질 수 없고, 심지어 무지막지한 환경이기 때문에 더더욱 좋은 물건을 만들 수 없다. 악순환에 빠져 있지만, 이익은 나오기 때문에 이 상황이 계속되고 있다.

"이대로 가다간 마음이 완전히 죽어버릴 것 같단 말이지. 아무리 강제로 노동을 시켜도 그것에 의문을 갖지 않는 존재가 되어버릴 것 같은 느낌이 들어서. 그러느니 마지막 소원으로 밖에 나가보자 하고……."

"그 선택지, 정답이었다고 생각해."

나는 나도 모르게 거베라 씨를 향해 손을 뻗었다.

"이렇게 해서 거베라 씨는 여기까지 도착했구나. 반드시 우리가 어떻게든 해줄게. 절대로 못 본 척하진 않을 거야."

"언데드인 우리를 구해봤자 답례를 기대하진 못할 거라고……?"

"답례를 받을 수 있을지 아닐지를 보고 도와줄지 말지를 결정한 적은 없으니까."

"그렇답니다. 주인님께선 무척이나 훌륭하신 분인걸요."

세룰리아가 자랑스럽게 그렇게 말해주었다.

"여성 관계는 좀 깔끔하지 못하지만."

메어리의 말이 아프게 꽂히네……. 이번에는 귀여운 외모에 눈이 돌아갔다든가 그런 게 아니라고. 거베라 씨, 꽤 귀엽지만.

조심스럽지만, 거베라 씨는 내 손을 쥐었다.

"고마워."

겨우 솔직하게 웃어준 것 같은 느낌이 들었다.

"하지만, 날 감춰둔 것 때문에 위험해지면 그땐 버려도 되니까. 다른 모두한테까지 폐를 끼치는 건 면목이 없으니까──."

메어리가 테이블 위로 붕 날아올랐다.

그리고 거베라 씨의 앞으로 와서, 이마에 딱밤을 먹였다.

"그런 자학적인 말 하는 거 금지. 그거야말로 이쪽도 기분이 안 좋아지니까. 애초에 길 한가운데 쓰러져 있던 시점에서 충분히 민폐였거든. 뭘 이제 와서 신경 쓰는 거야. 너무 늦었다고."

"아…… 미안……."

거베라 씨가 고개를 숙였다.

아무튼, 어떤 강적이든 우리는 싸우기로 했다.

"자 그럼, 오늘 밤은 거베라 씨를 환영하는 요리라도 만들까 하는데 뭐 드시고 싶은 거 있으신가요?"

"언데드라서 아무것도 필요 없단 말이지. 맛도 안 느껴지고. 앗, 지금 건 자학 아니니까 말이야?!"

언데드란 상상 이상으로 여러 가지가 제약된 존재구나…….

"뭐, 여러분이 만들어 주신 걸 먹기로 하고. 그리고, 거베라 씨라는 호칭, 불편하니까 그냥 편하게 부르기&말 놓기 부탁해도 될까?"

만장일치로 그 요청은 우리들에게 받아들여졌다.

"거베라, 그 대신 우리한테도 말 놓아도 되니까 말이야."

"응, 프란츠, 잘 부탁해."

죽어 있던 거베라는 제대로 된 웃음을 지을 수 있다.

그렇다면 살아 있다든가 죽어 있다든가 그런 건 그렇게 중요한 게 아닐지도 모른다.

그날 밤은 아무 일도 없이 지나갔다.

상대편에서 보낸 추격자가 오지는 않을까 하는 걱정은 조금은 있었지만——

"갑자기 공격해올 일은 없을 거라고 생각했단 말이지. 정답이었네."

"왜 거베라는 그렇게 생각하는데?"

"그도 그럴 게, 언데드 하나를 위해서 그렇게 많은 시간을 소비하면 생산성이 떨어져 버리니까 말이야. 이익을 내는 것밖에 생각하지 않는 녀석이 세운 회사니까, 이익이 안 나는 일은 하지 않는 거 아닐까 하고."

너무한 얘기라고는 생각하지만, 그렇기도 하겠다는 느낌이 든다.

대량의 언데드를 부리고 있으니 하나가 빠졌다고 해서 그런 걸 찾아다니기보다는 새로운 언데드를 공장 라인에 넣는 편이 효과적이겠지.

대신할 건 얼마든지 있다는 뜻이다.

이건 케르케르 사장님과 이야기할 수밖에 없겠네. 만약, 사장님의 도량이 그렇게 넓지 않았더라면 성가신 일만 벌이고 다니는 신입 사원으로 여겨졌을 거다…….

◇

회사에 출근하고, 거베라도 함께 어제 들은 이야기를 사장님께 전달했다.

"으~음……. 이건 어려운 문제네요……."

사장님도 웬일로 곤란한 기색이다.

"이 회사가 비인도적이라는 사실은 알겠습니다. 하지만 법적으로는 어떠한 위법성도 없어요. 네크로맨서가 불러낸 언데드에겐 인권이 없기 때문에……."

그렇지 않을까 생각은 했었지만, 역시 그랬나.

"하지만, 시신은 묘지에 있었을 거잖아요. 시신을 다시 파내는 건 범죄가 아닌가요?"

"네, 묻은 지 얼마 되지 않은, 그 유족이 제대로 생존해 있는 시신을 무덤에서 파내는 건 범죄입니다. 하지만──."

거기서, 사장님도 고개를 숙이고 만다.

"친족이 없는 시신은 얼마든지 있답니다. 오랜 세월 동안 묘지 그 자체가 방치되어 버린 곳도 전국 규모로 보면 상당한 숫자로 늘어나죠. 묘지 대부분은 2백 년 이내에 기능을 마친다고도 하고."

"그러고 보니 3백 년 전이나 5백 년 전에 만들어진 무덤이 여기저기 솟아있는 묘지는 거의 없네요……."

"그렇게 되면, 소송을 제기할 권리를 가진 사람이 없게 되는 거죠……."

"아, 그러고 보니 나도 백 년도 넘는 옛날에 죽었단 말이지. 육체도 썩어 있었으니까, 그런 건 네크로맨서가 살을 붙이는 시술을 했던 모양이야."

그런 유지 관리 작업은 해주는 건가. 지금도 기능하는 공동묘지로 가서 무덤을 엉망으로 파헤쳐댈 정도로 적도 바보는 아닌 건가.

"그 네크로맨서, 바니타자르라는 분이죠. 본인도 터무니없이 오랜 시간을 살고 있는, 절반쯤은 언데드 비슷한 사람으로, 오래 살아오는 동안 자마법 관련해서 상당히 많이 습득하게 된 겁니다."

"사장님도 금방 이름을 떠올릴 정도로 유명인인 거네요."

"평범한 흑마법사는 그런 대량의 언데드를 사역해서 일하게 하는 건 도저히 불가능합니다. 그러니 그런 언데드 문제를 전제로 한 법률 같은 것도 없었던 겁니다……."

케르케르 사장님의 꼬리가 축 늘어졌다. 당장은 대책이 떠오르지 않는 거겠지.

"거대한 악은 법을 어기지 않으면서 악행을 저지른다는 말이 있습니다. 이건 그런 케이스인 듯하네요……."

세룰리아의 말이 적확하게 현재 상황을 나타냈다.

말하자면 바니타자르라는 네크로맨서는 법망을 교묘히 빠져나갔다는 거다.

언데드를 어떻게 부리든 간에 그런 건 네크로맨서 마음이다.

그 언데드 자체가 범죄행위를 저지르거나 하지 않는 한 문제는 없다.

"저기, 대장정이 될지도 모르지만, 언데드의 고용 조건을 개선하라는 운동을 한다든가…….

"프란츠, 그야말로 대장정이 되어버릴 거고, 그 전에 거베라가 도망쳐 나온 걸 들켜서 우리가 소송을 당할 거야. 우리는 거베라라는 '물건'을 네크로맨서에게서 '훔친' 상태니까."

메어리가 팔짱을 끼고서 말했다.

이번 상대는 까다롭군…….

"정말이지 그 회사는 사회악이지만요. 여하튼 언데드를 사용한 가혹한 고용 조건으로 초저가 상품을 실현하고 있으니, 제대로 된 급료를 지급하는 회사가 오히려 시장에서 사라지게 되고 말아요."

"그렇겠네요. 확실히 시급 0원으로 사원을 마구 부려대는 라이벌 회사가 있다면, 제대로 된 회사는 꾸려나갈 수가 없게 되겠어요."

곤란한데…….

해결책이 전혀 보이질 않아…….

그러고 있는데, 크루냐 씨가 갑자기 방으로 들어왔다.

남자에게 속아 늪에서 자살할 뻔했던 것을 구한 이래로 이곳에서 숙식을 해결하며 청소 아르바이트를 하고 있으니 여기 있는 것도 아무것도 이상할 건 없지만, 유난히 초조해하는 것처럼 보인다.

"사장님, 큰일이에요, 큰일이에요! 이상한 손님이 와 계세요!"

"흑마법 관계자엔 특이한 분이 많으니까 그것만 가지고는 어떤 분이신지 모르겠네요."

사장님이 태평하게 농담 같은 말을 했다. 그렇다고는 해도, 꽤나 정론인 것 같기도 하다.

"아니요! 진짜로 무지막지하게 이상하신 분이에요! 이상한 가면도 쓰고 있고!"

그 말에 사장님의 표정도 바뀌었다.

"그런가요. 저쪽에선 이미 눈치를 챘었던 모양이네요. 이쪽으로 불러주세요."

이 전개는, 설마…….

"사장님, 바니타자르라는 네크로맨서가 온 건가요……?"

"네, 틀림없네요. 뭐, 갑자기 덮쳐올 만한 사람은 아니니까 그 점은 안심하세요."

사장님의 말은 온화했지만, 눈은 웃고 있지 않았다.

우리는 응접실로 이동했다.

이제 와서 거베라를 숨겨봤자 반드시 들킬 테니 동석하기로 했다.

그리고 들어온 사람은——고양이인지 호랑이인지 알 수 없는 가면을 쓴 인물이었다.

가면의 인물이라고 해서 좀 더 보스 캐릭터처럼 섬뜩하게 생긴 사람이 올 거라는 이미지였는데, 코믹한 게 왔네…….

"앗, 마계에서 유행한 타이거 야옹이 가면이에요!"

"진짜로 캐릭터 굿즈인 건가!"

그러나 그 녀석이 네크로맨서라는 건 틀림없는 사실인 모양이다.

여하튼 양쪽에 몹시 뚜렷하게 몸에 누덕누덕 기운 흔적이 있는 언데드로 보이는 애들이 늘어서 있었다. 부하 같은데…….

"꽤나 오랜만이네요, 바니."

"상당히 즐겁게 지내는 모양이잖아, 케르."

사장님과 바니타자르는 서로를 닉네임 같은 것으로 불렀다.

그렇다는 건, 두 사람은 아는 사이인 건가?!

"바니는 오랫동안 마계에서 일하고 있지 않았나요? 거기서 노동 조건에 문제가 있다고 고발을 당해서 업무 정지 명령도 받았을 텐데."

사장님이 역시나 눈은 웃지 않는 얼굴로 말한다.

이 바니타자르라는 녀석, 옛날 옛적부터 형편없는 짓을 했었군.

"그건, 벌써 백 년도 넘은 예전 일이네. 그걸로 나도 유죄 판결을 받고서 반성했어. 법에 걸리지 않도록, 처음부터 무법지대인 곳에서 활약하자고."

요만큼도 반성하지 않았다고, 이 자식!

참고로 가면이라고 할까, 캐릭터 가면 탓도 있어서, 성별은 불명이다. 말투로 보아 여성인 듯하지만…….

거베라가 바들바들 떠는 것 같았기 때문에 그 손을 꼭

잡아주었다.

무섭지 않아, 무섭지 않으니까 괜찮아. 그렇게 눈으로 말한다.

거베라도 고맙다는 사인을 눈으로 보내주었다.

"마계와 비교하면 이쪽 세계는 노동 환경법 정비가 뒤처져 있어. 거길 찌른 거야. 언데드를 대량 사역해도 그건 네크로맨서의 소유권 안이니까. 이 세계에는 수많은 언데드가 근로에 종사한다는 전제가 없기 때문에 법이 구멍투성이였거든."

"법적으로 문제가 없으면 인도적으로 문제가 있어도 된다는 거네요. 역시 바니는 돈 버는 것밖에 생각할 줄 모르는 쓰레기가 되어버렸네요."

"법을 어기지 않는 인간을 나쁘게 말하는 건 이상하지. 법 이외의 기준으로 날 벌하려고 한다면 그거야말로 범죄고. 자력 구제의 논리는 이미 과거의 것이 되었는걸."

악역 캐릭터는 말솜씨만은 현란한 법인데, 이 바니타자르라는 녀석도 말하는 내용은 틀리지 않았다. 짜증 난다는 이유만으로 상대를 공격한다면 그건 단순한 폭력이다.

그렇다고는 해도, 이 녀석이 나쁜 녀석이라는 건 이미 절대적으로 확실하지만.

"사실은 이 네크로그란트 흑마법사에 올 예정도 없었어. 다만, 거기 그 언데드가 무려 여기에서 보호를 받고 있는 것처럼 되어 있길래 일부러 온 거야."

다시 거베라가 무서운 것을 보는 눈으로 바뀐다.

이래서는 노예와 악랄한 주인의 관계가 아닌가.

아니, 그냥 그게 맞는 건가. 돈조차 받지 않았으니 고용 관계조차 아니다.

"역시 언데드가 어디 있는지 알 수 있게 되어 있는 거네요."

"케르 말대로야. 자, 본래 같으면 내 사유물이니까 돌려달라고 말할 권리도 있지만, 모처럼이니까 선물할게."

어라, 생각했던 것보다 말이 통하는 녀석인가?

"그 언데드, 능률도 안 좋고. 다른 거로 보충하는 편이 회사도 잘 돌아갈 테니까."

"당신! 감정이라는 게 존재하는 상대를 철저하게 물건 취급하는 건 실례예요!"

견디다 못한 세룰리아가 거칠게 쏘아붙였다.

"마음대로 떠들어. 난 이미 한참 옛날에 마음 같은 건 갖다버렸으니까."

표정은 가면 탓에 보이지 않았지만, 아마도 아무렇지도 않은 얼굴을 하고 있겠지.

이 녀석은 악이라는 걸 알고서 악을 행하고 있다. 이제 와서 양심의 가책도 뭣도 없을 것이다.

"케르, 내 회사의 순이익은 당신 회사의 열다섯 배쯤 되니까. 그게 내가 옳다는 걸 증명할 뿐이야."

도발하듯 다시금 바니타자르는 사장님 쪽을 바라보았다.

"당신의 사원을 소중히 여기는 시스템으로는 조직을 크게 키울 수 없어. 즉 영향력도, 그걸로 행복하게 만들 수 있는 인간의 수도 그래봤자 뻔하다는 거."

"그걸로 충분합니다. 회사라는 건 사람이 모여 만드는 거니까, 내부 사람이 모두 불행한 회사는 이미 승리 조건이 이상해져 있는 거예요."

클큭크.

바니타자르가 소리 내어 웃는다.

"역시, 케르랑은 사고방식이 안 맞네."

"안 맞아서 오히려 마음이 놓이네요."

"어디 센 척하는 말이나 계속 늘어놓든가. 언젠가 내 회사 〈바니타자르 개발〉은 대기업이 되어서, 이 세계를 좌지우지할 거야! 그리고, 복수를 완성할 거야!"

선언 같은 말을 남기고서 바니타자르는 언데드 둘과 함께 자리를 떴다.

그 언데드 둘이 무척이나 박복한 얼굴을 하고 있는 것이 인상적이었다.

적이 사라지고 나니 먼저 메어리가 한숨을 쉬었다.

"하아~ 뭐랄까, 거베라를 내놓으라고 하지 않아서 정말 다행이네."

그 말이 무거워지려 하던 분위기를 부드럽게 해주었다.

메어리는 똑똑하니까 의도적으로 그런 게 분명하다.

"그 시점에서 이쪽의 승리 조건은 만족한 거였네. 정말 다행이야."

"그건 그렇지……. 소송을 하겠네 하는 얘길 했더라면 어떻게 반응해야 좋을지 모를 뻔했어……."

거베라도 안심한 듯 소파에 축 늘어졌다.

"무서웠어. 저 사람이랑 같은 공간에 있으면 숨이 턱턱 막혀. 이젠 숨 안 쉬지만."

거베라의 언데드 개그가 튀어나왔다. 이러니저러니 해도 터프한 애일지도 모르겠다. 보통 같으면 탈출하는 것 자체가 불가능할 테니까. 그 시점에서 행동력은 확실하게 있다.

하지만, 아직 마음에 걸리는 것이 남아 있었다.

"저기, 케르케르 사장님…… 바니타자르란 녀석이랑 아는 사이신 거죠?"

"네, 먼 옛날에 함께 절차탁마하던 시기도 있었습니다. 벤처 업계에선 나름대로 유명인이었어요. 곤란한 사람이 있으면 힘닿는 대로 고용하기도 해서, 성인군자라고 불리던 때도 있었어요."

나는 꿀꺽 침을 삼켰다.

"그럼, 어지간히 끔찍한 일이 바니타자르라는 사람한테 있었던 거군요?"

그렇지 않다면 지금의 바니타자르가 될 이유가 없다.

끄덕, 사장님은 고개를 주억거렸다.

"고용한 아르바이트생이 실은 대형 도적단의 일원이어

서, 회삿돈을 빼앗아 간데다 회사에 불을 질렀어요. 그 사람은 하루 만에 모든 걸 잃었죠."

"그, 그런 일이 있으면 그야 흑화하죠!"

지갑을 날치기당했다든가 그런 차원이 아니다.

절대악에게 가차 없이 잡아먹혔다는 건가…….

"게다가 그 뒤로도 회사 재건에 열을 올리는 그 사람에게 수상한 브로커 같은 것도 접근하더니, 그다음에 모았던 돈도 들고 도망쳐버려서…… 그 사람은 더는 아무도 믿지 않겠다, 인간의 마음 따위를 염려하며 경영하면 안 된다고 말하는 지경이……."

"악에 물드는 녀석들은 흔히 슬픈 에피소드 같은 걸 갖고 있지만, 그 녀석도 상당하네…….'

"하지만, 이번에 재회하고 새롭게 결심이 섰습니다."

사장님의 눈동자는 불꽃이라도 타오르는 것처럼 빛나고 있었다.

"저는 바니를…… 바니타자르를 멈출 겁니다!"

작은 두 손을 꽉 쥐고, 꼬리를 붕붕 세로로 흔들며, 사장님은 말을 이었다.

"왜냐면, 언데드들에게는 마음이 있기 때문입니다. 그 회사가 커져서 노역을 당하는 언데드가 늘면 늘수록 불행한 존재도 늘고 맙니다. 그런 미래는 저지해야만 합니다!"

사장님은 무사안일주의자는 절대 못 되겠네.

이상한 표현일지는 모르겠지만, 안심했다.

나는 일어서서 사장님에게 다가가, 그 손을 꼭 양손으로 감쌌다.

"저도 돕겠습니다."

계속 사장님께 신세를 지고 있으니, 이번엔 은혜를 갚고 싶다.

"대충 알겠어요. 사장님은 사이좋게 지냈던 바니타자르 씨가 이 이상 악한 길로 나아가는 걸 막고 싶으신 거죠. 머릿수를 더하는 정도밖에 못 될지도 모르겠지만, 뭐라도 거들 수 있게 해주세요!"

"프란츠 씨……."

사장님은 내 행동에 조금 놀란 듯, 어딘가 멍해 보였다.

"이런 고백 같은 말을 들으면, 저도 나잇값도 못 하고 부끄러워지고 마는데……."

"앗, 그런 의미가 아니니까요?! 죄송합니다, 너무 주제넘은 짓을 했습니다."

메어리가 질렸다는 듯 한숨을 쉬는 가운데, 세룰리아는 순수하게 박수를 보내주었다.

"어떤 플래그든 전부 회수해야 비로소 남자랍니다. 서큐버스 · 인큐버스 어록에도 그런 말이 있지요!"

그 어록, 분명히 야한 쪽으로 특화된 거겠지…….

"그럼, 〈바니타자르 개발〉의 언데드를 구출할 프로젝트 팀을 발족하겠습니다. 멤버는 일단 이 방 안에 있는 사람들이라는 걸로 괜찮으실까요."

"네!" "응." "오오, 그래요!" "네에."

꽤나 제각각이었지만, 모두의 목소리가 합쳐져 프로젝트팀이 태어났다.

◇

그렇긴 해도, 당장 무언가가 변한 것은 아니었다.

일단은 거베라가 사실상 네크로그란트 흑마법사의 사원이 되었다.

사실상이라는 게 무슨 뜻이냐면, 거베라에겐 호적이 없다는 뜻이다.

이 왕국에도 없고, 마계 쪽에도 없다.

따라서 사원 신고가 조금 번거로워진다고 한다. 그래서 시간이 조금 걸린다고.

그러니 우선은 우리가 사는 기숙사에서 지내면서 회사 사무 작업을 도와주기로 했다. 거베라는 마법사도 아니기 때문에 일할 수 있는 내용도 한정되기 때문이다.

그리고, 일을 하다가 문득 어떤 것을 깨달았다고 한다.

어느 날 저녁 식사 도중 거베라가 이런 말을 했다. 참고로 그때도 뜨끈뜨끈한 수프를 꿀꺽꿀꺽 마시고 있었다.

"있지, 나, 지금까지 한 일 중에 제일 기뻤단 말이지."

마이페이스인 거베라지만 웬일로 상당히 기분이 좋아 보였다.

"헤에, 대체 무슨 일이 있었던 거야?"

"오늘 일을 하고 있었더니, 케르케르 사장님이 '덕분에 일이 순조롭게 풀렸습니다, 감사합니다'라고 말해줬단 말이지."

그 뒤에 더 이어지는 일이 있을 거라고 생각했는데, 거베라는 다시 식사로 돌아갔다. 맛은 느끼지 못해도 먹는 것이 싫지는 않은 모양이다.

"어, 그게 다인가요?"

세룰리아가 얼떨떨해하고 있었다.

조금 더 구체적인 내용이 있을 거라 짐작했던 거겠지. 약간 맥 빠지는 내용이다.

"그렇지만, 저번 회사에서 일했을 땐 고맙단 말을 들을 일 같은 건 전혀 없었는걸. 아아, 누군가가 내게 감사해한다는 게 이렇게 기분 좋은 일이구나 하고. 분명 그 전에도 계속 케르케르 사장님은 고맙다고 말해줬을 텐데, 나, 마비되어 있었던 탓에 알아채지 못했었구나 하고."

거베라의 말투는 가벼웠지만, 그 내용은 우리 마음에 분명히 남았을 것이다.

먼저, 언데드는 감사하다는 말 한마디 듣지 못한 채 노예 노동을 당해왔다는 것.

그리고, 언데드라 해도 누군가의 감사를 받으면 기뻐한다는 것.

보람이라는 것은 상당히 무서운 개념이다. 실제로 '보람

착취' 같은 말도 있다. 보람을 위해 다른 것을 희생해버릴 리스크도 있다.

하지만 보람 없는 일보다는 보람 있는 일이 더 좋은 건 확실하다.

"반드시 거베라의 동료들을 구해내겠어. 언데드는 기계도 도구도 아니야. 마음이 있는 존재라고."

나는 스푼을 세게 쥐었다.

하지만 어떻게 해야 좋을까.

"적의 내부 사정을 우리는 너무 몰라. 최소한 조금 더 확실하게 확인해두지 않으면⋯⋯."

"앗, 그렇죠."

짝 하고 세룰리아가 손뼉을 쳤다.

"모르면, 보여달라고 하면 된답니다."

"비밀리에 잠입하자는 건가?"

"아니요, 정식으로 신청해보면 되지 않을까요? 딱히 상대는 법적으로 떳떳하지 못한 일을 저지르고 있진 않을 거니까 OK도 나올 수 있다고 생각해요."

아무리 그래도 세룰리아는 지나치게 성선설을 바탕으로 움직이고 있지 않은가⋯⋯.

그 회사는 적이나 마찬가지니까 견학을 시켜줄 리가 없잖아⋯⋯.

라고 처음에는 생각했지만, 안이한 부정은 하면 안 된다고 자신을 타일렀다.

케르케르 사장님도 쉽게 가능성을 버리는 짓은 하지 않을 것이다.

그 덕분에 지금의 네크로그란트 흑마법사가 있다. 나도 사장님을 본받아야 한다.

시도할 수 있는 만큼 시도해보면 된다. 리스크는 없다.

"알겠어. 그럼, 사장님한테도 말씀드려서 정식으로 신청을 내달라고 할까."

──결과부터 말하자면, 진짜로 허가가 떨어졌다.

진짜냐! 싶었다. 그런 건 오픈이구나…….

사장님 왈 '부디 우리 회사의 방식이야말로 스탠더드라는 사실을 확인해주세요'라는 말이 쓰여 있었다고 한다.

그런가, 적이니까 감추는 게 아니구나.

오히려 적이기 때문에 과시하고 싶은 거구나.

◇

토르미군까지의 여정은 나름대로 길었다.

가는 길엔 도중까지 토토토 선배가 드래곤 스켈레톤에 태워줘서 다행이었지만, 아무튼 외진 곳이었다.

길을 나선 사람은 나, 세룰리아, 메어리까지 세 사람.

거베라를 데리고 갔다간 무슨 짓을 당할지 모르는 일이고, 애초에 그녀는 절대로 가고 싶어 하지 않을 장소일 테니 남아 있도록 했다.

사막 가운데 난 길을 낙타에 올라타 이동하고 있자니, 이윽고 느닷없이 〈바니타자르 개발〉이라고 쓰여 있는 커다란 간판이 튀어나왔다.

솔직히 말해서 외견만 본다면 말쑥하니 문제가 있는 기업처럼 보이진 않는다.

접수처에도 몸가짐이 정중한 인간 여성이 앉아 있다. 이런 덴 언데드가 아니구나.

접수처 직원에게 견학하러 왔다고 알리자 사장인 바니타자르 본인이 나타났다. 역시나 가면을 쓰고 있었기에 얼굴은 전혀 보이지 않는다.

"설마 예의 바르게 견학 신청을 할 줄이야. 하지만 그 공부에 열심인 태도는 싫지 않다고. 차근차근 둘러보고 이 시스템이 완벽하다고 그쪽의 패배를 인정하는 게 좋아."

"가능한 한 냉정하게, 객관적으로 확인하도록 하겠습니다. 저도 아직 사회인 초년생이라 지식을 많이 쌓은 건 아니라서."

"응. 그거면 됐어. 우리 회사로 이직하고 싶어지면 언제든지 말해도 괜찮아. 그럼 내가 직접 안내하지."

가면 옆으로 얼굴이 보이진 않을까 했는데, 슥 손으로 옆얼굴을 가려버렸다.

복도도 상상 이상으로 청결해서, 솔직히 우리 공격에 거꾸로 우리가 당한 듯한 부분도 있었다.

세룰리아도 두리번두리번 주위로 시선을 보내고 있

었다.

"이렇게 깔끔한 환경이군요……."

"업무 장소의 조명을 밝게 함으로써 작업 능률이 상승한다는 건 이미 마계에 논문으로 발표되어 있으니까. 그런 점에는 신경을 쓰고 있어. 후후후."

가면 탓에 얼굴은 보이지 않지만 아마도 의기양양한 얼굴로 말하고 있겠지.

게다가 시원한, 기분 좋은 바람까지 불어왔다. 메어리의 날개도 살짝 흔들린다.

"공기질에도 신경을 쓰고 있거든, 풍마법과 빙마법을 구사하는 인간 직원이 있어서 실내 온도도 쾌적한 수준으로 유지하고 있어. 어때? 생각 잘했지?"

어라……? 어쩐지 이상하게 착실한데……?

"복도만 안내해봤자 별수 없으니까, 작업 풍경도 보여주도록 할까. 먼저 제1작업실로 가지."

입구에 '제1작업실'이라고 적혀 있는 커다란 문을 바니타자르가 열었다.

거기서는 작업원들이 말없이 묵묵히 무언가 일을 하고 있었다.

보아하니 접착제를 발라 완구를 조립하고 있는 모양이다.

일하는 사람들은 진지해 보이고, 말소리 하나도 들려오지 않는다.

그렇다기보다 문을 열었는데 이쪽을 보지도 않는다.

"여기 라인에서 일하는 건 전원 언데드야. 어때? 노동의 기쁨을 다들 느끼고 있어서 행복해 보이지?"

"그, 그런가요? 이것만 보고는 아직 뭐라고 말을 할 수가 없는데……."

표면상으로는 성실하게 일하고 있는 것처럼 보인다. 영락없이 채찍에 맞아가며 강제 노동이라도 당하고 있는 건가 했었는데, 근무 태도는 생각했던 것 이상으로 좋다.

메어리도 세룰리아도 어디에 강제로 조종하는 장치가 없나 시선을 돌리고 있지만, 이것만 보아서는 무척 평범한 직장으로밖에 보이지 않았다.

"거베라라는 애에겐 쇠사슬이 채워져 있었는데, 그건 어떻게 된 거지?"

메어리는 역시나 세세한 부분까지 잘 본다. 그러고 보니 이곳 언데드들의 발에는 아무것도 달려 있지 않다.

"글쎄? 이 방의 모습을 확인해보면 되잖아. 그게 다야."

당당히 바니타자르가 말했다.

"여긴 이제 됐으니 다음 장소를 보여주실래요?"

제2작업실도 제3작업실도, 작업 내용은 미묘하게 달랐지만 똑같이 완구 조립을 하고 있었다.

그리고, 작업원들은 담담히 일을 하고 있다.

"이제 됐어? 언데드를 사용한 이 공장에는 한 점의 흠도 없지?"

태연한 표정(으로 보이는 가면)으로 바니타자르가 말했다.

으으음…… 이상하네……

당초 의도가 상당히 빗나갔다. 이보다 더 지옥 같은 곳일 거라고 생각했는데.

톡톡 메어리가 내 어깨를 두드렸다. 그리고 작은 목소리로 내게 말했다.

"번지르르하게 꾸며놓은 겉치레에 금이 갈 때까지 조금 더 버티자. 반드시 뭔가 있을 거야."

그리고 우리는 마지막 작업실로 안내받았다.

그곳도 역시나 조립을 착실하게 하고 있다.

작업실 안을 걸어보지만, 딱히 위화감은 없다.

이상하게 성실하단 말이지…… 노예 노동이라는 건 이런 건가……?

하지만, 변화는 갑자기 일어났다.

"더는 못 참겠어어어어!"

남자 작업원 하나가 내 앞에서 갑자기 일어섰다.

"이렇게 똑같은 곳에 앉아서 영원히 단순 노동을 해야 하다니 아무리 언데드라고 해도 견딜 수 없어! 그야 우리는 화장실도 안 가고 밥도 안 먹지. 잠도 안 자도 돼. 하지만 계속 똑같은 일만 하다 보면 질리는 게 당연하다고!"

앗! 역시, 언데드들은 괴로워하고 있었구나!

"더는 일하지 않겠어! 될 대로 되라고 해!"

바니타자르가 부르르르 떨고 있었다.

"하필이면 지금 맛이 가다니. 부끄러운 꼴을 보여주는 군……."

가면은 화내고 있지 않았지만, 이건 화를 내고 있는 거라는 걸 금방 알 수 있다…….

다른 언데드도 동요하고 있었다. 하지만, 그건 두려워하는 것에 가까웠다.

"어이, 그만둬! 〈딱지 방〉에 끌려간다고!" "〈딱지 방〉보다는 낫잖아! 참아!"

딱지 방이 뭐지……? 딱지가 붙는다는 의미만 놓고 보면 문제아들이 모여 있는 방이겠다만.

"이젠 아무래도 상관없어! 여기서 도망치겠어! 비를 맞고 더 썩어버린다 해도 여기서 계속 똑같은 하찮은 일만 반복하는 것보단 나아!"

언데드 남자가 탈주를 시도했다.

하지만 남자는 그대로 바닥에 쓰러졌다.

그의 발에 쇠사슬이 나타났다.

어라? 저런 게 처음부터 붙어있었나?

"나 참. 보이지 않는다고 해서 쇠사슬로 묶여있다는 것까지 잊어버렸네. 언데드는 건망증도 심한가."

바니타자르의 말로 미루어보자면 평소엔 보이지 않도록 해둔 것이겠지. 자마법을 사용하는 녀석이니 그 정도는 가능할 것이다.

조금씩 서서히 상황이 파악됐다. 역시 이곳은 이상

하다…….

"흥! 나는 도망칠 수 없을지도 모르지만, 일하진 않을 거니까! 짜증 나면 강에라도 집어 던져 보라고!"

바니타자르는 딱 손가락을 튕겼다.

"교무담당. 해치워."

그러자 군복 같은 옷을 입은 무표정한 언데드가 나타났다.

그리고 저항하는 남자에게 무언가를 붙였다.

그것은 부적이다.

마법진과 영창 같은 것이 적혀 있다.

그 순간 날뛰던 남자의 얼굴이 반짝반짝 빛나는 것으로 바뀌었다.

"노동이야말로 삶의 보람, 노동이야말로 삶의 보람, 노동이야말로 삶의 보람, 노동이야말로 삶의 보람……."

무서워, 무서워, 무서워!

"이게 〈노동이야말로 삶의 보람〉 부적인가!"

"일하면 웃음이 나요, 일하면 웃음이 나요, 일하면 웃음이 나요. 일하고 웃고 해피…………."

교무담당의 손에 쇠사슬이 벗겨진 남자는 그대로 방 밖으로 끌려나갔다.

"저 녀석, 〈딱지 방〉에 가버렸어……." "부적에 마음마저 빼앗긴 자들만 가는 방인가……."

"차라리 강제 노동이 낫지……."

딱지라는 건 부적이 붙은 녀석을 말하는 거였나.

"자, 여러분, 성실하게 일을 하도록! 너희들의 존재 의의는 여기서 일하는 것뿐이란다! 꾸물대고 있으면 부적을 붙여줄 테니까 말이야!"

바니타자르의 말에 금세 작업원들은 고개를 돌려 사무용 책상을 향하고 다시금 일하기 시작했다.

"너무해요……. 전혀 인간적인 환경이 아니에요……."

세룰리아의 얼굴에 그늘이 진다. 실제로, 차마 볼 수 없을 정도로 잔혹한 환경이다.

"인간적인 환경일 리가 없잖아. 여기 있는 건 인간이 아니니까."

바니타자르는 아무렇지도 않게 떳떳이 말했다.

과거에 무슨 일이 있었건 간에 이 녀석은 완전히 악당이다. 절대 용인할 수 없다.

"작업에 종사하는 언데드는 완전히 관리하고 있어. 순종적인 언데드의 일부를 교무 담당으로 두고 쇠사슬이 없는 생활을 허락했지. 이렇게 하면 언데드가 언데드를 관리하니까 인건비도 절약할 수 있고."

바니타자르의 즐거운 듯한 목소리에 화도 났지만, 그 이상으로 언데드들의 서글픈 얼굴이 마음에 걸렸다.

다들 두려워하고 있다.

언데드에게도 마음은 있으니까, 겁을 먹기도 하고 슬퍼하기도 한다.

그것을 바니타자르는 악용하고 있다.

"바니타자르 사장님, 감사했습니다. 크게 참고가 되었습니다."

나는 차가운 목소리로 말했다.

"그래요. 부디 당신 회사 사장한테도 가르쳐줘. 이것이 야말로 차세대 기업 시스템이라고. 근로 방식 개혁에라도 써먹을 수 있지 않겠어?"

참고가 됐어.

절대로 이런 끔찍한 환경을 놓아두지 않겠다는, 바꿔주겠다는 결심이 섰다.

뭔가 방법이 있을 것이다.

언데드를 구할 방법이.

◇

우리가 집에 돌아오자, 거베라가 웃는 얼굴로 튀어나왔다.

"너희가 돌아오기까지 무지 오래 걸린 것 같아! 다행이다, 다행이야!"

혼자 있었던 거베라는 무척이나 불안했던 모양이다. 절망적인 환경에서 오랜 시간을 지내왔으니 고독한 시간에도 마음이 진정되지 않는 걸지도 모르겠다.

"거베라는 그런 곳에 있었던 거야?"

반항하려 했던 언데드 남자가 연행당하는 것을 우리들은 목격하고 말았다.

그 말에 거베라의 표정도 어두운 것으로 바뀌었다.

"맞아. 공장 자체는 청결하지만, 그건 그러는 편이 우리 언데드의 작업 능률이 올라가기 때문일 뿐이야……. 만약 전혀 일을 할 수 없게 된다면 자마법 부적으로 세뇌당해버려……."

그곳은 너무나도 디스토피아였다.

하지만 이런 식으로 인건비를 들이지 않는 회사가 세계를 석권한다면 그 회사와 경쟁하는 전 세계의 제조업 회사가 망하게 된다.

"미안해. 아직 트라우마 비슷한 기억으로 남아있어서……."

죽었으니 추위를 느끼는 것도 아닐 텐데, 거베라는 지난 일을 떠올리면 추운 듯이 웅크린다.

도저히 바라볼 수가 없어서 나는 살며시 거베라를 끌어안았다.

"여기 있는 동안은 괜찮아. 널 괴롭히는 녀석 따위 없어."

"응, 고마워……. 인간이 아닌 나 같은 것도 소중하게 여겨줘서……."

"인간이라든가 인간이 아니라든가 그런 건 관계없잖아."

그렇게 말은 했지만, 관계가 있긴 하단 말이지.

거베라가 인간이었다면 몇 개쯤 손을 쓸 방도가 있었다.

나라에서도 인간이 쇠사슬에 묶여 강제로 노동을 하는

회사가 있다면 그곳의 문을 닫게 하는 정도는 했겠지. 모든 것은 언데드가 법적으로 인간이 아닌 탓에 일어난 문제인 것이다.

"아아, 거베라랑 언데드들을 인간으로 만들 방법이 있다면 좋을 텐데……."

하지만 시간을 되돌리는 건 불가능하다. 사자(死者)로서 이곳에 존재하며 움직이는 이를 생자(生者)로 돌리는 것은 어떤 성직자가 온다 해도 불가능하겠지.

"그러고 보니 주인님, 저 궁금한 게 있는데요."

세룰리아가 의문이 있는지 오른손 검지를 입술에 가져다 대고서 말했다.

"이 나라의 법에는, 인간의 정의가 어떻게 되어 있나요?"

그것은 무척이나 기묘한 질문처럼 느껴졌다.

"그런 거 굳이 쓰여 있지 않지 않을까……? 인간은 인간이라고밖에 표현할 도리가 없으니까……."

"아마 호와호와네 늪 트롤은 세금은 내지 않았었죠. 그렇다는 건 법적으로 커버되지 않았던 걸까요."

그런 말을 듣고 보니 이 나라의 법은 구멍이 숭숭 뚫려 있다고 할까, 인간의 경계선이 모호한 것 같다.

"늪 트롤이라든가, 산속에서 생활하는 고블린이라든가, 인구나 주소 같은 게 명확하지 않은 녀석들은 나라에서도 파악하기를 포기했지. 그러니까 그런 녀석들은 세금도 내지 않고."

개별적으로 자기들끼리 문화나 조직 따위를 이루어 살아가고 있다.

그 녀석들과 인간 사이에 큰 충돌이 없으면 그들은 나라로부터 무시당해왔다.

"하지만 왕도에는 고양이 수인인 분도 리저드맨인 분도 걸어 다니시죠. 그분들은 〈인간〉으로서 살아가고 계시는 걸까요. 죄송해요, 마족의 감각으로 보자면 구별이 잘 안 돼서……."

"아니, 괜찮아. 무슨 말을 하고 싶은 건지도 알겠어. 그 사람들은…… 인간이지, 확실하게……."

생각하면 생각할수록 법률상의 인간과 그렇지 않은 자의 차이를 나도 알 수 없게 되어갔다.

"아마 왕도에서 사는 그런 녀석들은 제대로 호적도 있고 세금도 내고 있는 거 아닐까……. 그만큼 행정 서비스도 제공받을 수 있고……."

거베라가 꼼지락꼼지락 움직였다. 앗, 계속 끌어안은 채였구나.

"호적이라. 그게 있다면 우리 언데드도 더 편하게 살 수 있는 걸까."

그렇지. 언데드도 인간으로 취급받을 수 있으면——

"언데드가 인간이 될 수 없다는 규칙이라도 있나요?"

지극히 자연스럽게 세룰리아가 그렇게 물었다.

"잘 모르겠지만, 아마 규칙상으로는 언데드는 인간으로

인정받을 수 없다고 적혀 있지는 않지 않을까요?"

나는 진지한 눈으로 세룰리아의 얼굴을 보았다.

"앗, 네…… 저, 또 뭔가 영 관련 없는 말이라도 해버린 걸까요……?"

"고마워! 분명 세룰리아 말이 맞을 거야!"

나도, 원래 인간이었던 거베라도 어딘가에서 무의식적으로 단정 짓고 있었다.

언데드는 사자이니 인간이 아니다, 라고.

하지만 그건 단순한 감각상의 문제일 뿐이다.

법적인 취급과는 또 다르다.

"지금 바로 당장 법률에 대해 자세히 조사해보겠어! 바니타자르에게 사역당하는 언데드를 구할 방법이 있을지도 몰라! 도서관으로 가서 법률 관련 문서를――."

"프란츠, 금속 세공은 금속 세공가에게."

메어리가 마계의 것으로 추정되는 속담을 꺼냈다.

"법률에 관한 거라면 전문가에게 묻는 편이 빨라. 사장이 프로젝트팀을 만든다고 했을 정도니까, 사장한테 법률 프로를 소개해달라고 부탁하자."

하긴 문외한이 법률 용어 같은 걸 읽어봤자 정의라든가 의미 같은 걸 확정할 수 없다면 아무것도 안 될 테고, 효율적이지도 않겠지.

우리는 곧바로 케르케르 사장님이 있는 곳으로 가서 회

사와 연이 깊은 법률 전문가를 소개받았다.

그 법률가는 고대 철학자 같은 훌륭한 수염을 지닌 아저씨였다. 어쩐지 인간이란 무엇인가 같은 질문을 던져올 것 같았지만, 말투는 전형적인 전문가의 분위기로 상당히 갭이 컸다.

"——그런 고로, 법률상에는 인간에 대한 정의는 일절 기재되어있지 않습니다. 한마디로 말해서 자신은 인간이라고 당사자가 주장한다면 대부분의 경우 통용될 것으로 추정됩니다. 실제로 고블린 가운데에는 법적으로 인간의 지위를 가지고 활동하는 분도 있습니다. 사회 활동을 행하는 데에 있어서 그렇지 않으면 불편하니까요."

"선생님, 그럼 사자가 자신을 인간이라고 주장한다면 그건 OK라는 건가요?"

"네. 애초에 대화가 되고 소통이 가능하며 인간적인 행동을 충분히 행할 수 있는 사자를 법은 사자로 판단하지 않으니까요. 앞으로 룰이 바뀌는 경우는 있을지 모르겠으나 현시점에서는 문제가 없을 것으로 보입니다."

즉 거베라는 인간이 될 수 있다!

거기서, 잠시 유보해야 할 점이 있다며 법률가 선생님이 설명을 덧붙였다.

"단, 한 가지 중요한 점이 있습니다. '확인주의'라는 것을 이 나라는 취하고 있습니다. 즉 본인이 관공서에 오거나 혹은 관공서 공무원이 해당자를 확인하는 절차를 거치지 않으면 서류 신청만으로 인간이 있다고 볼 수는 없다는 뜻입니다."

"그야 뭐, 그렇게 하지 않으면 위조호적투성이가 될 테니 그렇겠네요……."

듣고 보니 당연한 이야기지만, 우리에게 있어서는 커다란 관문이다.

바니타자르 밑에서 일하고 있는 언데드는 밖으로 나오는 것 따위 불가능하다.

그렇게 되면 관공서 담당자를 바니타자르 회사로 보내서, 그곳에서 인간의 호적을 만들게 해야만 한다.

"소녀는 잘 모르겠지만, 관공서 사람은 그런 귀찮은 짓하기 싫어하는 거 아닌가?"

메어리는 전혀 신용하지 않는다. 나도 거기엔 동의한다. 공무원은 귀찮은 일을 피하고 싶어 할 것 같다.

게다가 기업 측이 요구하지 않는 상태에서 우리가 관공서 담당자를 들여보낼 수 있을까?

"아, 열의가 있는 담당자 정도는 소개해드릴 수 있습니다. 여하튼 그 회사는 고액 탈세 상태에 가까운 상황이거든요."

앗, 그런가!

"그러네! 세수를 대폭 늘릴 수 있을 걸로 보이면 도와줄지도 몰라!"

그렇다면 이미 이긴 거나 마찬가지다.

"프란츠, 생각하는 방식은 틀리지 않았지만 사고회로가 너무 꽃밭이다. 아직 수라장을 다 헤치려면 한참 남았다고."

메어리가 저런 저런, 이라는 표정을 지었다.

아니, 수라장 같은 건 별로 헤치고 싶지 않은데.

"메어리, 문제가 있으면 정확하게 지적해줘."

"관공서는 움직일 수 있을 것 같아. 세수가 늘어나는데 가만히 있을 관공서가 아니잖아."

"그럼 가능한 거 아니야?"

"룰만 보자면 그렇지. 하지만 그 바니타자르가 비합법적인 방법으로 우리에게 소송을 제기하지는 않을지 불명확해. 상대는 악당이라고. 정정당당하게 법적으로 대응하면 패배를 인정한다고 확신할 순 없어."

"아……."

바니타자르가 반칙을 하고 들 위험은 있다.

"그 자식, 우리를 다 죽여 버려서 증거를 인멸하면 된다는 생각이라도 할 것 같아. 언데드를 다루는 모습을 보면 사람을 사람으로 보지 않는 태도였으니까. 언데드는 인간이 아니지만."

"그 가능성은…… 상당히 높을 것 같네……."

"뭐, 이걸로 겨우 싸울 수단을 갖춘 거긴 하지만."

그런데 거기서 메어리는 싱긋 웃으며 주먹을 꽉 쥐고 무언가를 때리는 시늉을 했다.

뭐야, 메어리도 엄청 의욕이 넘치잖아.

"상대가 비합법적인 수단으로 나온다면, 소녀도 할 만큼은 해줘야지."

◇

일주일 후, 우리는 다시 바니타자르의 회사를 견학하게 되었다.

명목은 언데드가 일하는 모습을 더욱 자세하게 보기 위해서인 것으로 해두었지만, 터놓고 말해서 무지무지 부자연스럽기는 하다. 지난번 견학으로부터 얼마 지나지도 않았다.

거절당하면 다른 잠입 방법을 시도할 수밖에 없다고 생각했었다.

다만, 정작 바니타자르가 시원하게 허가를 내주었다.

우리를 얕보는 걸까, 상대에게도 속셈이 있는 걸까. 현시점에서는 아직 알 수 없다.

내 옆은 겉보기엔 나와 세룰리아, 메어리——그리고 회사 연수생이라는 명목으로 되어 있는 토르미군의 공무원인 여성.

"후후후, 이걸로 과소화로 고민에 빠진 군에 대량의 새로운 인간이 존재한다는 걸 밝혀낼 수 있다면 저도 출세할 수 있습니다, 후후후후후!"

사정을 설명하자 의욕을 보이는 사람을 제대로 구할 수 있었다.

출세욕은 조직 내에서는 메이저한 욕망이다. 그 점을 정확하게 자극할 수 있었던 건 잘한 일이었다.

"가능한 한 작업은 들키지 않게 조용히 해주세요. 한 명이든 두 명이든 이 안의 언데드를 법적 인간으로 만들어버리면 우리의 승리니까. 남은 건 인간을 학대하고 있다고 고발하면 되니까요."

작은 소리로 공무원 여성에게 나는 확인한다.

"네, 이미 결재 담당자의 사인이 들어 있는 서류도 준비해뒀으니까, 언데드분의 자필서명만 있으면 가능합니다. 후후후후후!"

바니타자르에겐 세룰리아가 아무래도 상관없는 여러 가지 잡다한 이야기들을 끝없이 계속하는 것으로 주의를 끈다는 조치를 취해주고 있다.

변함없이 이상한 가면을 뒤집어쓴 탓에 표정도 잘 보이지 않지만, 아무튼 이대로 전력을 다한다.

이 건물의 언데드 전원을 인간으로 만들어주지.

"그런 느낌으로 이걸 언데드분께 적용할 수 있을까 싶어서요."

"그렇군. 갤리선 노동력에 언데드를 쓸 수 있겠네."

바니타자르가 수상히 여기지 않게 하기 위해서라고는 해도, 세룰리아의 이야기는 상당히 잔인하군.

그리고 드디어 언데드가 일하고 있는 제1작업실에 우리는 들어가게 되었다.

나는 세룰리아와 메어리에게 눈짓을 한다.

계속 이야기를 이어가 줘.

그러는 사이에 나랑 공무원은 방 안쪽으로 들어가서, 언데드를 '인간'으로 만든다.

무표정으로 값싼 장난감을 조립하고 있는 언데드 남자에게 살며시 다가갔다.

"응? 당신 뭐야? 잡담하면 혼나."

나는 작은 소리로 살짝 사정을 설명한다.

"여기에 펜으로 이름만 적어주시면 당신을 이 환경에서 빼낼 수 있습니다. 쉽게 말하자면 인간과 같은 권리를 손에 넣을 수 있는 겁니다."

하지만, 그 설명이 다른 언데드 귀에도 들어갔다.

"앗싸! 이 지옥에서 빠져나갈 수 있다!"

그들에게는 정말 울고 싶어지는 나날이었던 것이다.

그런 나날로부터 해방될 수 있다는 얘기를 들으면 환희의 함성도 나오겠지.

──하지만, 외치는 게 약간 너무 일렀다.

"좋았어!" "이걸로 자유다!" "바니타자르따위 뒈져 버려!"

그 목소리는 금세 연쇄적으로 퍼진다.

물론 바니타자르에게까지 들리고 만다.

"그렇군, 그렇게 된 거였네. 무슨 용건으로 왔나 했는데 무척이나 귀찮은 짓을 생각해냈잖아.

조용히 바니타자르가 중얼거렸다.

그런데도, 이상하게도 그 목소리는 내가 있는 곳까지 선명하게 들렸다.

곤란한데. 이 녀석, 틀림없이 초강력한 녀석이야…….

오른손을 움직여 허공에 마법진 비슷한 것을 그린다.

그러자 손가락으로 그린 마법진이 그대로 발광하고, 순식간에 바니타자르가 내가 있는 곳까지 문자 그대로 날아왔다.

우리 바로 정면에 바니타자르가 나타났다.

"당신은 일단 자고 있어."

중얼중얼 영창을 행하자 공무원 여자는 "흐아앗……" 하고 힘없는 소리를 내며 의식을 잃었다. 상대를 혼수상태에 빠지게 하는 마법이겠지.

"너희가 하려고 했던 짓은 잘 알겠어. 미안하지만 여기서 모두 죽어줘야겠다. 아니, 오히려 자마법으로 완전히 세뇌하는 편이 뒤처리가 깔끔할까."

곧바로 또 허공에 바니타자르는 진을 그리면서 영창을 행한다.

"먼저 당신의 마음 깊은 곳을 들여다본 다음에 조종해줄게. 본능만을 따라 배회하는 존재로 만들어 줄까."

세뇌 계열 마법인가. 최소한 흑마법과도 백마법과도 다

르다. 정신에 영향을 끼치는 자마법인 거겠지.

"주인님, 조심하세요!"

"프란츠! 직격당하면 위험해!"

세룰리아와 메어리가 크게 외치며 이쪽으로 다가오지만, 바니타자르는 선수 필승으로 공격하려 들 모양이다.

나도 영격 준비는 되어 있다. 제대로 이번엔 지팡이를 소지하고 있다.

먼저 한 발 정도는 적의 공격이 들어오겠지만……. 상대는 영창도 마법진을 그리는 것도 빠르다…….

아무리 해봤자 사회 초년생이 이길 수 있는 상대가 아니야!

"받아라!"

보라색의 불길한 빛이 내 몸에 부딪친다.

하지만, 그 직후에 바니타자르 쪽이 "꺅!" 하고 가녀린 비명을 질렀다.

"뭐, 뭐야 이거! 여동생을 향한 편애가 흘러들어와! 너무 무서워! 징그러워! 징그러워!"

그, 그런가! 내 마음 깊은 곳에는 시스터 콤플렉스 선조의 징그러운 욕망이 남아있는 거다!

여동생이 존재하지 않기 때문에 평소엔 일절 영향은 없지만.

이것으로 찬스는 내게 돌아왔다.

나는 척 지팡이 끝을 쥐고 가면에 걸었다.

이런 가면 캐릭터는 가면을 벗기면 힘이 약체화되거나, 사실은 가면이 본체인 법이다!

"그만둬! 벗기지 마!"

"여기서 그만둘 리가 없잖아! 나도 목숨을 걸었다고!"

가면이 댕그랑 소리를 내며 바닥에 떨어진다.

바니타자르의 맨얼굴은 쇼트커트가 잘 어울리는, 그야말로 바지런히 척척 일하고 있습니다라고 주장하는 듯한 똑 부러지는 인상의 여자였다.

아니 뭐, 적의 용모를 칭찬해봤자 별수 없지만, 귀여운 건 귀여운 거다.

"크윽……. 너무 그렇게 보지 말라고……."

이건 얼굴이 드러나면 부끄러워서 힘을 쓸 수 없게 되는 타입의 적인가?

그렇다면 그거대로 작전 성공인 셈이 된다만.

"세뇌는 불가능한 모양이군. 그렇다면 〈육체 약화 (강도)〉 마법을 사용할 수밖에 없나."

"어라? 가면 벗겨도 싸울 수 있어……?"

"딱히 제약은 없는데?"

그렇다면 괜히 의미심장해 보이는 가면 같은 거 쓰지 말라고! 약점 같잖아!

"하지만 시간은 벌었다! 이쪽에도 메어리와 세룰리아가 가세하겠지!"

"당신 말이야, 여긴 내 본거지거든?"

바니타자르가 기세등등하게 웃는다.

어째서인지 메어리와 세룰리아 두 사람이 기묘한 방향으로 날아가고 있다.

잠시 날아간 뒤에 두 사람은 움직임을 멈췄다.

"이거, 환각 마법이 걸려 있네요……. 일단 한번 해제하지 않으면……."

"아아, 정말! 자마법은 이런 게 있으니까 싫다고!"

이거, 바니타자르가 사전에 방에다 뭔가 장치를 해뒀군. 위험해, 위험해…….

나는 허둥지둥 마법 영창으로 들어간다. 무언가 공격을 하지 않았다간 저쪽에서 쳐들어오겠어…….

하지만 바닥이 미끌거려서 마법진을 잘 그릴 수가 없다.

"만약에 대비해서 마법진을 만들 수 없는 바닥으로 해뒀어. 난 공중에서도 마법진을 그릴 수 있으니까."

"조금씩 조금씩 코너에 몰리고 있어!"

"어떻게든 될 것 같네. 자 그럼, 어떻게 요리를 해줄까."

여유를 품은 미소를 띠고서 바니타자르가 말했다.

"나, 날 쓰러뜨려도 메어리가 널 해치울 거라고. 내 원수는 메어리가 갚아줄 거야! 뭐, 일단은 내가 무사하고 싶지만……."

"센 척은 지금 미리 해두는 게 좋을 거야. 설마 〈형언할 수 없는 악몽의 창시자〉라도 부른 건 아닐 테니까."

"바로 그거거든! 메어리가 그거거든!"

"웃기지도 않는 개그네. 그런 위대한 존재가 그렇게 쉽게 이쪽 세계에 소환될 리가 없잖아."

메어리가 너무 대단해서 오히려 믿질 않아!

"세뇌 마법은 많이 있으니까. 당신은 인간이니 과로사할 때까지 일을 시켜주지! 죽으면 그다음엔 언데드로 영원히 일을 시켜주겠어!"

나한테 끔찍한 소릴 하고 있다고!

하지만 그때──

누군가가 바니타자르 등 뒤로 날아드는 것이 보였다.

처음에는 공무원 여자가 눈이라도 뜬 것인 줄 알았다.

아니었다.

──가까이에 있던 언데드들이 바니타자르에게 달려들어 덮친 것이다.

"웃기지 마!" "복수해주지!" "용서치 않을 테다!"

그런가. 쇠사슬에 묶여있다고는 해도 주변에 있는 언데드들이라면 얼마든지 공격을 할 수 있다.

바니타자르는 저항했지만 그대로 언데드들이 깔아뭉갰다.

완력 자체는 대단치는 못한 모양이다.

"그, 그만둬! 부적을 붙이겠어!"

"붙이든가!" "너, 언데드는 발톱의 때만큼도 생각한 적 없지." "그렇지 않았다면 더 경계했을 테니까!"

그렇구나. 하긴 이 방은 바니타자르를 원망하는 언데드

천지였다.

그런데도 바니타자르는 그것조차 묵살하고 있었다.

마음이 있는 존재라고 생각하지 않았다.

그러니 바로 뒤에 언데드가 있는데도 전혀 의식하지 않았던 것이다.

"그만둬! 그만두라고! 사장에게 반항하면 안 되지!"

바니타자르가 비명을 지른다.

"뭐가 사장이냐!" "이쪽은 소동화 한 닢도 받은 적 없다고!" "그러니까 노예다! 밥도 안 먹여주니 노예 미만이다! 차라리 해고해줘!"

바니타자르는 훌륭하게 붙잡히고 말았다. 손이 묶인 탓인지 마법도 쓸 수 없는 모양이다.

"아무래도 결판이 난 것 같네요."

그때, 귀에 익은 목소리가 내 귀에 닿았다.

붙잡힌 바니타자르 앞에 케르케르 사장님이 돌연히 그 모습을 드러냈다.

"아아, 이렇게 가까이에 계셨군요, 사장님⋯⋯."

"귀여운 사원이 끔찍한 꼴을 당하면 큰일이니까요."

손에는 조금 전까지 사장님이 입고 있던 베일이 들려 있다.

이 투명화 베일로 모습을 감추고 잠입했던 것이다. 어찌됐건 바니타자르가 강적이기에 신중에 신중을 기했었다. 모습을 감추었던 동안은 어디에 있는 건지 나도 몰랐지만.

"설마, 언데드를 법적으로 사람을 만들어버리다니……
그렇게까지 해서 나를 방해하고 싶었던 거야?"

원망스러운 듯 바니타자르는 사장님의 얼굴을 올려다보
았다.

"설마. 바니를 향한 특별하고 구체적인 악감정은 없어
요. 그건 자만에서 비롯된 착각이에요."

케르케르 사장님은 웃고 있었지만, 그 말에는 가시가 있
었다.

"다만 수많은 언데드가 괴로워한다는 이야기를 들었으
니 어떻게든 손을 쓸 방법을 찾았던 것뿐이에요. 당신이
상대가 아니었어도 완전히 똑같은 일을 했을 테니까요."

그것으로 바니타자르는 입을 다물고 말았다.

언데드를 사람으로 만들어서 노예 노동을 멈출 방법——
그것을 떠올린 시점에서 이미 우리의 승리였던 것이다.

"그리고, 이제 그만 수익밖에 안 믿는다는 그런 캐릭터
연기는 그만두는 게 좋아요. 가면 아래에선 전혀 웃고
있지 않았었죠."

바니타자르의 표정이 딱딱하게 굳는다.

"그쯤이야 옛날부터 알고 지내온 사이니 알죠. 이대로
계속했어도 언젠가는 당신의 마음이 망가졌을 겁니다. 타
인을 행복하게 할 수 없는 일을 계속하는 건 무리예요."

사장님은 전부 꿰뚫어 보고 있다는 얼굴로 부드러운 미
소를 짓고 있다.

과거의 친구를 바라보는 듯한 미소를.

아아, 저 가면은 어두운 얼굴을 숨기기 위한 방어구였던 건가.

"당신은 완전한 악인으로 변할 수 없어요. 그런 건 불가능하다는 걸 인정하고 순순히 투구 벗고 항복하세요. 아니, 가면을 벗으라고 하는 편이 정확할까요."

"……하지만 이익밖에 추구할 게 없었어. 몇 번이고 배신당해서, 나한텐 돈밖에 좇을 것이 없어졌었어."

그런 바니타자르의 표정은 너무나도 비참했다.

한번 인간불신이 되어버려 당장 인생의 목적을 잃어버리면, 돈밖에 추구할 지표가 없었을지도 모른다.

"그렇군요. 그렇다면."

톡톡 사장님은 내 등을 두드렸다.

"오늘 하루, 프란츠 씨랑 함께 지내면서 새로운 것을 찾아보세요."

"엇, 으에에에에! 왜 제가?!"

하지만 사장님은 내 반응은 무시하고 이야기를 진행해 나간다.

"자, 바니도 침울해하기만 하는 것보다는 이야기 상대가 있는 편이 진정되잖아요? 아니면 우리와 함께 언데드들을 인간으로 만드는 일을 하실래요?"

"아니, 지금은 머리를 식히고 싶어……."

결국 나는 사장실 옆 응접실에서 바니타자르와 마주하게 되었다.

맹렬하게 거북하다……. 계속 어두운 표정을 짓고 있고…….

그렇다고 해서 이 녀석을 혼자 두는 건 그거대로 무서우니 감시하는 의미도 포함해서 내가 있는 편이 낫겠지.

"과거에 여러 가지 일이 있었던 모양이네요."

계속 조용히만 있어봤자 시간이 안 가니까, 화제를 던진다.

"응, 정말 여러 가지 있었지. 모처럼이니까 옛날얘기 들어줄래?"

"해주세요. 얼마든지 들을게요."

바니타자르의 이야기는 대강 사장님을 통해 들었었다.

하지만 역시 직접 들으면 인상이 완전히 다르다.

정말 너무나 거대했다.

몇 번이고 사람들에게 배신당해 지옥을 맛본 인생이었다.

그로 인해 조금씩 돈밖에 믿을 수 없게 된 거겠지. 그렇게 말하지 않아도 대충은 알 수 있다.

하지만 이야기를 나누는 동안 바니타자르의 안색은 좋아지고 있었다.

아아, 누군가와 이야기한다는 건 마음의 안정을 유지하기 위해 중요한 일이지.

이윽고 바니타자르의 얼굴에 희미하게 밝은 기색이 떠

오르기 시작했다.

그렇다고는 해도 이야기하는 내용은 변함없이 하드하기 때문에 자조적이었지만.

"지금쯤 언데드가 속속 인간이 되고 있겠지."

"그러네요. 적어도 지금까지와 똑같은 노동 환경에서 일하게 하는 건 명확한 범죄가 됩니다."

"당분간 급료를 지급하고 공장을 운영해나갈 정도의 자금은 있지만, 언데드들의 판단에 달린 거네."

바니타자르는 천장을 멍하니 올려다보았다.

넋이 나갔다기보다는 긴장이 풀렸다는 느낌이었다.

"다시 처음부터 시작이네. 무지막지한 짓을 했다간 이번 처럼 무너지겠지……."

"시작이야 얼마든지 다시 할 수 있잖아요."

나는 딱히 거리낌도 없이 그렇게 말했다.

"당신, 젊다고 그런 말을 쉽게도 하네."

잠시 발끈한 얼굴로 바니타자르가 내 쪽을 보았다.

반대로 말하자면, 이야기를 나눌 개인으로 나를 바라봐 주었다는 뜻이다.

오랫동안 바니타자르는 상대와 얼굴을 마주하지 않고 철저하게 가면을 써왔으니까.

"그렇지만 당신은 흑마법에도 자마법에도 엄청난 재능이 있죠. 그건 쓸 수 있는 재료가 잔뜩 있다는 뜻 아닙니까."

나로서는 그것이 당연한 일이니 금방 말이 튀어나왔다.

"이 세상의 대부분 사람은 당신 같은 재능조차 없어요. 그런데 당신이 재출발을 못 한다는 건 말이 안 되죠. 그렇다기보다 몇 번이고 배신당했다는 건, 그만큼 몇 번이나 재출발했었다는 증거잖아요."

아주 약간은 나대도 된다.

어차피 나는 바니타자르 본인이 아니다. 무슨 말을 해봤자 궁극적으로는 책임이 없다.

그렇다면 하다못해 앞을 보고 걸어갈 수 있도록 해주기라도 하면 된다.

"이번엔 다른 사람을 행복하게 하는 일을 시작하면 돼요. 당신은 똑똑하니까 그 정도는 할 수 있을 거예요."

나는 바니타자르의 눈동자를 보면서 말했다.

바니타자르는 버거운 듯 살짝 얼굴을 돌렸다.

"나 참, 그런 일이 있는 걸 보고 오기라도 한 것처럼 말한다니까……."

"보고 왔어요. 케르케르 사장님 밑에서."

아마도 케르케르 사장님과 바니타자르의 스타트는 거의 비슷했을 것이다.

그렇다면, 바니타자르에게도 케르케르 사장님처럼 될 가능성이 있다.

"케르가 옳았다는 거네."

고개를 숙인 채 바니타자르는 말했다.

그것은 그녀 나름의 패배 선언이었다.

"뭐, 어떻게든 해나갈 거야. 이런 나를 믿어주는 사람은 이젠 아무도 없지만. 그것도 자업자득이려나."

가면이 없는 탓에 바니타자르의 맨얼굴이 보인다.

유난히 네거티브다. 비관적이다.

하지만 그렇기에 더더욱, 이제 그만 그것을 바꿔도 되겠지.

나는 소파에서 일어나 바니타자르의 손을 두 손으로 감쌌다.

이렇게 사장님의 손을 쥐었었지. 바니타자르를 멈출 힘이 되겠다고.

인간은 어째서인지 말뿐인 것보다는 손의 온기를 함께 전하는 것을 더욱 신용할 수 있다.

"그렇게 믿어주는 사람이 없다면, 내가 당신을 믿죠. 그거면 되나요?"

"뭐……? 넌 나한테 무슨 짓을 당했는지 잊어버린 거야?"

"그래도 믿을지 말지는 내 마음이에요. 나는 재출발하는 당신의 인생을 믿을 겁니다. 다른 누가 의심한다 해도 믿을 거예요. 당신이 의심해도, 믿을 겁니다!"

바니타자르는 망연하게 있었다.

하지만, 그 눈동자에는 눈물이 고였다.

"누가 나한테 그런 말을 해준 게, 150년 만인가……."

바니타자르는 자리에서 일어나 내 쪽으로 몸을 기대어 왔다.

내가 할 수 있는 건 끌어안는 것뿐이다.

그래봤자 결국 타인이 입에 발린 말을 하는 것에 불과할지 모른다.

그래도 그렇게 말하는 게 정답이라고 나는 생각했다.

실패했다고 해서 다음 도전을 인정받지 못하는 세계는 너무 쓰레기 같다.

나 역시 구직 활동에서 숫자를 세는 것도 질릴 만큼 실패하고 엉망이 될 뻔했던 것을 케르케르 사장님이 구해주신 것이다.

그러니까 그 대신 다른 누군가에게 손을 뻗는다. 마이너스가 아닌 플러스의 연쇄를 만든다.

"얼마든지 우세요. 그걸 받아주는 정도는 신입 사원도 할 수 있으니까."

"으, 응……. 아아, 인간이란, 이렇게 따뜻하구나……."

바니타자르는 내게 꽉 매달렸다.

묘하게 적극적인 사람이군……. 귀여운 사람이니 싫지는 않지만.

하지만 그 적극성은 그 정도 수준이 아니었다.

──갑자기 키스당했다.

심지어 꽤 오랫동안…….

격렬하다고 형용해도 좋을 것이었다.

아아, 이 사람, 원래는 의존 체질이라고 할까 상대에게 지나칠 만큼 기대는 성격인 거 아닐까?

그러니까 배신당했을 때의 대미지도 컸던 것이라고 생각한다.

상대에게 기대고 그 기댔던 상대가 도망쳐버리면 넘어지는 법이니…….

"미, 미안……. 나도 모르게……."

"나도 모르게의 레벨이 아닌데요……."

그리고서 바니타자르는 나를 아래에서 올려다보는 시선으로 바라보았다.

"더 해도, 괜찮을까?"

조르는 듯한 눈동자로 그녀는 그렇게 말을 이었다.

"돈 버는 것 말고도 살아갈 의미가 필요해."

그런 말까지 하니 거절할 수가 없다.

응, 여기서 거절했다간 또 배신당한 것 같은 분위기가 될 테고…….

"미리 말씀드리겠는데, 이 회사로 이직하라든가 남자친구가 되어달라고 하셔도 그러는 건 여러 가지 사정이 있으니까 불가능할지도 모릅니다……?"

"나도 알아. 지금은 누군가의 따스한 살갗이 그리울 뿐이야……."

직접적으로 말하는 사람이군…….

"그, 그럼, 그러세요……. 시간은 괜찮을 것 같고……."

그 후로 사장실의 문을 잠가두고 소파 위에서 농후하게 서큐버스같은 일을 했습니다.

그렇다기보다, 바니타자르는 모독적인 지식만 이상하게 풍부했다.

어쩌면 서큐버스인 세룰리아보다도 더 많이 알고 있을지도 모른다…….

이건 어떻게 쓰는 걸까 싶은 도구라든가 유난히 과격한 옷이라든가 이것저것 튀어나온 것이다……. 회사에 가져오지 말라고…….

"저기…… 그런 데에 뭘 넣으면 염증이 생기거나 하진 않을까요……?"

"괜찮아. 당신 몸에 넣는 것도 아니니까."

"저기…… 그 옷, 입는 의미가 있긴 있는 건가요……? 중요한 부분은 전부 나와 있는 거죠……?"

"괜찮아. 당신이 입는 것도 아니니까."

나는 경솔한 말을 막 뱉어버린 것은 아닐까.

이 사람이 지닌 어둠, 너무 깊다고. 나 혼자서 끌어안을 수 있을까……?

"옛날 흑마법사는 있지, 정말 이러저러한 게 많았어. 더, 더 즐기자고!"

"저기, 제가 이제 슬슬 한계인데요……."

체력적인 소모가 심하다. 이 사람, 공격적인 자세가 너무 강해!

"그럼, 악덕의 시간이 계속되도록 내 체력을 나눠줄게."

바니타자르의 마법으로 확실히 조금은 회복했다.

"그리고, 모처럼이니까 자마법도 쓸까. 이런 환영은 어때?"

어째선지 주위의 풍경이 학교 교실 같은 장소로 바뀐다.

심지어 나와 바니타자르도 교복 같은 것을 입고 있다.

"시추에이션은 방과 후 학교야. 누가 교실에 올지도 모른다는 두근대는 기분을 맛볼 수 있겠지."

"변태냐! 돌이킬 수 없이 심각한 변태냐!"

"리미터가 해제됐다고. 괜찮잖아."

그 뒤에 있었던 일은 너무 모독적이기 때문에 누구에게도 발설할 수 없을 것 같다.

하지만 전부 끝난 뒤 바니타자르가 후련한 표정을 짓고 있었으니 이걸로 잘된 걸까.

"개운해졌어. 다시 제로부터 시작해나갈게."

"네, 이렇게나 기력이 넘치면 괜찮을 거예요."

내가 그렇게 말하자 잠시 시간을 둔 뒤에 바니타자르는 "정말 그러네"라며 쾌활하게 웃었다.

나도 따라서 웃고 말았다.

역시 에로와 웃음은 제법 가까운 위치에 있다.

◇

그 후로 일어난 일을 대강 정리하자면──

인간으로 인정받은 언데드들은 일을 그만둘 사람들은 그만두고, 남은 사람들은 일단 바니타자르 회사의 사원이 되어 노동조합을 이곳에서 만들게 되었다. 노동조합 측에서 제대로 된 노동 조건을 제시하고 그것을 가지고 바니타자르에게 교섭을 요청했다.

바니타자르도 그 조건을 인정하고, 언데드들이 살 집도 없으므로 기숙사를 만들기로 결정했다.

앞으로 바니타자르와 언데드들이 어떻게 되는지 한동안 케르케르 사장님도 지켜보겠다고 했지만, 이러니저러니 해도 잘 돌아갈 것 같다.

그날 집에 돌아가면서 사장님이 내게 말했다.

"바니에게 프란츠 씨로 부딪혀본 게 정답이었네요."

"아니, 사장님, 아무리 그래도 그건 너무 억지였다고요……? 어디 승산이 있었나요?"

그야 상대의 정신상태는 불안정했으니 말 상대를 붙이는 것 정도의 의미는 있었지만.

"제 인선은 완벽하다고요."

케르케르 사장님은 가슴을 활짝 폈다.

"프란츠 씨는 타인의 아픔을 이해하는 사람이고, 사람을 부정하지 않으니까, 바니의 상대로 세우기에 가장 적합한 사람이라고 생각했어요."

"그런 말씀을 들으니 부끄럽네요……."

이 사장, 사람 비행기 태우는 걸 너무 잘한단 말이지.

그리고 나도 제대로 비행기 태워졌다.

"그리고 상성 문제도 있어서. 바니, 옛날부터 연하를 좋아했거든요. 연하한테 설교 당하는 걸 좋아하는 성격이에요."

쿡쿡 사장님은 웃는다.

"사장님의 오랜 지인이니 주변 사람 대부분은 연하일 텐데요……."

바니타자르도 어떤 안티에이징을 한 것인지 단순히 초장수인건지는 알 수 없지만, 몇 살 더 먹은 선배 회사원의 외모란 말이지.

"장난치는 것처럼 들릴지도 모르겠지만, 이럴 땐 새로운 만남으로 기분을 전환하는 것도 중요해요. 그런 성격은 누구와도 맞부딪칠 수 없고, 바니를 속이려고 드는 사람과 붙여봤자 또 지옥 같은 일이 되어서 다시금 어둠의 나락에 떨어져 버릴 테니까요."

이런 식으로 말하는 걸 보아서는 의존 체질인 건 사실이군.

"그런 연유로 프란츠 씨라면 괜찮겠다고 판단한 겁니다. 설마 이렇게 대성공일 줄은 몰랐지만."

"저기, 사장님, 제가 구체적으로 무슨 일이 있었는지는 말씀 안 드렸죠……?"

무슨 일이 있어도 말할 수 없다.

자마법의 환영으로 서로가 학생이라는 설정을 하기도 했다거나, 신전에 있는 신관이라는 설정을 하기도 했다거나, 메이드와의 관계라는 설정을 하기도 했다거나…….

"프란츠 씨, 저는 바니랑 오래도록 알고 지내온 사이라고요. 여러 가지 일이 있었겠죠, 여러 가지."

그게 정답입니다…….

◇

나와 세룰리아, 메어리까지 셋은 거베라가 기다리는 집에 돌아왔다.

"수고했어!"

거베라는 우리가 있는 곳으로 주인의 귀가를 목이 빠져라 기다리던 강아지처럼 달려왔다.

기다리고만 있는 것도 불안했겠지. 거베라도 잘 버텨주었다.

그날은 거베라가 우리에게 답례를 하고 싶다며 요리를 만들어 주었다. 그렇긴 해도 그다지 대단한 건 만들 수 없기에 크레이프에다 채소며 햄을 넣어 만 것이었다.

식사를 하면서 일어났던 일을 차근차근 이야기했다.

"그렇게 해서 이제 바니타자르 쪽으로 돌아가서 정사원 대우로 일하는 것도 가능하고 그게 싫다면 그냥 나와 있어도 돼. 나가는 녀석에게도 바니타자르는 퇴직금을 줄 거야."

인간이 되었다고 해도 살 곳도 돈도 없기 때문에 바니타자르에겐 그러한 부분에 대한 보장을 약속하게 했다.

"그 공장에서도 앞으로는 가격이 조금 비싸지만 그만큼 질이 좋은 물건을 만들 거라고 해. 싼 게 비지떡인 대량생산 방식은 중지할 예정이야."

바니타자르는 바보는 아니니 그래도 이익이 나오도록 잘할 수 있을 것이다.

사장님 왈, 높은 가격대의 상품도 회사 규모를 그렇게까지 확장하지 않고서 팔 수 있을 거라고. 대기업처럼 전개할 순 없지만 사원의 행복을 고려하면 나쁜 선택은 아니라고 한다.

"그런가. 거기서 일하면 안 좋은 기억이 떠오를 것 같으니까, 심기일전으로 다른 곳에서 해볼까."

그것도 당연하겠지.

"정말 고마워. 너희가 날 주워주지 않았다면 난 또 다른 종류의 절망을 맛보는 데에 그쳤을 거야."

거베라는 지금까지 본 적 없는 진지한 얼굴이었다.

"그렇다고 하더라도 괴로운 환경에서 도망치겠다는 결단을 내린 건 거베라 씨예요. 그것만으로도 훌륭하답니다. 거베라 씨의 행동으로부터 틀림없이 모든 것이 바뀐 거예요."

세룰리아가 자애로 넘치는 미소로 말했다.

"응. 고마워. 집은 따로 얻을 생각이지만, 여기로 또 놀러 올 테니까 말이야!"

거베라의 웃음은 만났을 때의 모든 것을 포기한 듯한 미소가 아닌 미래를 꿈꾸는 사람의 웃음이었다.

◇

거베라는 왕도에 방을 얻어 지금은 아르바이트를 하며 살고 있다.

밤에 잠들지 않으면 건강이 나빠진다거나 하는 일이 없기 때문에 야근으로 높은 수입을 올리기로 했다고 한다. 하긴 합리적일지도 모르겠다.

"또 〈바니타자르 개발〉에서 정정한 업무 이행이 이뤄지고 있는지 감사를 나와 줬으면 좋겠다고 하네요."

"이걸로 몇 번째일까요……. 일주일에 한 번꼴은 아무리 그래도 너무 많지 않은가……."

"우리로선 저쪽 회사에서 돈도 나오니 거절할 이유도 없어요. 부탁드릴 수 있을까요?"

짓궂은 시선으로 케르케르 사장님이 말한다.

어째서 나를 부르는 건지는 대충 알겠다.

또 바니타자르가 〈악덕〉의 끝을 보여주겠지…….

지난번에도 지지난번에도 일은 한 시간 만에 끝나고, 그다음엔 사장실에 불려갔었지…….

"알겠습니다. 하겠습니다. 어떤 의미에서는 흑마법사다운 일이기도 하니……."

"네, 그럼 그쪽에 연락해둘게요♪ 앗, 하지만 거대한 권력의 포지션을 제안해 오더라도 이 회사를 그만두진 말아주세요."

"그런 일은 일절 생각하지 않고 있으니 괜찮습니다!"

하지만, 이 상태는 여사장의 숨겨둔 애인 그 자체이려나.

나는 사장실을 나와 후우 하고 한숨을 쉬었다.

신입 사원 첫해부터 여러 가지 일들이 너무 많이 일어나는 게 아닐까…….

사원에 대해

생각하지 않는 회사는

틀림없이 고객에 대해서도

생각하지 않으므로

제 3 화

흑마법 기업 합동 대운동회

"아~, 몸이 찌뿌둥하네…….."

아침에 일어나 나는 팔을 뱅글뱅글 돌리며 부엌으로 나왔다.

"역시 출장 갔다 돌아오면 피로가 축적되네……. 인간이란 이동하는 것만으로도 지쳐버린다고 할까……."

"어머머, 바니타자르 씨한테 다녀오실 때마다 소모되어 계시네요."

부엌에 있던 세룰리아가 다가와 내 어깨를 마사지해준다. 세룰리아의 하얀 손가락만 봐서는 상상이 안 될 정도로 단단히 힘을 주어 주물러줘서 시원하다. 유력한 마족의 파워는 상당히 크다.

"어제도 집에 돌아오자마자 곧바로 잠들어버리셨죠. 그렇게 시찰하는 게 격무인가요?"

"아, 그러니까…… 격무인지 아닌지 물어본다면, 시찰은 무지하게 쉽지만……."

그 바니타자르도 사원인 언데드에게 제대로 된 급료와 휴가를 제공하게 되어서, 회사도 다시 궤도에 오르고 있다.

같은 군에 사는 사람들도 고용하기 시작해서, 지역 고용 증가에도 한몫하고 있다.

"그저, 사장과의…… 커뮤니케이션이 지친단 말이지……."

즉 서큐버스다운 일을 잔뜩 하고 있는 것이다.

아마도 바니타자르의 몸에 내 손이 닿지 않은 곳은 아무

데도 없을 것이다.

근본이 성실해 보이는 사람일수록 성적인 부분이 매니악하다는 이야기를 들은 적이 있는데, 반드시 틀린 말은 아니다.

"그렇군요, 그렇군요. 혹시 저한테도 일부 책임이 있을지도 모르겠네요."

이번에는 등을 지압하면서 세룰리아가 말했다.

"어? 세룰리아 책임인 부분은 아무 데도 없잖아?"

"왜, 주인님은 사역마인 저와 이런저런 일을 하고 계시잖아요?"

"……응, 이것저것 하지."

세룰리아는 서큐버스이기 때문에 당연히 밤에는 서큐버스의 일을 내게 해준다.

그것을 철저하게 거절하는 건 세룰리아에 대한 모욕에 해당한다.

그렇기 때문에 나는 너무 지쳐서 도저히 안 되는 날 이외에는 받아들이고 있다.

"자랑은 아니지만, 서큐버스란 밤의 유희의 스페셜리스트랍니다. 그러니 그 서큐버스와 경험을 쌓고 있는 주인님은 아마도 자기도 모르는 사이에 다른 여성에게도 그런 기술을 행사하고 계시겠죠."

"수행을 계속한 성과처럼 되어 있었던 건가……."

말도 안 되는 이야기에 기가 막힐 뻔했지만, 경험치가

쌓여 있는 건 사실이려나.

"그렇다고 해도, 출장은 조금씩 줄여주시라고 할게……."

실은 간부 후보생인 사원에 대한 이야기 같은 것도 바니타자르가 해주기 때문에 나쁜 면만 있는 건 아니다. 타사라고는 해도 회사에 대한 것들은 나름의 가치가 있다. 하지만, 역시 지친다…….

그때 메어리가 부엌으로 들어왔다.

그리고 내 얼굴을 보고는,

"프란츠, 또 출장 때문에 지친 얼굴을 하고 있어."

라고 차가운 눈을 내게 향했다.

메어리 나름대로는 명확하게 불만을 말로 하지는 않지만, 내심 기껍게 여기지 않고 있다는 건 확실하다.

"미안, 메어리."

"소녀는 아무 말도 하지 않았는데, 왜 사과하는 거지?"

앗, 그런 반응으로 나오는 건가…….

세룰리아가 내게 속닥속닥 귓속말한다.

"메어리 씨는 질투하고 계시네요. 사실은 더 많이 주인님과 알콩달콩하고 싶은데 계기가 없어서, 그러는 사이에 주인님과 붙어 있는 다른 상대가 늘어서 쓸쓸해 하는 거예요."

"내가 인정하기 힘든 화제지만, 아마 그렇겠지."

메어리의 호의는 나도 눈치채고 있었다.

하지만 메어리는 고양이 같다고 할까, 변덕스러운 점이나 프라이드가 높은 점도 있어서 자기가 적극적으로 거리를 좁히려고 하지는 않는다.

그 결과로 최근엔 메어리를 충분히 돌봐주지 못한 부분
이 있다.

아리에노르 때도 그랬지만, 더욱 위급한 안건들이 여러
개 있었던 탓이다.

"좋아, 가능한 한 메어리랑 스킨십을 할 수 있게 의식해
볼게."

"그래야 저희 주인님이시죠."

꼬옥, 세룰리아가 내 가슴 앞으로 팔을 뻗었다.

"본래의 마음씨가 상냥한 사람이 아니라면 사역마를 사
역하는 건 큰일이니까. 세룰리아는 주인님을 만나게 되어
서 정말로 기뻐요!"

세룰리아 같은 애에게 이런 말을 듣는 건, 남자로 태어
난 게 더없이 행복하게 느껴지네.

◇

출근하면서 나는 다음 휴일에는 아웃도어 활동을 해야
겠다고 생각했다.

그걸로 메어리를 살짝 모시는 느낌으로 즐겁게 해주는
거다. 그러면 메어리의 기분도 풀어질지도 모르고, 여름이
지나고 가을도 점점 깊어가고 있으니 몸을 움직이기에 나
쁜 시기도 아니다.

그런 생각을 하며 출근하자, 사장실로 불려갔다.

"이번 금요일에 이런 이벤트가 있으니 기억해두세요."

케르케르 사장님이 건네준 종이에는 이런 내용이 적혀 있었다.

흑마법 기업 합동 대운동회!

11월 13일은 마침 금요일, 13일의 금요일입니다. 체육의 계절 가을을 맞아 흑마법 업계가 운동회를 개최하기 최고의 날입니다. 요즘 같은 세상이니 데스크 워크가 많은 흑마법사도 계실 텐데요, 이날은 로브를 짜면 물이 흐를 만큼 땀을 흘립시다!

물론 운동에 서투른 분들도 즐길 수 있는 내용입니다. 부디 참가해주세요!

"핀포인트로 몸을 움직이는 이벤트가 떴다!"

그야 가을은 체육의 계절이라고는 하지만…….

운동회와 흑마법은 절망적일 정도로 상극이지 않나……?

"저도 이런 건 그다지 접해본 일이 없어요. 운동회라는 건 학교 같은 곳에서만 하는 거라고 생각했어요."

세룰리아도 의외라는 얼굴을 하고 있었다.

"소녀는 학교 운동회도 빼먹었어. 하지만 지루한걸."

메어리는 논외.

아니, 메어리가 운동을 싫어한다면 내 작전 자체가 붕괴

되기 때문에 커다란 문제인데.

"신기하게 여기는 것도 어쩔 수 없을지도 모르겠네요. 왜, 요즘은 복부 비만인 흑마법사도 증가하는 추세잖습니까. 사원의 건강 의식을 고취하자는 목적으로도 운동회를 개최하게 된 겁니다."

하긴 배가 푸둥푸둥한 흑마법사는 별로 안 어울리긴 한다.

오히려 비쩍 마른 편이 나은 것 같다.

"그렇다고는 해도 어디까지나 우리가 하는 일은 흑마법을 사용해 사회를 밝히는 겁니다. 이건 일이라기보다는 놀이 같은 겁니다. 그러니 참가가 강제는 아니에요. 흑마법과 운동회 같은 건 어울리지 않는다면서 참가하지 않는 기업도 많고요."

그 이야기를 듣고 융통성이 없다고 생각해버린 나는, 나도 모르는 사이에 사장님에게 주입당해 버린 걸지도 모른다. 그야 겉치레로라도 어울린다고 할 수는 없겠지.

"소녀는 패스. 이런 거 해봤자 별거 없어. 시시하다고."

메어리가 재미없다는 얼굴로 하품을 했다. 그러고 보니 스포티한 분위기는 메어리에겐 없다. 운동회라면 팀을 나눌 텐데, 집단행동 같은 것도 그다지 잘하진 못할 것 같고.

"그리고, 회사끼리 서로 경쟁하는 거지? 우리 회사, 약하다고. 파피스타냐는 달리기도 느릴 것 같고. 운동 잘할 것 같은 애들도, 상송스는 일 때문에 담당지를 떠나기 힘들 테고 토토토도 드래곤 스켈레톤 일이 비어 있지 않으면 참가 못 할 거고."

끄엑. 메어리가 합리적인 이유를 늘어놓는다.

그리고서 메어리는 내 쪽을 슬쩍 보았다.

"프란츠도 그래봤자 어차피 마법 학교 시절엔 운동을 못 해서 인기 없는 타입이었지?"

"운동을 못 하는 거랑 인기가 없는 건 관계없잖아……."

그렇게 말은 했지만, 내가 운동을 못 했던 것과 마법 학교 시절에 인기가 없었던 것 둘 다 모두 맞췄다. 아마도 운동을 잘하는 편이 인기 끌기 쉽지.

곤란하게 됐다. 이대로는 메어리에게 논파 당한다…….

하지만, 여기서는 의도적으로 메어리의 역으로 나간다.

"사장님, 저는 참가하겠습니다!"

똑똑히 그렇게 선언했다.

"어어? 프란츠, 진심이야?"

메어리가 의미를 모르겠다는 표정이 되어 있다.

"하지만 이건 레크리에이션 같은 거잖아. 게다가 비만 대책 같은 것도 겸한다는 건 운동 부족인 사람일수록 참가 해야 한다는 거지. 그렇다면 내가 나가는 건 자연스러워."

그리고 여기서 또 한 발짝 더 나가자. 메어리와의 거리를 좁힌다.

"그런 나라도 메어리가 서포트해준다면 기쁠 텐데."

메어리가 이번엔 깜짝 놀란 얼굴이 되고, 그리고는 빨개져서 표정도 조금 풀어졌다.

"그, 그렇게 말한다면 나가줘도 될 것 같네……. 이 회사가 최하위가 돼서 창피를 당하는 것도 좋지 않으니까……."

"좋았어, 고마워, 메어리."

요즘엔 가능한 한 고맙다는 말을 하기로 명심하고 있다.

고맙다는 말을 듣고 화를 내는 녀석은 별로 없을 테다.

"그러면 네크로그란트 흑마법사는 참가하는 것으로 서류를 보내둘게요."

케르케르 사장님이 웃으면서 그렇게 말했다.

"저도 참가하고 싶은데, 가을이라고는 해도 오랫동안 밖에 있으면 피부가 그을려버릴까요?"

세룰리아의 고민은 그 점인가 보다. 원래부터 노출이 많은 차림이니까…….

"아아, 그거라면 괜찮습니다. 직사광선은 전혀 쐬지 않으니까요."

"어머, 밤 동안에 이뤄지는 건가요? 아니면, 실내인가요?"

"실내라면 실내겠네요."

어딘지 모르게 의미심장한 표현으로 사장님이 말했다.

"그리고, 프란츠 씨는 조금 럭키일지도 모르겠네요."

뭐야, 럭키라니…….

◇

그리고, 운동회 당일이 왔다.

우리는 광대——하다고 표현이 어울릴만한 지하 공간에 있다.

한마디로 이곳은 바로 고대의 지하 기지였다.

지하 기지 내는 정연하게 무덤이 늘어서 있고 특히 중요 인물의 무덤 앞은 신사에 있는 길처럼 곧은 길이 뻗어 있어서 나름대로 직선도 확보할 수 있다. 150미터 달리기 정도는 가능할 것 같다. 지면이 흙이 아니라 돌바닥이지만, 그렇게까지 큰 차이는 없겠지.

"사장님, 이런 장소가 왕도 근처에 있었군요……."

"네. 이곳은 고대 종교 유적입니다. 그 종교는 지상에 무덤을 만드는 것이 허용되지 않아서 하는 수 없이 지하에 대규모 무덤을 만든 거네요. 지금은 그 종교 자체가 없어져 버렸으니 사용해도 문제없어요."

사자의 저주를 받을 것 같지만, 흑마법 운동회를 열 장소로서는 오히려 정답인가.

"그리고, 사장님이 럭키라고 하신 말씀의 의미도 알겠네요."

나는 흑심이 차오르지 않도록, 실실 웃지 않도록 주의하며 말했다.

사장님도 세룰리아도 메어리도, 참가자는 모두 체육복이라는 것을 지급받았다.

그리고, 이 체육복의 하의는 블루머라는 옷으로 유난히

엉덩이에 딱 달라붙는 것이다.

(아무래도 상관없는 정보지만, 남자인 나는 반바지라는 것을 입고 있다.)

응, 그러는 편이 운동하기 편하다는 건 알겠다.

알겠지만, 그…… 엉덩이에 딱 붙은 정도가………… 상당히 좋다.

"후후, 그렇죠. 이 블루머라는 옷에서는 어쩐지 배덕의 향기가 나죠. 운동용이니 건강에 좋을 텐데, 어째선지 야릇함을 풍기는 기묘한 의류입니다."

사장님이 큭큭 웃고 있다. 사장님의 체형에는 잘 어울려서 그렇게 야릇함은 없다. 하지만 건전함 속에 있는 한 점의 음침함이 좋을 때도 있는 법이다.

"주인님, 운동회가 아직 시작도 안 했는데 벌써 흥분하고 계시네요. 자, 열심히 운동회에서 싸우자고요!"

발랄하게 세룰리아가 손을 번쩍 든다.

흥분이라는 말에 움찔했다.

이상한 눈으로 보고 있는 걸 들킨 줄 알았다…….

"아아, 주인님, 혹시 이 체육복 차림에 음욕을 품으셨나요?"

"정확하게 들켰었네!"

"그랬군요. 고의로 노출이 많은 것도 아닌데, 특히 상반신 같은 경우는 꽁꽁 감싸여 있는데 어째서인지 매혹 효과가 있는 느낌이 들어요. 이건 정말 미스터리예요. 아직도 성의 세계는 무척이나 심오하네요. 서큐버스로서 앞으로도 정진해야 할 따름이에요."

이런 곳에서도 세룰리아는 공부에 열심이구나.

참고로 그 체육복이 가장 자연스러운 건 메어리였다.

정말로 여동생이 운동회에 참가하는 그런 느낌이 있다.

"메어리, 그런 어린애 같은 옷 어울리네."

"참, 프란츠, 그거 칭찬 같지가 않다고."

불만스러운 듯 뺨을 부풀린 다음, 메어리는 표정을 풀었다.

"하지만 그걸로 프란츠가 만족한다면 나쁘지 않겠지……."

지금, 약간 수줍어했지…….

좋았어, 가능한 한 칭찬해서 오늘은 메어리와의 거리를 좁히자!

예상은 했었지만, 우리 회사만큼 미소녀 비율이 높은 회사는 없는 모양이다.

다른 흑마법 기업 남자로부터,

"저 네크로그란트라는 회사의 남자, 부럽지 않은가."

"적마법 같은 걸로 폭발 마법을 쓸 수 없는 것이 안타깝군."

"뭐, 의외로 가까이 있는 상대와는 선을 못 넘는 법이야."

그런 목소리가 들려온다. 아마도 들리라고 하는 말이다.

죄송합니다, 생각보다 선을 넘겨버렸습니다…….

폭발과 관련된 적마법을 억지로 익히기라도 할 것 같으

니 가만히 있자.

이윽고 회장에 '개회사입니다'라는 안내 방송이 울려 퍼졌다.

마법 같은 것으로 소리를 확대한 모양이다.

앞에 있는 단상에, 흰 털로 전신이 뒤덮인 사람이 올라가 섰다. 왠지 낯이 익네.

"흑마법 협회의 회장, 〈분형의 에젤레드〉이니라. 개회사를 시작하도록 하지. 허허."

앗! 연수 때도 있었던 사람이다!

"이 운동회도 벌써, 에 또…… 몇 번인지는 잊어버렸지만, 아무튼 경사스럽군."

말하는 내용이 조잡해! 진짜로 경사스럽게 생각하긴 하는 건가.

"개운하게 땀을 흘리고 비만을 예방하도록. 참고로 나는 먹어도 안 찌는 체질이니라."

안 물어봤어! 심지어 짜증 나는 정보!

"그러면, 어떤 회사든 열심히 하는 게야. 다음 프로그램은, 100미터 달리기……가 아니라, 대회용으로 산 제물로 바친 양고기를 구웠으니 각 팀에게 나누어주겠다."

달리기 전에 고기 먹이지 마! 순서가 이상하잖아!

——그다음 진짜로 구운 양고기를 먹게 되었다.

"앗, 굉장히 맛있어요. 구운 정도도 완벽하네요."

"양념도 엄청 잘 어울리네요~. 뼈랑 붙어 있는 부위가 특히 맛있어요."

화기애애하게 고기 파티를 하고 있지만, 이걸로 괜찮은 걸까……

그리고, 사장님은 개(犬)과이기 때문인지 역시나 뼈랑 붙어 있는 부분이 좋은 모양이다.

"이다음 100미터 달리기엔 제가 나가겠어요."

세룰리아가 고기를 먹으면서 말했다.

사전에 두 사람 이상 참가하는 종목에는 메어리와 내가 참가하도록 손을 써 두었다.

그러니 혼자서 나갈 수 있는 것들은 세룰리아 및 사장님이 나가게 됐다.

100미터 달리기라. 흑마법 업계라고는 생각되지 않을 정도로 멀쩡하네——라고 생각한 건 내가 안일했다.

세룰리아를 시작으로 각 팀의 출전자는 지팡이를 들고서 몹시 복잡한 동작으로 달리고 있다.

아니, 이건 달리기라고 할까, 마법진을 그리고 있다!

"이건 100미터 이상을 달리면서 동시에 마법진을 그려 흑마법을 발동해야만 하는 경기예요."

"사장님, 어지간히 성가시네요, 그거!"

세룰리아는 장기를 발생시키는 마법을 외면서 100미터를 달려, 순위로 보면 참가자 15명 중에 6위로 들어왔다. 그럭저럭 괜찮은 성적이다.

그다음 경기는 둘이서 하는 〈알깨우기〉다.

여기엔 나와 메어리가 참가하기 때문에 출전자 집합 장소로 향한다.

"그런데 〈알깨우기〉가 뭐야? 〈공굴리기〉는 알겠는데."

"소녀도 이런 건 거의 미경험이라 잘 몰라."

대회장의 각 레인 안에 2미터는 될 법한 크기의 검은 달걀이 놓였다.

단상 위에 흑마법 협회 회장이 올라갔다.

"이것은 마계에 서식하는 새의 알이니라. 각 팀은 둘이 함께 열심히 이 알을 데워서 부화시킬 것. 병아리가 나온 곳부터 순서대로 승리가 된다."

그렇구나, 〈알깨우기〉란 '알 부화시키기'인 건가…….

"그러면, 스타트──라고 하면 시작하는 게다. 앗, 모든 팀이 시작했구먼!"

회장의 고전적인 개그를 무시하듯 우리도 튀어 나갔다.

모든 팀이 움직이고 있으니 이대로 속행인 모양이다.

"프란츠, 이거 어떻게 하는 거야?"

메어리가 내게 물었지만, 나도 그런 건 모른다.

"아무튼, 데워야 하니까 일단 끌어안아 볼까."

다른 팀도 알에 철썩 달라붙어 끌어안고 있다. 역시 그렇게 하는 건가 보다.

우리도 알을 향해 두 팔을 뻗어 들러붙는다.

알이니 데굴 하고 기운다.

그 알이 다시금 원래 위치로 돌아간다.

엄청나게 흔들리는 배에 타고 있는 기분이다…….

"우와, 프란츠, 흔들려, 흔들린다고!"

"참아, 메어리!"

서로에게 손을 뻗었기 때문에 내 팔이 메어리 팔과 겹친 듯한 형태가 되었다.

"어쩐지 이상한 방식으로 끌어안고 있는 것 같아서, 소녀, 부끄럽네……."

"지금은 참아, 메어리! 승부에 집중해!"

나도 그렇게 말하면서도 묘한 기분이었다. 포옹하는 것 같으면서도 그렇지도 않은.

어디까지나 포옹하는 대상은 검은 알이다.

하지만 어쩐지 애틋한 기분도 든다.

심지어 알이 흔들흔들 흔들리기에 흔들다리 효과 같은 작용이 일어난다고 할까…….

"있지, 프란츠…… 이거, 어떤 의미에서는, 소녀와 프란츠의 알이지?"

"어쩐지 오해를 불러일으킬 것 같은 발언이네……. 애초에 넌 난생이 아니잖아. 하지만…… 말만 놓고 본다면 그렇게 되네."

"그럼…… 소녀, 진지해져 버리잖아……."

메어리에 손에 힘이 들어가는 것이 느껴졌다.

"자, 태어나라, 태어나라! 프란츠와의 공동작업이니까!"

또 뭔가 아닌 듯한 느낌이 들지만, 말만 놓고 보면 틀리진 않았다.

뭐야, 처음에는 내키지 않는 것 같더니 벌써 메어리는 전력을 쏟고 있다

나도 그에 응해줘야지.

"메어리가 열심히 노력하고 있으니까, 어떤 새인진 모르겠지만 태어나라!"

우리의 열의가 알을 데운 것인지, 파삭 하는 소리와 함께 껍질이 깨지고——안에서 커다랗고 새카만 병아리가 얼굴을 내밀었다.

"태어났어, 프란츠!"

"해냈네!"

회장이 단상에서 "1위는 네크로그란트 흑마법사니라"라고 선언했다.

좋았어, 1위 겟!

나와 메어리는 알에서 나오려 노력하는 병아리 앞에서 발랄하게 웃으며 하이파이브했다.

짝 하는 날카로운 소리가 지하 기지에 울려 퍼진다.

"앗…… 지금 거, 엄청 남매 같았다……."

무언가를 깨달은 것처럼 마주친 손을 가만히 메어리는 바라보았다.

"으으응, 아니야. 지금 건 여자친구와 남자친구 같았어——이러고."

기분 좋은 듯 메어리는 혀를 내밀었다.

이상한 종목이었지만, 메어리와의 거리를 줄일 수 있었던 느낌이 든다.

그 뒤로도 이상한 종목들이 여러 가지 치러졌다.

· 양 품종 맞추기 경주
· 염소 품종 맞추기 경주
· 어느 늪의 물인지 맞혀보자 경주

"스포츠의 요소가 없는 게 너무 많아!"

도중에는 아무리 그래도 나도 지적을 하지 않을 수 없었다.

"뭐, 예년대로 같은데요."

사장님은 참가하지 않는 종목이 진행되고 있었기에 짬을 내어 빵을 먹고 있다.

"어쩐지 상당히 느슨한 대회네요……."

"앗, 프란츠 씨, 빵 드실래요?"

"아직 참가 종목이 남아있으니 사양하겠습니다. 일단 베스트 컨디션으로 임하고 싶으니까요."

"하지만 다음 프로그램은 진짜예요."

대체 뭘까. 사신 소환 대결 같은 걸까. 그건 그거대로 스포츠와 관계없지만 양의 품종을 맞추는 것보다는 그나마 그럴싸하겠지.

그곳에는 〈장도(杖道)〉라고 쓰여 있었다.

또 수수께끼의 종목명이다…….

"그건 지팡이를 들고 적의 머리를 공격하는 종목입니다. 호신술 같은 거예요."

사장님이 간단하게 설명해주었다.

"확실히 지팡이는 꽤 견고하죠. 머리를 후려갈기면 적에게 치명상을 입히는 정도의 위력은 있을 것 같네."

"거기에는 파피스타냐 씨가 출전하네요."

"어라, 선배 처음부터 계셨던가요……?"

"지금 뒤늦게 도착했습니다. 늦잠을 잔 데다 길을 잃어서 포기하고 돌아가려다가 도중에 마음을 고쳐먹고 다시 운동회장을 찾아서 도착한 모양입니다."

"상당히 대충이네……."

그 말대로 파피스타냐 선배가 시합장인 원형 필드에 서 있었다.

지팡이는 상당히 가는 것으로, 그렇게까지 길지도 않다.

한편 상대편 남자 흑마법사는 칠흑의 무척 굵은 지팡이를 들고 있다.

심판이 시합 개시를 알렸다.

파피스타냐 선배를 향해 먼저 남자 흑마법사가 돌진했다.

그 지팡이로 머리를 노린다! 어이, 꽤나 잔인한 경기구만!

운동회이기도 하니 다쳤을 때를 대비해 회복 마법 담당 구호반도 있지만, 그렇다고 해도 큰 부상을 입을 거라고!

그것을 파피스타냐 선배는 쓱 지팡이를 내밀어 받아친다.

평소의 유유자적한 선배와 다른 재빠른 움직임——인 것도 아니고, 평범하게 느렸다.

아슬아슬했다. 한 템포만 더 늦었더라면 머리에 클린 히트 했을 거라고.

"뭣, 자네, 내 움직임을 읽고 일부러 아슬아슬하게 지팡이를 꺼냈군?"

남자 마법사가 말했다. 그런 건가……?

"마음대로 해석해. 그쪽에게 맡기지."

늠름한 얼굴이라고 할까, 졸려 보이는 얼굴로 파피스타냐 선배는 말했다.

"그렇다면 이대로 완력으로 꺾어버릴 뿐이다!"

남자는 붕붕 지팡이를 휘두르며 선배를 뭉개려 들었다.

선배는 몇 번이나 위험한 상황에 처하긴 했지만, 공격을 간발의 차이로 막아냈다.

하지만 간신히 막고 있을 뿐이라는 상태라 지켜보기 불안하다.

"저기, 사장님…… 이대로라면 선배한테 큰일이 나는 건 아닐까요……?"

"괜찮습니다. 파피스타냐 씨는 지팡이를 사용한 호신술

을 습득했으니까요."

사장님은 느긋하게 자세를 잡고 새 빵을 먹고 있었다. 빵 너무 좋아하잖아.

상대편 남자는 이건 이겼다 싶었는지 추격을 늦추지 않는다

"자, 이제 그만 항복해라!"

남자가 파피스타냐 선배와의 거리를 크게 좁혔다.

큰일이야! 이대로라면 절대 다 못 막아!

하지만 거기서 의외의 상황이 벌어졌다.

선배가 공격으로 전환한 것이다.

지팡이를 스윽 크게 들어 올린다.

정수리에 한발 먹일 생각인가?!

"흥! 내 머리를 노린 공격쯤이야 손쉽게 막아 보이지!"

그러나 거기서, 선배는 지팡이를 세로가 아니라 바로 옆으로 휘둘러서——

——적의 고간에 일격을 날렸다.

"끄, 끄아아아아아아아아아아아!"

남자가 고통스러워하며 정신을 잃었다. 그 마음 뭔지 알아, 아프도록 잘 알아!

"그렇다기보다, 바, 반칙 아닌가요?!"

"〈장도〉는 본래 여성 흑마법사의 몸을 지키기 위해 개발된 것이기 때문에 문제없습니다. 적의 약점을 적확하게 공격하는 것도 또한 하나의 기술이에요."

그런 말을 듣고 나면 납득은 되지만, 저 상대가 너무 불쌍하다…….

"틈 발견. 지금이 찬스."

아픔을 견디려고 깡충깡충 뛰어다니는 남자의 머리를 선배가 가차 없이 공격해 들어가 그대로 가격, 포인트를 얻어내 승리했다. 몸을 지키기 위해서라면 수단을 가리지 않는구나…….

제1회전에서 승리한 선배는 준준결승에서도 준결승에서도 간신히 승리를 차지했다.

그리고, 드디어 결승. 진짜냐. 결승까지 와버렸다…….

어느샌가 메어리도 세룰리아도 무척이나 진지하게 시합을 견학하고 있었다.

"이런 관전도 재미있네, 프란츠."

나도 메어리 옆에 앉아 결승전을 지켜보기로 했다.

"마지막 남은 경기니까. 우승했으면 좋겠다."

선배의 싸움은 압승은 하나도 없이 모든 시합이 아슬아슬했는데, 그렇기 때문에 손에 땀을 쥐게 되는 부분이 있었다.

결승 상대는 여성이다. 첫 번째 경기 때 같은 작전은 아마도 통하지 않을 것이다.

상대는 머리카락이 방해가 되지 않도록 뒤로 묶고 있다. 자못 상급자라는 느낌을 풍긴다.

선배, 정말로 괜찮은 걸까. 다치지 않으면 좋겠는데…….

"허어이."

얼빠진 소리와 함께 파피스타냐 선배의 공격!

그러나 움직임이 너무 느리다.

상대방은 그 가는 지팡이를 비어 있는 손으로 쥐려고 했다.

그 동작은 어떻게든 회피한 파피스타냐 선배였지만, 불리하다는 건 분명하다.

"하기야 상대방이 한쪽 손으로 이쪽 지팡이를 붙잡고서 다른 손으로 공격하고 들어오면 볼 장 다 본 거네. 소녀 눈으로 보기에도 위험했어."

"그렇지……. 여기까지 와서 지팡이 굵기가 불리하게 작용하고 있어……."

그렇다고 해서 이제 와서 지팡이를 변경할 수도 없다. 선배는 지금의 전력으로 싸울 수밖에 없다.

"허어이."

다시 선배가 얼빠진 소리와 함께 공격한다. 안 되겠어! 이번에야말로 홀드 당한다!

역시나 예상대로 상대는 꽈악 그 지팡이를 쥐고——

"아파아아아아아아아아아아!"

비명을 지르며 손을 놓았다. 지팡이까지 떨어뜨렸다.

왜 그래?! 무슨 일이야?!

"실은 지팡이를 잡아채는 스타일이라는 얘길 미리 듣고 사전에 지팡이에 바늘을 붙여놨어."

선배의 표정이 한순간 감쪽같았지, 라는 의기양양한 표정으로 변화했다.

그런 커스터마이즈도 허용되는 건가?!

"호신을 위해서라면 수단을 가리지 않는다, 이것이 바로 〈장도〉."

선배가 그럴싸한 말을 했다.

그냥 치사한 것뿐인 듯한 느낌도 들지만……

"지금이 찬스. 허어이."

상대가 패닉에 빠져 있을 때 선배는 상대의 머리에 클린 히트를 먹였다.

심판이 "한판! 여기까지!"라고 선배의 승리를 선언했다.

저, 저런 걸로 우승하고 말았다…….

"잘하셨네요. 진정 마음으로도 〈장도〉를 갈고 닦았어요."

사장님이 축복의 박수를 보내고 있었지만, 영 석연치 않다고!

파피스타냐 선배의 규칙 경계선에 아슬아슬한 전술 덕분에 높은 포인트를 얻은 네크로그란트 흑마법사였으나──

그 뒤의 본격적인 스포츠 종목에서는 그다지 포인트를 따지 못하고 조금 후퇴했다.

원래 알고 있었지만, 정통파 종목에는 별로 강하지 않다…….

다만 나와 메어리의 거리는 어쩐지 괜찮은 느낌으로 좁

혀져 있었다.

"자, 이거, 내가 만들어왔으니까 튀김."

"프란츠, 기름진 메뉴가 좀 많아. 하지만…… 엄청 맛있는 것 같기도 하고."

오늘은 우리 집 도시락을 내가 담당했다.

세룰리아에게도 일부 도움을 받았지만, 대부분은 내가 혼자 했다.

"주인님, 여러 가지 요리를 가르쳐 달라고 하시더니 이렇게 된 일이었네요."

흐뭇해하며 세룰리아는 나를 보고 있다.

"소녀도 열심히 하면 맛있는 건 만들 수 있다고……."

다소 거북한 느낌이 드는지 메어리가 말꼬리를 흐렸다.

"응, 메어리가 무지 요리를 잘하는 건 나도 알아. 그리고, 엄청나게 오래 걸리는 것도."

메어리는 어디까지나 취미로서 이상하리만치 본격적인 요리를 하는 타입이기 때문에 매일 먹을 식사 같은 요리에는 맞지 않는 것이다. 30시간 동안 푹 고아서 만든 스튜 같은 걸 평상시에 만들어 먹는 건 무리니까.

이번에도 시간이 걸려도 결과는 예측 가능한 샐러드를 담당하게 했다.

메어리가 무언가를 찾는 듯했기에——

나는 스윽 프로그램이 적힌 종이를 건넸다.

"고마워. 하지만 이 종이를 찾는다고 소녀는 말한 적 없는데?"

"그 정도야 알지. 2, 3일 같이 지낸 사이도 아니잖아."

"아아, 응, 그러네……."

조금 메어리가 부끄러운 듯 고개를 돌렸다. 지금 거 호감도 높지 않았어?

"그리고, 우리 회사에서 나가는 종목은 이거랑 이거니까…… 아직 우승할 가능성도 없지는 않네."

"그러네. 마지막 〈이인삼각〉까지 점수차를 좁혀놓으면 역전도 할 수 있겠어."

이 대회의 라스트는 〈이인삼각〉이다.

참고로 아직 누가 나갈지는 미정. 참가하는 종목만 회사가 말해놓고 직전에 입장 게이트로 가면 된다. 사장님이 나갈 종목에 체크 표시를 해두었다.

"점심시간이 지나고 처음으로 우리 회사가 나가는 종목은…… 〈유혹 내구(誘惑 耐久)〉……?"

불온하다고밖에 표현할 수 없는 이름의 종목이다.

그러고 있는 곳에 마침 사장님과 파피스타냐 선배가 찾아왔다.

"어떤가요, 가족 간에 단란하게 잘 돼가고 있나요?"

"사장님, 이 〈유혹 내구〉라는 건 뭔가요……?"

"유혹하는 회사와 그것을 견디는 회사로 나뉘어서 대결하는 거예요. 앗, 유혹이라고 해도 직접 상대에게 접촉하는 건 반칙입니다. 의자에 앉아있는 상대를 말과 행동으로 유혹합니다."

스포츠맨십은 전혀 준수하고 있지 않지만, 유혹이 흑마법에서 중요한 스킬이라는 건 알겠다.

하지만 아직 확인해야만 하는 것이 남아 있다.

"우리 회사는 유혹하는 측인가요, 견디는 측인가요?"

터놓고 말해서 절세미인들이 모여있기도 하고, 무엇보다도 유혹의 프로라고 해도 좋을 서큐버스인 세룰리아가 있는 것이다. 이 회사에게 유리한 종목이다.

경기라고는 해도 세룰리아가 다른 남자를 유혹하는 건 별로 바라지 않지만…….

이후에 남자가 스토커처럼 쫓아다녀도 곤란하고.

"걱정할 거 없어요. 우리 회사는 견디는 쪽입니다."

사장님은 싱긋 웃으며 톡 내 어깨에 손을 얹었다.

"굳게 버텨주세요, 프란츠 씨."

"엇, 저인가요……?"

"네, 여자가 견디는 측으로 나갈 자리는 이미 다 차 있었어요. 그렇게 된 관계로 여기선 프란츠 씨에게 열심히 해주시길 부탁드릴까 하고. 앗, 승산은 있게, 부탁드릴 테니까요. 프란츠 씨라면 쉽게 이길 수 있을 겁니다."

그 근거는 불명이었지만 사장님이 나름대로 자신을 가지고 말씀하신다는 것만은 확실했다.

뒤에서 메어리의 시선이 느껴진다.

이걸로 금방 흥분하기라도 했다간 또 메어리에게 환멸

당하겠구나…….

"그, 그럼…… 해보는 걸로 하겠습니다……."

사장님 때문에 쓸데없는 시련이 주어진 것 같은 느낌도 들지만, 이건 넘어설 수밖에 없다.

그리고 〈유혹 내구〉가 시작되었다.

나는 우리 회사 이름이 붙어 있는 의자에 앉았다.

좌우에도 똑같이 남자 사원들이 앉아 있다.

그중에는 "현자 모드, 현자 모드……"라고 중얼거리는 녀석도 있다.

발밑에는 마법진이 그려져 있다. 유혹에 굴했다고 판단되면 이것이 점멸한다고 한다.

이윽고 유혹하는 측이 등장했다.

전체적으로 노출도가 높은 옷이 많았지만 어디까지나 건전한 스포츠 대회이기 때문에 그렇게 야하지는 않다. 아마도 이런 부분에도 규칙이 있는 거겠지.

내 앞에 먼저 블론드 헤어의, 향수 냄새가 짙은 누님이 섰다. 밤의 업계에서 일하는 사람 같은 느낌이 있군.

심판이 "제1회전 시작!"이라고 말하고서 호각을 불었다.

"어때…… 오빠? 나랑 좋은 거 안 할래?"

엄청나게 전형적인 문구를 던지는군.

그리고, 그렇게 생각한 탓인지 상대도 부끄러워하는 것처럼 보였다.

아, 그런 건가. 좀 알 것 같다고.

상대방도 진심으로 이런 걸 하고 있는 게 아니니 어떻게 해야 할지 모르겠는 것이다.

흑마법사 여성은 남자를 닥치는 대로 농락한다는 건 사실이 아니다. 그건 편견이다.

──그래서, 솔직히 말하자면 전혀 흥분되지 않는다.

미안하지만, 비교해버리자면 내 직장 동료들 쪽이 단연 귀엽지!

응원석에 앉아 있는 메어리의 얼굴이 보였다. 내 쪽을 정찰하는 것처럼 바라보고 있었기에 아무 문제도 없다는 시선을 보냈다.

"응, 오빠, 나랑 긴 밤을 즐기자…… 저기, 살짝 당황 정도는 해줬으면 좋겠는데……. 그렇게까지 태연하게 나와도 슬프다고……."

대전 상대도 지나치게 내가 무반응이었기에 그것도 그 거대로 쇼크인 모양이다.

"죄송합니다, 저, 사역마가 서큐버스라서."

"앗, 그건 못 이기지……. 프로 흉내를 내는 것처럼 보이겠네……."

제한 시간이 끝나 1회전은 내가 이겼다.

2회전 이후는 또 다른 상대와의 대결이었지만 전부 내가 이겼다.

결국 나는 우승했다…….

"저 선수, 남자한테밖에 관심이 없는 거 아니야?""아니, 분명 엄청나게 특수한 성벽인 거야. 너무 평범한 건 자극이 없는 거지.""저 녀석, 여장하면 어울릴 것 같네."

우승했지만, 다른 참가자들이 나를 두고 이상한 얘기를 쑥덕거리고 있다…….

대기하는 곳으로 돌아가자 메어리가 시원하게 식힌 드링크 병을 건네주었다.

"건투를 치하하지. 잘한 것 같은데?"

내가 넘어가지 않은 것을 기뻐하는 걸까.

"그도 그럴 게 메어리라든가 세룰리아라든가 선배들이라든가…… 아무리 생각해봐도 여러분들이 더 귀여웠으니까."

그 말을 듣고 메어리가 또 얼굴을 붉혔지만,

"거기서 소녀의 이름만 말하지 않는 걸 보면 아직 멀었네~."

라고 말하며 자기 의자로 돌아갔다. 듣고 보니 마무리가 완벽하지 못했을지도 모르겠다.

"주인님은 강철같은 의지를 지니셨네요. 저도 제 유혹술에 자신을 가질 수 있게 됐어요. 초보자들에겐 아직 질 수 없으니까."

세룰리아는 이상한 부분에서 자존심을 채우고 있었다.

"아무래도 제 계산이 맞아 들어갔네요."

"여기서 후배 군을 기용한 건 완벽한 정답."

사장님과 파피스타냐 선배는 아직 빵을 먹고 있다. 너무 많이 먹는 거 아닌가.

"하지만 이 근처 빵집은 수준이 높아. 사장님, 가르쳐 줘서 고마워."

"천만의 말씀입니다. 빵을 너무 많이 먹으면 살이 찌겠지만, 오늘은 운동하는 날이니 안심하고 먹을 수 있네요."

아무리 봐도 운동하는 양보다 먹는 양이 더 많은 것 같지만 그 부분은 지적하면 안 되려나.

"저기, 사장님, 조금씩 조금씩 〈이인삼각〉이 가까워지고 있는데, 이건 누구랑 누가 출전하나요?"

내가 〈유혹 내구〉로 1위가 되었기 때문에 우리 회사는 종합 3위까지 순위를 올렸다.

〈이인삼각〉에서 고득점을 얻는다면 역전 우승의 가능성도 있다. 이왕이면 우승하고 싶다.

"그러네요. 별로 많이 출전하지 않은 저와 파피스타냐 씨가——."

"사장님, 빵 너무 많이 먹어서 힘들어."

"어머, 파피스타냐 씨, 괜찮으세요? 윽, 저도 그러네요……."

힐끗 그러면서 사장님은 내 얼굴을 보았다.

"아무래도 이대로는 참가할 수 없겠어요. 여기선 프란츠 씨 가족 세 분 중에 두 분이 출전해주실 수밖에 없겠네요……."

막간 콩트다!

처음부터 우리한테 나가게 할 생각이었군.

설마 빵을 먹는 것에 이런 의미가 있었을 줄이야……

"〈이인삼각〉은 호흡이 맞지 않으면 승리를 바랄 수 없어요. 그런 점에서 여러분은 한 지붕 아래서 살고 계시니 그 부분은 아무 문제없을 거라고 생각해요."

그렇군. 그건 일리 있네.

단순한 동료 둘이서 참가하는 팀보다는 유리하지 않을까.

그 이야기는 세룰리아와 메어리에게도 들렸던 모양이다.

"어머머. 그럼 우리 가운데서 나갈 사람을 정해야겠네요."

세룰리아는 나가라고 하면 문제없이 참가하겠지만 꼭 나가고 싶다는 분위기는 아니다.

한편 메어리는 무척이나 소극적으로 아래를 보고 있다. 당장은 직접 무언가 말하지도 않는다. 하지만 듣고 있지 않았던 것도 아니라는 느낌이다.

이윽고 고개를 숙인 채 메어리는 입을 열었다.

"호흡이 맞는 거라면 프란츠랑 세룰리아가 좋을 거야. 소녀보다 오랫동안 함께 있었고, 언제 봐도 찰떡 호흡으로 보이고."

이 녀석, 이런 데서 왜 한 발짝 물러나는 거야.

하지만 이해가 안 되는 건 아니었다. 오히려 충분히 이해했다.

나도 학창 시절엔 자신이 없는 데선 대부분 한 발짝 물러나서 생각하게 되곤 했다.

다른 누군가를 밀어내고 나설 만큼의 활력은 없었다.

"응, 프란츠랑 세룰리아가 적임이네. 그거라면 우승을 노리는 건 전혀 어렵지 않아. 할 수 있어, 할 수 있어……."

그렇다고 해서 심약한 메어리를 방치해둘 생각은 없다.

나는 성큼성큼 메어리가 있는 곳까지 가서 그 손을 꼭 잡았다.

"프란츠?"

"메어리, 같이 나가자!"

진지한 눈으로 메어리를 응시한다.

"왜, 왜 그렇게 되는데……? 승리를 위해서라면 세룰리아랑 참가해야 한다니까! 비합리적이야!"

"메어리가 그냥 흘려들을 수 없는 말을 했으니까."

"무, 무슨 소리야……?"

어째서 이렇게 말했는데도 모르는 거야.

"메어리와 나 둘은 세룰리아와 나보다 호흡이 안 맞는다고 마음대로 단정 지은 거. 나는 거기에 순위를 매길 마음 같은 건 없거든! 그러니까 너랑 같이 〈이인삼각〉 나가서 얼마나 우리 둘이 서로 공명하는지 증명해주겠어!"

이건 다른 팀과의 싸움이 아니다.

이상한 부분에서 불안해져 있는 메어리의 마음과의 싸움이다.

"아까 〈알깨우기〉에서 우리 둘이 잘 해냈는데 또 자신을 잃어버리고 있잖아. 순수하게 그게 안타깝다고."

메어리의 눈빛이 변했다.

투쟁 본능이라고 표현하나, 그런 것에 불이 붙었다는 것을 알 수 있었다.

"응. 하긴 위대한 마족인 소녀가 이런 별것도 아닌 대회에서 도망쳐버리면 안 되겠지. 정말이지 그 말대로야."

메어리는 내 손을 마주 붙잡았다

"이기는 거야! 소녀가 있는 회사에 패배는 허용되지 않으니까!"

"그거야! 반드시 1위를 따자!"

바로 옆에서 세룰리아의 박수를 받았다.

"훌륭하세요, 두 분 모두. 반드시 영광이 기다리고 있을 거예요!"

거기서 메어리는 자조적으로 어깨를 으쓱했다.

"아~아, 본래대로라면 세룰리아한테도 대항심을 불태워야 할지 모르겠지만, 세룰리아의 사랑이 깊고 넓으니까 그럴 수가 없단 말이지! 허탕만 치는 느낌이야."

세룰리아는 절대로 질투하고 그러지 않으니까.

하지만 그렇기 때문에 많은 사람들과 조금씩 조금씩 에로틱한 것이 가능한 부분도 있고…….

뭐, 지금까지가 우연히 그런 분위기가 되는 일이 많았을 뿐이었겠지…….

앞으로는 그렇게는 되지 않게 되…… 겠지…….

그리고, 드디어 마지막 〈이인삼각〉의 시간이 찾아왔다.

나와 메어리는 물론 발을 끈으로 묶었다. 내가 왼발이고 메어리가 오른발이다.

〈이인삼각〉이라고는 하지만 밟으면 발동되는 마법진이 코스 상에 설치되어 있는 모양이다. 참고로 자신의 레인에서 달려야만 한다는 룰은 없다. 상대의 앞으로 나가서 방해하는 것도 자유다.

"프란츠…… 이렇게 체격이 좋았었나……? 오빠 같아……."

비어있는 오른손으로 메어리는 입을 막았다.

"아니, 이래봬도 남자니까……."

그리고 수줍어하는 건 좀 더 나중으로 미뤄줘. 이제 곧 시작한다고.

심판의 "스타트!"를 외치는 목소리가 울린다.

먼저 내가 중앙에 해당하는, 메어리와 묶여 있는 쪽 발을 내민다.

그리고 반대쪽 발을 내밀려고 하는데——

"어이쿠야……. 아이참, 프란츠 제대로 해……."

느닷없이 메어리가 중심을 잃었다. 앞길이 구만리네!

"아니 아니, 시작부터 넘어지려고 하지 마."

"프란츠랑 소녀 둘이서는 다리 길이 같은 게 전혀 다르니까, 신중하게 하라고……."

그건 일리 있군. 나와 메어리가 한 팀이어서는 체격에

큰 차이가 있다. 딱히 내가 거한인 것도 뭣도 아니지만, 메어리가 유아 체형이기 때문에 전체적으로 어긋난다.

"그럼, 다음엔 더 작은 보폭으로 갈게."

페이스가 늦어지겠지만, 넘어져 버리면 더 손실이 커진다. 하는 수 없다.

"어이쿠……."

하지만 역시 메어리는 넘어질 뻔했다.

타이밍이 전혀 맞지 않는다.

"하아…… 프란츠, 소녀와 전혀 호흡을 맞춰주지 않는다니까."

질렸다는 목소리로 메어리가 말한다.

"아니, 2인조로 하는 경기인데 나만 일방적으로 잘못했다는 건 이상하잖아!"

나도 조금은 발끈했다.

"그럼 소녀 쪽이 프란츠한테 맞출게. 그거면 됐지?"

하긴 어느 쪽에 허물이 있는지를 논하는 건 나중 일이다.

내가 메어리에게 맞출 수 없다면, 그 반대를 시험해보는 편이 낫다.

이미 빠른 팀은 상당히 멀리까지 가 있다. 이거, 추격이 절망적인 건 아닌가……?

다만 1위 팀은 움직임이 갑자기 느려졌다.

"으엑! 느림보가 되는 마법진을 밟아버렸다!"라는 둥 비명이 앞에서 날아들었다.

먼저 앞으로 가면 되는 것도 아닌 모양이다…….

"빨리 달려가서 질 나쁜 마법진을 밟는 것보다는 뒤에서 따라잡는 편이 유리해. 프란츠, 아직 할 수 있어!"

"그럼, 먼저 가운데 발부터 가는 거야. 하나."

이번엔 내가 중심을 잃고 오른쪽으로 기울었다.

"쉽게 잘 안 되네……."

상상했던 것보다 더 안 나간다. 스타트 지점에서 몇 발짝밖에 전진하지 못했다…….

설마 이렇게까지 팀워크가 나쁠 거라고는 생각지 못했다.

관객석 쪽을 보니 세룰리아가 불안한 듯한 표정을 하고 있었다. 이런 실패는 세룰리아도 생각하지 못했던 거겠지.

"혹시 소녀랑 프란츠, 상성이 전혀 안 맞는 건……."

메어리가 부정적인 말을 했다.

"왜, 결혼한 다음에야 서로에 대한 불만을 깨닫는 커플 있잖아. 소녀랑 프란츠한테는 그런 부분이 있는 걸지도."

"아니, 그건 과장이 심하잖아. 처음에 나는 메어리에게 맞추려고 했었고, 그다음엔 메어리가 나한테 맞추려고 했고."

우리는 제대로 상대방을 생각하고 있었다. 그런 제멋대로인 점은 없을 터이다.

"주인님, 메어리 씨, 두 분 하나도 안 되어 있어요!"

세룰리아의 응원인지 불평인지 모를 말이 외야에서 날아들었다.

"그야 서큐버스는 그런 데에 해박할지도 모르겠지만, 소녀는 이런 건 모른다고."

조금 쓸쓸한 듯 메어리는 말한다.

"소녀 나름대로 프란츠를 생각해준다고 한 건데……."

"나도 메어리한테 신경 쓴다고 쓴 건데……."

상대방을 배려하면 배려할수록 엇갈린다.

"그─러─니─까─, 그런 점이 안 된다고요! 두 분은 진실한 사랑이라는 걸 착각하고 계세요!"

다시 세룰리아의 말이 이어진다.

"그전까지는 잘 되고 있었는데, 사랑을 너무 의식하다 보니 엇갈려버리고 있어요!"

그 말이 내 가슴에 울렸다.

러닝 폼에 너무 신경을 쓰면 오히려 잘 달릴 수 없게 되는 경우도 있다.

그 말대로 메어리와 거리를 좁히는 것에 너무 신경을 쓴 부분이 있을지도 모르겠다.

"하지만, 대체 어떻게 해야 좋은데? 착각을 고칠 방법 같은 건 금방은 알 수 없다고!"

이대로라면 1위를 노리기는커녕 완주조차 가능할지 의심스럽다.

"알겠어요. 사랑의 전도사, 서큐버스 세룰리아가 설명해드리죠."

가슴을 활짝 펴고 세룰리아는 응원석 맨 앞까지 다가왔다. 그 이상 나오면 반칙이 된다.

"사랑이란 조화랍니다! 이상입니다!"

생각했던 것보다도 추상적이라서 잘 모르겠어…….

메어리도 멍하니 있었다.

"조금 전까지의 두 사람은 상대방에게 일방적으로 맞춰주는 것만 생각하고 계셨잖아요! 진실한 사랑은 두 사람이 서로에게 다가가서 그 가운데 어디쯤에 최적의 해답을 만들어가는 거랍니다!"

세룰리아의 눈동자는 어느샌가 타오르고 있었다.

그러고 보니 이렇게까지 세룰리아가 사랑에 대해 열변하는 건 처음일지도 모르겠다.

"두 사람이 서로 다가가야 하니 잘 안 되는 부분도 있겠지요. 오늘은 괜찮았어도 내일은 또 엇나갈지도 몰라요. 하지만 항상 좋은 관계를 계속해서 모색한다면 반드시 진정한 사랑에 다가갈 수 있습니다! 그건 뛰어난 빵 장인이 매일 날씨에 맞추어 물이나 밀가루의 배합을 바꾸는 것과 비슷한 거예요!"

세룰리아의 손에는 빵이 쥐어져 있다.

앗, 케르케르 사장님이 계속 먹고 있던 빵집의 빵이다.

"이 빵은 걸작품이라 할 만큼 특별한 맛이 나는 건 아닙니다. 하지만 소박하고, 어딘지 모르게 안심이 돼요. 매일 먹고 싶어지는 그런 빵이랍니다! 그리고 변하지 않는 것 같으면서도 언제나 변화를 계속하고 있어요! 그러니까 질리지 않는 거예요!"

아아, 빛이 보인 것 같은 느낌이 든다.

두 사람이 양쪽 다 상대방을 생각하며 살아간다는 것.

보물을 선물하는 것도 아니다. 첫눈에 반한 것 같은 운명적인 만남이 있는 것도 아니다.

일상 속에서 상대의 작은 행복을 생각하며 사는 것.

그것이 사랑인 것이다.

"세룰리아, 고마워. 소녀, 분명 더 현명해졌어."

메어리도 작게 웃고 있었다.

"자, 프란츠, 다시 한번 가자. 어느 한쪽에 맞춘 페이스 말고 둘이서 만들어가는 오리지널 페이스로.

"그러네. 둘이서 하는 거니까 내 페이스도 메어리의 페이스도 아니네."

조심스럽게 조금씩 내민 발은 확실하게 지면을 딛기 시작하고, 자연히 다음 발로 나아가는 원동력이 되었다.

그리고 또 다음 발이 나간다.

또 그다음 발이 나간다.

톱니바퀴가 맞물리기 시작했다.

우리는 점점 가속한다.

먼저 중간에 넘어져 있던 팀을 제쳤다.

그 조금 앞에 졸음을 일으키는 마법진을 밟고 의식이 몽

롱해져 있는 팀도 제쳤다.

""하나, 둘, 하나, 둘, 하나, 둘!""

그렇다고는 해도 우리는 주위를 차분히 둘러볼 여유는 없었다.

쭉쭉, 앞으로, 앞으로 나아간다. 그뿐이다.

그리고, 드디어 골인 지점 바로 근처에서 1위였던 남자 두 명의 팀과 나란히 섰다.

"단숨에 쫓아왔네." "하지만, 승패는 마지막 마법진에 달려 있지."

상대 팀이 둘 다 우리에게 말을 걸어온다. 아무래도 이 경기에 익숙한 모양이다.

"뭐야, 마지막 마법진이라는 건?"

"골 직전에 거대한 마법진이 숨겨져 있어서 반드시 그 영향을 받게 되어 있어. 거기를 넘어서지 않고는 골인할 수 없어."

그 말은 순수한 〈이인삼각〉 실력과는 관계없는 것도 같지만…… 나아갈 수밖에 없다!

우리와 상대 팀은 거의 동시에 나아간다.

그리고 발밑에서 마법진이 발광했다!

자, 어떤 마법진이냐?

리듬을 무너뜨릴 만한 건가?

아니면 체력이 급격하게 저하되는 그런 건가?

이 마법진의 내용에 따라 승패가 나뉜다!

몸이 묘하게 달아오르는 느낌이 들었다.

뭐라고 할까, 괴롭다고 할까…….

그렇게 생각한 탓인지 마법진 주변 공기가 핑크색으로 보인다.

"아아, 이건 템테이션…… 유혹술의 마법이네요!"

세룰리아가 외치고 있었다.

"애욕을 급격하게 높여서 시합에 대한 의식조차 앗아가 버리는 트랩이에요!"

어떻게 보면 흑마법스러운 트랩이지만, 트러블이 생길 것 같은 걸 설치해놓았군…….

우리 옆의 남자 두 명 팀도 그 영향을 흠뻑 뒤집어쓰고 있었다.

"나, 어째선지 네가……." "실은 나도……."

무려 남자 두 사람이 〈이인삼각〉 중에 서로를 끌어안았다!

저건 원래부터 서로 사랑했던 거면 괜찮지만, 그런 관계 없이 마법 때문에 이성을 잃은 거라면 상당히 괴로워지겠 군…….

"이런 이런, 저래서는 이미 골에 도착해야겠다는 목적도 머리에서 사라져 버렸구먼."

흑마법 협회의 회장 〈분형의 에젤레드〉 씨가 남 일이라 는 듯 말하고 있었다. 역시 무해하게 만들었다고는 해도 흑마법 업계란 이거 또 참 잔인한 부분이 남아 있군…….

뒤쪽 팀도 그 유혹술 마법진을 보고 발을 멈춰버렸다.

무위무책으로 달려들었다간 거의 확실하게 말려들 테니 주저하는 것도 이해가 된다.

아니, 다른 팀 생각만 하고 있을 상황이 아니다.

이 마법은 우리에게도 확실하게 효과를 발휘했다.

"프란츠, 소녀, 야시시한 기분이 들어버렸어……."

흐리멍덩한 눈으로 메어리가 말한다. 사전에 대책을 갖췄다면 이야기가 다르겠지만, 그렇지 않다면 메어리 같은 상급 마족에게도 이 마법이 효과를 발휘하고 마는 모양이다.

그리고, 물론 나도 한 방 먹었다.

"나도, 메어리랑 그런 거 하고 싶네……."

그러잖아도 〈이인삼각〉 중이니 두 사람은 밀착해있는 것이다.

메어리의 심장 소리까지 들린다.

이젠 됐으니까 이 〈이인삼각〉 줄마저 풀어버리고 하나가 되고 싶다.

그런 욕망에 몸도 마음도 지배당해간다.

내 다리가 천천히 줄 쪽으로 향한다.

이런 경기 같은 건 아무래도 좋아! 내 마음에 더 솔직해지고 싶어!

하지만, 줄에 내가 손을 뻗었을 때——

동시에 내 손 위로 메어리의 손이 겹쳐졌다.

분명 그것은 메어리도 유혹술 마법을 맞아버렸기 때문에 일어난 일이겠지. 의도는 나와 똑같은 것이었을 테다.

하지만 메어리의 손에 닿아 나는 퍼뜩 제정신을 차렸다.

아니, 뭔가 달라. 제대로 된 사랑에 눈을 떴다.

"메어리, 이런 마법의 효과로 만들어진 건 진실한 사랑이 아니야."

굳이 말하자면 나 자신에게 되뇌듯이 말했다.

"마법 같은 건 떨쳐버리고 골인하지 않을래? 그러는 편이 멋있잖아?"

메어리의 뜨거운 시선에도 이성의 빛이 깃들었다.

"그러네. 소녀가 이런 마법에 마음대로 휘둘리다니 참아주는 데에도 정도가 있지!"

우리는 다시금 앞을 향했다.

골은 이미 눈앞에 있다.

"〈이인삼각〉이라는 거 이렇게 빨리 달릴 수 있는 거네. 프란츠와 마음이 하나가 되었다는 느낌이야!"

"나도 동감이야."

나와 메어리의 발이 움직이는 타이밍이 훌륭하게 일치
——하는 건 아니다.

오히려, 언제나 어긋난다.

하지만 그 어긋남을 두 사람이 곧바로 수정하고 지워버린다.

그러니까 균형을 잃는 일 없이 다음 발이 다시 앞으로

나간다.

우리는 골을 코앞에 두고 더욱 가속해서——

골라인을 넘었다!

"우리가 1위다!"

"해냈다!"

우리는 줄을 풀지 않은 채 마주 안고, 그대로 자세가 이상하게 꼬여 지면으로 넘어졌다.

하지만 그대로 웃고 있다. 넘어졌는데도 웃고 있다.

아아, 마음이 서로 통하는 두 사람이란 실수를 하지 않는 관계가 아니구나.

저질러버린 실수를 웃으며 날려버릴 수 있는 관계구나.

그곳에 세룰리아가 박수를 치며 다가왔다.

"감동했어요! 두 분은 야무지게 고난을 넘어서셨네요!"

"고마워, 세룰리아 덕분이야."

그런 세룰리아는 나와 메어리 두 사람을 동시에 안듯이 껴안았다.

"정말 잘됐어요! 두 분 다 최고예요!"

"가능하면 지금은 둘이서 끌어안고 있고 싶었지만…… 뭐, 가족이니까."

메어리는 조금 복잡한 심경을 토로하며 한숨을 쉬었다.

◇

모든 종목이 끝나고 결과 발표 시간이 왔다.

흑마법 협회의 회장, 〈분형의 에젤레드〉 씨가 단상에 섰다.

"3위는 시카바네 상업, 2위는 네오 · 새크리파이스, 그리고—— 〈이인삼각〉에서 1위를 차지한 네크로그란트 흑마법사가 역전으로 종합 1위니라!"

우리는 그 자리에서 폴짝폴짝 뛰며 기뻐했다.

"1위인 회사에게는 상장 · 트로피 · 우승기 · 챔피언 벨트와——."

유난히 이것저것 많이 주잖아.

"——부상으로 최고 품질의 상아제 지팡이를 선사하겠느니라. 대표자는 수상하러 오도록."

케르케르 사장님과 파피스타냐 선배가 내 어깨를 통 밀었다.

"프란츠 씨, 가세요." "여긴 후배 군이 가야 해."

나는 떠밀리다시피 나가서 휘황찬란한 아이템과 지팡이를 받았다.

"이 지팡이, 은화로 2백 닢 정도는 하네요……. 정말 고가품이네요……."

나는 지팡이를 떨어뜨리지 않도록 신중하게 우리 회사 팀 쪽으로 돌아갔다.

"그 지팡이는 프란츠 씨가 사용해주세요."

시원스럽게 케르케르 사장님이 말했다.

"괘, 괜찮나요……? 아니, 이 지팡이, 신인 주제에 사용할 수 있는 게 아니라고 할까⋯⋯."

"실력으로 쟁취한 거니까 괜찮지 않나요. 그 대신 지금 까지 사용하던 지팡이를 돌려주시면 되겠네요."

아, 그러고 보니 계속 박쥐가 머리 부분에 새겨져 있는 지팡이를 사장님께 빌려 쓰고 있었다고 할까, 사용해왔다. 좋은 지팡이는 값이 꽤 나가기 때문에 신인은 들 수 없다 보니, 아무래도 회사에서 지급받은 것을 쓰게 되었다.

이론이 있는 사람도 없는 것 같으니 나는 그 상아 지팡 이를 받기로 했다.

이 지팡이가 어울릴 만한 대마법사가 되어야겠네.

──그리고, 그날 돌아가는 길.
가는 길에 싸구려 신전 같은 건물이 눈에 들어왔다.

호텔 러브·이즈·포에버

휴식 동화 4닢부터
숙박 동화 6닢부터

아, 그냥 완전히 그런 계열 숙박업소다⋯⋯
메어리가 내 옷을 살짝 잡아끌었다.

"소녀, 운동해서 피곤하네…… 쉬고 싶네……."

그러고 보니 유혹술은 극복했지만, 그것에 걸렸다는 사실은 남아 있네…….

"알겠어. 그럼 쉬고 갈까……."

세룰리아가 "다녀오세요~"라며 손을 흔들어줬지만, 거기선 가능하면 조용히 보내줬으면 했다.

"소녀, 땀도 흘렸으니까 샤워하고 싶네……."

"……응, 그러네."

"프란츠도 땀 흘렸잖아? 같이 씻을래?"

"……아, 알겠어."

그 뒤로, 나와 메어리는 특수한 휴식을 통해──

운동회보다도 더 노곤노곤해졌다.

제 4 화

아이돌 업계의 어둠

운동회도 끝나고 가을도 차츰 깊어갔다.

내가 입는 옷이 지금까지보다 두꺼운 것으로 바뀌었다.

해가 떠 있는 동안은 괜찮지만, 해가 지고 나면 갑자기 추워진다.

특히 이 회사의 일은 밖에서 임프를 사역하는 것 같이 밖에서 하는 일들이 많기 때문에 옷도 실외 작업에서 춥지 않은 것으로 입어야만 한다.

한편 세룰리아는 오기로 참는 건지 계속 노출도가 높은 옷만 입고 있다.

"세룰리아, 그만 포기하고 추가로 한 겹 더 입으면……?"

보는 사람이 더 추워진다.

아무리 생각해도 세룰리아의 옷(옷이라고 불러도 되는 건지 애매하지만)은 여름에 맞는 것으로, 가을이나 겨울을 버틸 수 있는 것은 아니다. 여름이라고 마냥 괜찮은 것도 아닌 차원이지만.

"이전에도 말씀드린 적이 있지만, 노출도가 낮은 서큐버스 같은 건 서큐버스의 존재 의의를 부정하는 것에까지 이어지는 것이랍니다. 그러니 어떻게든 버텨보겠어요."

"하지만, 감기에 걸리지 않을까……?"

"서큐버스도 인큐버스도 감기에는 강하답니다. 그렇다고 할까, 오랜 시간을 들여 추워도 감기에 걸리지 않는 서큐버스나 인큐버스만이 살아남아 자손을 번영시켜왔다고 할까요."

그렇군. 인간 사회에서도 상당히 추운 지역인데도 거의 알몸에 가까운 민족이 있다는 얘기도 있기도 하고, 말도 안 되는 이야기는 아닐지도 모른다.

그렇다고 해도 추워 보이는 점에는 변함이 없지만.

"왜, 왕도에서 일하는 서큐버스도 맨살을 드러내고 일하고 있을 거예요. 질 수 없으니까."

"하지만 그런 서큐버스는 기본적으로 건물 안에 있잖아."

왕도에서 일하는 서큐버스는 즉 그런 가게에서 일하는 사람들뿐이다.

그렇다고 해도 서큐버스의 가게는 무지무지 가격이 높다고 하며, 그다지 나는 관심을 가진 적이 없었다. 평범한 급료를 받고 사는 서민이 들어갈 만한 가게가 아니다.

"그렇다고 해서 질 수는 없답니다, 으…… 에, 엣, 췌!"

세룰리아가 기침을 하기에 내가 그 등을 문질러 주었다.

"자, 이제 조금은 따뜻해?"

"네, 감사해요. 주인님은 상냥하시네요."

어느 종족에든지 종족 특유의 문제가 있고는 한다.

◇

그날 퇴근길, 나와 세룰리아는 장을 보러 나와 있었다.

마침 해 질 녘의 타임 세일에 맞춰 갈 수 있을 시간이었기 때문이다.

참고로 그 시간 메어리에게는 방 청소를 부탁해두었다.

어마어마한 마족에게 아무렇지도 않게 청소를 부탁할수 있는 나라는 놈은 대체 뭘까 싶지만 가족이니까. 그 부분은 역할분담이지.

"잘 부탁드립니다, 잘 부탁드립니다. 주점 〈잠자는 코브라정〉 오픈했습니다."

성 번화가를 걷고 있으니 무슨 전단지를 나눠주고 있었다.

주점 전단지라면 이 시간에 나눠주는 건 타당하다.

"이 전단지를 가지고 오시는 분은 한 잔이 무료랍니다. 자, 여기요. 여기 있습니다."

전단지 주변에 꽤 사람들이 모여 있다. 그렇게 화제의 가게인 건가 아니면 한 잔 무료라는 목소리에 혹한 건가 싶었지만, 이유가 대강 짐작이 갔다.

그 전단지를 뿌리고 있는 사람의 노출도가 상당히 높았던 것이다. 거의 속옷이나 다름없다……

아니지, 자세히 보니 날개도 돋아 있고…… 저건 서큐버스로군.

그러고 보니 모여 있는 녀석들도 남자의 비율이 높다.

수상한 가게의 전단지로 착각하고 있을 가능성이 있다.

"저렇게 아르바이트하는 서큐버스도 있는 건가. 힘들겠네."

"서큐버스라고 해도 천차만별이니까요. 가운데에는 일부러 금욕 생활을 하기로 결정한 분도 계시다고 해요."

그 서큐버스는 여러 가지로 생각이 있었던 걸까.

하지만, 아무래도 저 서큐버스, 낯이 익단 말이지. 저 틀어 올린 머리 모양, 어딘가에서 본 것 같은…….

"앗, 프란츠 군이잖아! 나, 나! 리디아야!"

"세룰리아네 언니 리디아 씨!"

낯이고 뭐고, 아는 사람이었다!

"언니, 어째서 인간 세계에 와 계신 건가요?"

당연한 질문을 세룰리아는 입에 올린다.

물론 리디아 씨는 마계에 살고 있었을 터다.

"으~음 그게 말이지, 이야기하자면 길어지는데, 자신의 가능성을 시험해보고 싶었다고 할까!"

도통 갈피를 잡을 수 없는 해답이었다. 그러니까 어떻게 된 거지?

"슬슬 이 일도 끝나니까, 이따가 합류하지 않을래?"

"그럼 언니, 장보기를 끝낸 30분 후에 어떨까요?"

이렇게 해서 우리는 리디아 씨와 합류해 우리 집으로 향했다. 리디아 씨는 근처에서 한잔하지 않겠느냐고 물었지만, 메어리가 집에서 기다리고 있기에 곧장 집으로 돌아갔다.

◇

"음, 역시 세룰리아의 요리는 맛있네!"

리디아 씨는 기뻐하며 저녁을 먹고 있었다. 뜻밖에도 자매의 재회가 이뤄져서 잘됐다.

다만 세룰리아는 솔직하게 기뻐할 수만은 없다는 느낌이었다.

아직 리디아 씨가 왕도에 있었던 이유에 대한 의문은 풀리지 않았다.

여하튼 세룰리아의 본가와는 과거에 이런저런 일들도 있었고, 또 세룰리아를 데리고 돌아가는 쪽으로 얘기가 되어 있지는 않을까 하는 두려움을 느낀다 해도 어쩔 수 없겠지.

나 역시 그것을 완전히 경계하지 않는다고 하면 거짓말이 된다.

"그래서 언니, 이번에는 어떤 사정으로 왕도에 계셨던 건가요? 그것도 그런 식으로 일을 하고 계셨고."

요리가 절반 정도 없어졌을 무렵, 세룰리아가 본론으로 들어갔다.

그러고 보니 전단지를 나눠주고 있었지.

그렇게 되면 세룰리아와 만나는 것이 목적이 아니었던 건가. 더욱더 수수께끼가 어려워졌다.

"말해도 아무 문제 없지만, 그 전에 하나만 약속해."

조금 진지한 얼굴이 되는 리디아 씨.

"절대로 웃지 않기. 그걸 지키지 않으면 분노 폭발이니까."

나는 곧바로 고개를 끄덕였다. 엉뚱한 소리지만 본인은 진지할 수도 있다.

메어리도 똑같이 "안 웃어요"라고 말했다.

"제가 언니를 비웃는 일 따위 없어요. 이야기해주세요."

그것으로 계약은 성립되었다.

"나 있지, 나를 찾는 여행을 하고 있어."

…………이상한 대답이 돌아왔다.

"그래서 마계는 너무 근처니까 마음을 다잡을 수가 없다고 할까, 홈그라운드에서는 찾는 기분도 안 난다고 할까, 이것저것 있어서 인간 세계에 온 거야."

그야 우리는 웃지 않았지만, 그 대신 멍해져 있었다.

자, 자신을 찾는다……?

찾는 건 자기 마음이지만, 어째서 그게 왕도에서 전단지를 나눠주는 게 되지?

"앗, 너 지금 무슨 소리 하냐는 표정이잖아……. 하지만, 괜찮아. 자신을 찾는다는 게 어떤 건지 더 자세하게 설명할 테니까 똑똑히 들으라고. 그 점은 잘 부탁해!"

역시나 리디아 씨 본인은 상당히 진지하구나.

이렇게 해서 우리는 리디아 씨의 자신을 찾는 여행에 대한 이야기를 듣게 되었다.

"있지, 나 말이야, 어디를 어떻게 봐도 서큐버스잖아?"

"그야 뭐 그렇네요."

세룰리아와는 약간 타입이 다를지도 모르겠지만, 서큐

버스라는 점에는 틀림이 없다.

이런 노출도가 높은 복장을 하고 있는 건 서큐버스 뿐이다.

전라가 마음 편하다는, 다크 엘프 토토토 선배 같은 예외도 가끔 있지만.

"그래서 말이지, 서큐버스의 일이라는 건 말이야, 뭐…… 그런 걸 하는 거잖아."

리디아 씨는 말을 흐렸지만 그 내용을 모르는 성인 남성은 아무도 없을 것이다.

"하지만 있지, 그런 식으로 살아간다는 건 말이야, 그, 좀 그렇잖아? 정해진 궤도 위를 달려가는 느낌 같은 점이 있잖아? 그건 결국 자기 가능성을 좁혀버리는 점이 있다고 생각한단 말이지."

"아아, 무슨 말씀을 하고 싶은 건지 알겠어요."

리디아 씨는 거기서 자기 가슴에 툭 손을 얹었다.

"그러니까, 나는 인간 세계로 나가서 일부러 서큐버스 같은 일을 하지 않고 일을 해보려고 마음을 먹었어. 어쩌면 서큐버스다운 삶보다 내게 더 맞는 길이 있을지도 모르니까. 그걸로 새로운 자신을 발견할 수 있다면 럭키 아니야?"

나는 깊이 고개를 끄덕였다.

세룰리아도 감동한 눈동자로 자리에서 일어서서 리디아 씨의 손을 꼬옥 잡았다.

"대단해요! 자신과 진지하게 마주한 끝에 그런 결론에

이른 거네요! 훌륭하다는 말씀밖에 할 수가 없어요!"

"고마워. 동생인 네가 그렇게 말해주니까 엄청 기쁘다."

하긴 자신의 장래가 일찍부터 정해져 있다는 건 납득하기 힘들지.

"참고로, 앞으로의 예정이라든가 계획 같은 건 이미 정했나요?"

친척도 아무것도 아닌 메어리는 떨어진 곳에서 냉정하게 듣고 있다.

"지난주부터 왕도에 방을 얻어서 아르바이트를 하면서 돈을 모으고 있어. 앗, 에로틱한 일은 금지하고 있어. 그걸 해버리면 서큐버스랑 똑같으니까."

"뭐, 괜찮지 않아? 인생은 기니까 이것저것 시도해봐야 한다고 생각해."

"응, 그럴게!"

활기차게 리디아 씨도 대답했다. 그 쾌활한 웃음에는 세룰리아에게는 없는 매력이 있다.

"오늘은 식사 고마워. 다 먹으면 돌아갈게."

"저기, 언니, 이 집에도 방이 하나 비어 있는데……."

리디아 씨는 손짓으로 거절을 표했다.

"가능한 한 도움은 받고 싶지 않아. 방도 이미 얻었고, 그쪽에서 지낼게. 가끔 놀러 오는 정도는 봐줬으면 좋겠지만."

꽤 착실하네, 이 사람.

"리디아 씨, 언제든지 놀러 오세요. 왕도 생활은 마계에서와는 여러모로 다를 테고."

"그러네. 프란츠 군이랑도 만나고 싶으니까. 일이 아니라면 또 해줄 수 있다고?"

후후훗 하고 수상하게 웃는 리디아 씨.

이런 걸 서큐버스는 자연스럽게 말하니까 곤란하다…….

"그런 건 됐습니다! 게다가 저한테는 세룰리아가 있으니까."

"언니와 함께인 것도 가끔은 괜찮을 것 같은데요."

세룰리아가 딱히 아무렇지도 않은 듯 제안한다.

아, 정말! 남자의 욕망을 확실하게 자극하네!

"어떤 의미에선 숙원이지만, 그건 이성으로 거절하지!"

그 뒤로 리디아 씨는 식후 차를 마시고 활기차게 돌아갔다.

"가능성을 넓히며 사는 자세, 훌륭하네요."

성숙한 의식의 세룰리아는 진심으로 리디아 씨를 높이 사는 듯했다.

"그러네. 이대로 성공했으면 좋겠네."

다만 세상 물정에 익숙한 메어리가 또 조금 불안한 듯한 얼굴을 하고 있었다.

"뜻은 상당히 훌륭한데. 그럴수록 속아 넘어가거나 하는 일이 생기진 않을까 불안한 마음이 없지는 않네."

◇

그리고 닷새 후.

리디아 씨가 밤에 우리 집에 찾아왔다.

"안녕! 나, 스카우트 받았다!"

익숙하지 않은 단어가 리디아 씨의 입에서 나왔다.

"스카우트? 대체 어디에 스카우트를 당한 건가요?"

"내가 군대에 스카우트될 리가 없으니까 대충 짐작이 갈 거 아냐. 왜, 도시에서 활약하는 가수 그룹 있잖아? 3인조인가 5인조인가로 노래하고 춤추는."

"아아, 아이돌 말하는 건가요."

아이돌이라는 말은 본디 우상을 의미하는 단어인데, 시간이 흐르면서 노래와 춤으로 관중을 열광시키는 사람들을 아이돌이라고 부르게 되었다.

그리고 솔직히 말해서 화려한 직업이기 때문에 하고 싶어 하는 사람은 지천으로 있다.

경쟁률이 천, 2천씩 되는 오디션을 거쳐야만 하는 경우도 드물지 않다.

그리고 오디션 이외에도 소속사 관계자에 의한 스카우트라는 방법도 옛날부터 행해지고 있었다. 그 정도는 아이돌에게 그다지 관심이 없는 나도 알 정도다.

"그거 정말 대단하네요! 서큐버스라는 하나의 종족으로서도 자랑스러워요!"

세룰리아도 자기도 모르게 승리의 포즈를 취하고 있었다.

그 말대로 아이돌이라는 것은 꽃 중의 꽃, 선망의 대상이다. 연극 인기 배우에 필적하는 예능인이기도 하고, 아이돌 출신으로 인기 배우가 되는 경우도 많다.

"전단지 나눠주는 아르바이트 하고 있을 때 누가 제안하더라고. 다음에 왕도 소속사에 와줬으면 좋겠다고! 인간도 내 매력을 인정한 모양이네!"

리디아 씨도 의기양양한 얼굴을 하고 있다.

오늘 하루 정도는 잔뜩 우쭐댈 수 있게 해주자.

하지만 메어리만이 명백하게 축복 무드와는 다른 얼굴을 하고 있었다.

"그 소속사 이름이랑 주소 알 수 있을까?"

"엥, 연예인들도 출입하니까 비밀로 하라고 하던데, 뭐, 괜찮나. 여기서만 하는 얘기야. 〈왕도 외연부 북방랑용병 길 7번지 5호〉야. 회사 이름은 뉴 오션 예능 사무소."

곧바로 메어리는 그것을 메모했다. 불안한 데가 있는 모양이지만, 나로서는 이름을 듣고서 오히려 안심했다.

"뉴 오션이면 되게 유명한 데예요! 인기 아이돌도 여럿 소속돼 있고!"

"그럼, 진짜네! 나, 왕도 최고의 아이돌이 돼버리면 어떡하지!"

들떠 있는 우리 옆에서 메어리만이 한 발짝 물러난 위치에 있었다.

리디아 씨가 깡충깡충 뛰면서 돌아간 뒤에도 메어리는 팔짱을 끼고 한숨을 쉬고 있었다.

"메어리, 넌 이쪽 세계에 대해서는 잘 모를지도 모르겠지만, 뉴 오션 예능 사무소는 진짜 일류 회사야. 리디아 씨의 외모라면 충분히 가능성 있는 얘기야."

"그건 소녀도 의심하지 않아. 좋은 회사는 실재하겠지. 하지만 말이야, 소녀는 마지막까지 의심하기로 했어. 이쪽에 왔을 때 노예 같은 얼굴을 하고 있는 사람이 잔뜩 있었잖아, 일부 인간은 말도 안 되게 근성이 썩었으니까."

전설의 마족에게 성격 면으로 악평을 듣고 너덜너덜해지는 인간이란 대체…….

다음날, 메어리는 아침 일찍 회사에 출근해 케르케르 사장님에게 뉴 오션 예능 사무소에 대한 자료가 없는지 묻고 있었다.

"업종이 전혀 다르기 때문에 자세한 자료는 없습니다만, 유명한 기업이라고는 알고 있어요."

그런 지극히 평범한 해답이 돌아올 뿐이었다.

그야 사장님도 예능 업계에 대해 자세한 사항까지는 모르겠지.

"메어리, 이걸로 됐어?"

"으으응. 아직 회사를 확인해보지 않으면 모르니까. 이번 휴일에 예능 사무소에 얼굴 비추고 물어볼래."

이렇게까지 메어리가 의욕을 드러낸다면 이젠 나도 협력할까.

"알겠어, 그럼 나도 거기 같이 갈게."

메어리는 조금 기쁜 듯이 얼굴이 풀어졌지만, 곧바로 다시 원래의 이글거리는 분위기로 돌아갔다.

"프란츠가 이제 와서 따라와도 아무것도 달라질 건 없지만, 말리지는 않을게."

이건 와준다고 해서 기쁘다고 해석하면 아마도 틀림없겠지.

◇

그리고 휴일, 나와 메어리는 아침부터 뉴 오션 예능 사무소로 향했다.

'동거하는 애의 언니분이 스카우트되었다는데, 괜찮은 건가요?'라고 물어보는 건 문제없겠지. 이런 업계는 이상한 회사도 많다고 하니 사기가 아닐까 불안해져서 물어보러 오는 것도 있을 리 없는 일은 아닐 것이다.

접수 데스크의 여성에게 나는 사정을 이야기했다.

"그렇군요. 길거리 스카우트라면 저희 회사에서도 이뤄지고 있답니다. 프로듀서 권한이 있는 분이 그런 일을 하고 계시죠."

이번에야말로 메어리의 불안도 해소되겠군.

하지만 메어리는 한 발짝 더 파고들었다.

"그럼, 〈북방랑용병길 7번지 5호〉라는 곳에 건물을 임차하고 있나?"

거기서 접수 데스크의 여성의 얼굴이 의아해하는 것으로 변했다.

"그런 곳에 저희 회사는 아무것도 빌리지 않았네요. 왕도 안에서도 상당히 후미진 장소이고……. 굳이 말씀드리자면, 질 나쁜 소문이 많은 지역이죠……."

"네?! 정말인가요?!"

"네……. 그런 곳에 회사가 있으면 회사 자체의 이미지 손상과도 연결되기 때문에……."

메어리가 궁금함이 해소된 얼굴로 나를 보고 있었다.

"프란츠, 세상에는 나쁜 녀석들이 있어. 나쁜 녀석들은 회사 이름 정도야 쉽게 속이지."

"그렇다면 빨리 리디아 씨한테 알려야지! 그러는 김에 그 녀석들도 혼쭐을 내주겠어!"

"하지만 이왕이면 현행범 체포 쪽이 확실하겠지. 아직 백 퍼센트 유죄라고 확정된 것도 아니니까."

그 말대로 리디아 씨가 회사 이름을 잘못 들었다는 가능성도 전무하다고는 할 수 없고, 다른 예능 사무소가 '뉴 오션 예능 사무소와도 관련이 있다'는 식으로 말했을 수도 있다. 그 시점에서 그다지 제대로 된 권유는 아니지만.

"다행히 시간은 있네. 메어리, 손 쓸 수 있겠어?"

그러자 메어리는 즐거운 듯 웃었다.

"얼마든지 방법은 있지. 소녀를 얕봤다간 곤란해."

◇

그다음, 메어리는 부하 미니데몬을 이용해 그 소속사라
는 건물에 살짝 손을 써놓았다.

구체적으로 말하자면, 내부의 소리가 바깥쪽으로 흘러
나오는 매직 아이템을 마계에서 가져왔다고 한다.

나와 메어리, 그리고 물론 세룰리아까지 함께 밖에서 잠
복하고 있었다.

건물은 역시나 낡아빠졌고, 심지어 주위에는 유난히 쓰
레기가 많이 버려져 있기도 해서 결코 청결하다고는 말할
수 없는 환경이었다.

참고로 리디아 씨에게 사전에 이야기해둘지 말지 망설
였지만, 세룰리아와도 상담한 결과 이야기하지 않기로
했다.

연예계 관련 일은 우여곡절이 많으니 이것만 가지고 완
전히 아웃이라 결론지어도 좋을지 판단하기가 어려웠다.

보잘것없는 회사라 해도 그곳에서 리디아 씨가 빛날 수
도 있으니, 도저히 허용할 수 없다는 판단이 나올 때까지
는 아슬아슬한 데까지 상황을 지켜보기로 한 것이다.

그늘에 몸을 숨긴 우리를 눈치채지 못하고 리디아 씨가 활기차게 소속사로 들어갔다.

참고로 입구에는 회사 이름조차 쓰여 있지 않다.

나와 세룰리아는 마른침을 삼키며 내부 상황을 엿보았다.

빈 상자를 받침대 삼아 높은 곳에 있는 창문 너머로 살며시 안을 들여다본다

안은 거의 텅 비었고 간단한 책상과 의자가 몇 개 있는 정도였다.

책상에 면접관인지 매니저인지 덩치가 좋은 남자와, 눈매가 약간 사나운 다른 남자 한 명이 앉아 있다.

"서큐버스인 리디아입니다. 뉴 오션 예능 사무소에 스카우트되어 여기로 오게 됐습니다!"

딱히 소리가 들리는 매직 아이템은 필요 없었네. 그냥도 창문틀 상태가 안 좋아서 소리가 새어 나온다.

"와줘서 고마워, 리디아 양. 우리 회사와 함께라면 당신은 왕도뿐만이 아니라 왕국 전역에서 유명한 아이돌이 될수 있어. 물론 댄스 레슨도 노래 레슨도 해서 착실하게 실력도 쌓아나가게 할 생각이야."

덩치가 좋은 남자가 말했다. 눈매가 사나운 다른 남자는 고개를 끄덕일 뿐이다.

"네! 잘 부탁드립니다!"

"음, 그래서 말이지, 이 업계에서 잘 나가기 위해서는 한

가지 중요한 조건이 있어."

"그게 뭔가요?"

리디아 씨가 고개를 앞으로 꽂아 넣듯이 내밀고 물었다.

"그건 말이지, 결정권을 가진 사람의 보증을 얻어내는 거야. 구체적으로 말하자면——"

덩치가 좋은 남자가 음침한 웃음을 짓는 것 같았다.

"잠자리 영업이야."

네, 아웃입니다!

이거 완전히 위험한 회사잖아!

"먼저 연습 삼아서 네 몸으로 여기 있는 나와 옆자리의 프로듀서를 즐겁게 해주지 않을래."

리디아 씨가 명백하게 의기소침해진 얼굴이 되었다.

"저어…… 저는 서큐버스지만…… 오히려 그것 이외의 다른 가능성을 찾아서 여기 왔습니다……. 그런 건 곤란합니다……. 그래서는 서큐버스랑 똑같으니까……."

정말 그렇다. 리디아 씨의 마음을 생각한다면 그런 일이 허락될 수 있을 리가 없다.

그러자 덩치가 좋은 남자의 얼굴이 갑자기 험상궂게 변했다.

"하아? 이제 와서 빠져나가면 곤란하지!"

"앗…… 하지만……."

"——선생님, 부탁드립니다."

덩치가 좋은 쪽이 그렇게 말하자, 눈매가 사나운 남자가

일어섰다.

그 손에는 지팡이가 있다.

그렇다는 건 마법사인가?!

눈매가 사나운 남자는 곧바로 지팡이를 들고서 방에서 영창을 시작했다.

내용으로 보아하니 백마법인 모양이다.

백마법은 마법 학교 출신이니 대강은 알고 있다.

"저런 악마 속박 마법이야!"

내 말이 들렸던 걸까, 어찌 됐건 리디아 씨는 도망치려고 했다.

마법이 덮쳐올 것은 명백했기 때문이다.

하지만 리디아 씨에게 빛의 밧줄 같은 것이 뻗어 나가 돌돌 감아서 구속했다.

"역시 대단하십니다, 선생님. 악마는 이렇게 백마법으로 움직일 수 없게 할 수 있으니까."

덩치가 큰 남자가 눈매가 사나운 남자를 추어올렸다.

백마법을 너무 사악한 목적으로 써대잖아!

"뭐, 뭐야, 이거······. 끈적거려서 움직일 수도 없고······. 끈적거린다고 할까, 미끌미끌하기도 하고······."

리디아 씨가 괴로워하는 목소리를 냈다.

"그런! 뭔가 이상해요! 언니도 서큐버스라는 상급 마족! 이렇게 짧은 영창의 마법에 쉽사리 당하는 일은 없을 텐데!"

세룰리아의 의문도 타당하다. 하지만, 몇 가지 예상은

됐다.

"특정 종족 전용으로 범위를 한정하는 만큼 강력한 마법이 많아져. 분명 그런 걸 쓸 수 있는 녀석을 경호원으로 삼아서 결정타를 준비해둔 거야. 그리고……."

나는 방 안 벽에 무수히 많은 마법진이 발광하고 있다는 것을 깨달았다.

"아마도, 이 방 자체가 마족의 힘을 약화하는 공간이 되어 있어!"

"칫! 즉 소녀나 세룰리아가 들어가도 위험할지 모른다는 거야? 뭐, 인간 따위가 만든 결계에 어떻게 당할 마음은 없지만."

메어리가 작게 혀를 찼다.

확실히 메어리가 이런 보잘것없는 악당의 마법에 굴복할 거라고 생각하기는 힘들다.

──하지만 상대의 레벨은 아직 불명이다.

리스크는 엄연히 존재한다.

이러고 있는 사이에도 남자들이 리디아 씨에게 접근하고 있다.

"헤헤헷, 너 같은 상급품이라면 아이돌이 될 수 있을 거라고. 권력자들이랑 베개를 나란히 한다면 전부 구슬릴 수 있을 테고 말이야! 얼마든지 일을 따올 수 있다고!"

완전한 잠자리 영업이냐!

"아이돌이 안 된대도 밤의 업계에서 아이돌 이상으로 벌어들일 수 있을지도 모르겠지만 말이야!"

이 이상은 잠자코 보고만 있을 수 없다!

나는 창문을 통해 안으로 침입했다.

그리고 이어서 메어리와 세룰리아가 들어왔다.

"어이! 너희들이 하는 짓은 범죄라고! 당장 멈춰!"

남자들도 누가 잠복하고 있었을 거라는 생각은 못 했던 모양이다. 놀란 표정을 짓고 있다.

"흥! 이쪽도 여기 사업이 걸려 있다고! 그렇게 쉽게 그만 둘까 보냐!"

"프란츠, 여기는 소녀의 마법으로 날려버릴 테니까! 이렇게까지 상대가 흉악하다면 조금 장난을 쳐도 소녀한테 죄를 묻진 않겠지!"

"알겠어. 이젠 물러날 곳은 없네."

이렇게 되면 힘으로 뭉개는 수밖에 없다.

완벽한 현행범이니 저쪽도 우리와 한판 붙는 것 이외의 다른 길은 없겠지.

그러나 리디아 씨가 기묘한 말을 내뱉었다.

"다들, 조심해! 이 방, 들어왔을 때부터 이상한 느낌이 들었어!"

이상한 느낌이라니, 뭐 결계도 쳐놓은 모양이니 그 탓이겠지.

하지만 그 효과를 너무 얕잡아보고 있었다.

"어라……? 흑마법이 안 돼……?"

"저도 소환 마법이 기능하지 않아요……."

메어리도 세룰리아도 마법을 발동시키지 못하고 있다.

"후후후! 선생님께 부탁드려서 이 방에선 흑마법을 일절 쓸 수 없게, 마족의 힘도 대폭 약해지게 해두었다! 말하자면 서큐버스라든가 그런 마족 전용 함정이라고!"

으엑! 그렇게 한정적인 것이라면 위력도 상당히 강할 것이다.

그보다, 나도 몸의 감각이 이상하다.

이건 지팡이를 운동회에서 새로 얻어서 아직 익숙하지 않다든가 그런 차원이 아니다.

흑마법의 힘이 전혀 듣지를 않아…….

심지어 선생이라 불린 마법사는 진짜 실력자인 모양이라──

메어리와 세룰리아에게도 악마 속박 마법을 사용했다.

"아, 진짜! 평소 같았으면 별것도 아닐 게 이 방 안에서는 위력이 열 배 정도가 되는 것 같아……."

"저도 마찬가지예요……. 마법 랭크는 제 쪽이 더 높을 텐데!"

어떡하지……. 이렇게까지 무력화될 줄은 생각도 못 했다…….

"프란츠! 소녀의 힘이라면 일단 결계를 먼저 파괴해서 이 상황을 벗어날 수 있어!"

"역시 메어리야! 그러면 되겠네!"

과연 위대한 마족이라면 이렇게 미리 대책을 세워둔 적을 상대로도 어떻게든 되는 법인가.

그러나 곧이어 메어리는 얼굴을 일그러뜨렸다.

"하지만…… 2분은 걸릴 거라고 생각해줘."

2분……. 적이 그동안 가만히 있을 리가 없다.

"2분이라! 그 정도 시간이면 여기 있는 모든 사람의 의식을 날려버리는 정도는 가능하겠죠, 선생님?!"

경호원이 말없이 끄덕 고개를 끄덕거렸다.

"역시 국가 소속 일류 백마법사였는데 여성 직원에 대한 과도한 성희롱 때문에 잘렸을 뿐인 만큼의 실력은 있으시군요!"

실력자지만 인격은 쓰레기인 녀석이었다!

더더욱 상황이 곤란해졌다.

지금 움직일 수 있는 건 나뿐이다…….

생각해내. 뭔가 이 상황을 타개할 방법이 있을 거야. 계속 흑마법사로서 성실하게 노력해왔잖아.

하지만 흑마법을 전혀 쓸 수 없다면, 아무것도…….

아니지.

내가 성실하게 해왔던 건 취직한 다음부터였던가……?

아니잖아. 나는 마법 학교 시절에도 착실하게 미련하게 공부해왔다.

그 부분을 높이 평가받아 사장님 눈에 띈 게 아닌가.

즉──

백마법을 못 쓰면, 이상하지!

나는 천천히 지팡이로 마법진을 그리고 영창을 행한다.

"하앙! 흑마법은 쓸 수 없다고! 멍청한 자식!"

덩치 큰 남자는 완전 생무지로군. 이게 흑마법 영창으로 보이냐.

어엿한 백마법이라고!

"사악한 뜻을 품은 자에게는 응징을! 홀리 블라스트!"

빛을 굳힌 것 같은 무언가가 내 지팡이에서 솟구쳐──

백마법사 경호원의 몸에 직격했다.

그 남자는 그대로 벽에 내동댕이쳐졌다.

"주인님, 대단하세요!"

"프란츠, 대장부답다!"

"프란츠 군, 무지무지 멋있어!"

여성진으로부터 일제히 칭찬이 쏟아져 나왔다. 기쁘지만, 아직 속단하기는 이르다.

남자는 의식을 잃지 않았다. 처박혔던 벽에서 빠져나와 다시금 이쪽을 향해 움직인다.

"상당히 좋은 공격이었어."

처음으로 그 남자가 말했다. 생각했던 것보다 중후한 목소리다.

"참고로, 이 나는…… 남자도 좋아한다."

오스스 소름이 끼쳤다.

"너도 그런대로 내 타입이야."

뭔가 새로운 위험이 닥치지 않았나?!

"선생님, 대단하십니다! 남녀 양쪽을 평등하게 성희롱해 대서 잘린 만큼의 실력은 있으시군요!"

그런 게 평등해봤자 아무 가치도 없잖아!

젠장! 백마법 중에 공격에 쓸만한 건 그렇게 수가 많지 않단 말이지…….

그런 면에서 교육기관에서 널리 가르치는 것도 있겠지 만…….

뭐, 됐어. 같은 마법을 반복해주지.

홀리 라이트는 간사한 자를 격파하는 마법이다.

치명상은 입힐 수 없지만, 기절 정도라면 노릴 만해!

하지만 적도 생각하는 건 똑같았다.

홀리 라이트 영창과 마법진을 구성하기 시작했다!

나도 질 수 없다는 듯 곧바로 행동에 나섰다.

누가 선수를 치는가, 거기서 승패가 결정된다!

하지만 상대는 본업이 백마법사다. 영창 숙련도는 저쪽 이 훨씬 높다.

아주 약간 적 쪽이 빠르다!

젠장! 이래서는 공격당해!

"사악한 자여, 받아라! 홀리 라이트!"

남자가 마법을 발했다.

다음 순간——

그 홀리 라이트의 하얗게 번쩍이는 빛이——

유턴해서 남자의 가슴에 직격했다!

설마 했던 역류?!

"윽, 끄윽…… 크헉…… 크흑……."

그대로 남자에게 크리티컬로 추정되는 대미지가 들어가고——

거기에 더해 나의 영창이 끝나 제2의 홀리 라이트가 경호원 남자를 강타했다!

남자는 완전히 침묵했다.

"이겼다……. 하지만, 어째서 역류한 거지……? ——앗, 그런가."

사악한 자에게 날아가는 마법이라면 아무리 생각해봐도 저 녀석한테 날아가겠지.

누가 봐도 우리 쪽이 정의였으니까.

"생큐, 프란츠. 술자가 기절해서 소녀도 움직일 수 있게 됐어."

메어리는 빙글빙글 팔을 돌리고 있었다.

남은 체격이 좋은 남자가 도망치려고 했지만, 보기 좋게 메어리의 마법의 먹잇감이 되어 있었다.

자연의 섭리 같은 것이지. 상급 마족에게 이길 수 있을 리가 없어.

"어, 어떻게든 해결됐네요……."

나는 그 자리에 잠시 지쳐서 주저앉았다. 상당히 리스크가 큰 모험을 걸긴 했지만 결과적으론 잘됐으니 됐다.

그러고 있자니, 새로운 공격이 가해져 왔다.

공격이라고는 해도 그 수단은 가슴이었지만.

리디아 씨가 내게 뛰어든 것이다.

"고마워, 프란츠 군! 진짜로 프란츠 군 덕분에 살았어!"

"네, 정말 다행이에요. 조금, 가슴이 닿아서 괴로운데……."

당해보라는 듯 덮쳐드는 리디아 씨의 가슴이 나를 압박한다.

"뭐 어때, 뭐 어때! 자잘한 건 신경 쓰지 마! 그리고……."

리디아 씨의 그늘이 문득 미소 속에 숨어든 것처럼 보였다.

"아이돌 데뷔 이야기도 없던 게 되어버렸으니까, 텐션 올리고 싶어."

하긴 그렇지…….

리디아 씨에게는 모처럼의 꿈이 무너진 것이다.

그런 쇼크를 받는 게 당연하다. 딱히 이게 만인에게 똑같이 행복한 해결인 것은 아니다.

"저기…… 제가 이런 말씀 드려도 되는 처지는 아니지만, 속상해하지 마세요."

"알아, 알아. 오히려 내가 달콤한 말에 너무 쉽게 넘어갔었던 거잖아. 다들 불안했으니까 이렇게 대기하고 있었던 거지?"

"네, 그렇게 된 거예요."

이런 곳에 우연히 나타날 리가 없으니까.

"다음부터는 감언이설에는 조심할게. 7할은 의심하고 듣는 편이 딱 좋겠지. 괜찮아, 괜찮아. 자신을 찾는다는 게 금방 끝나는 것도 아니고. 그러니까 지금은 우울해하기보다는 프란츠 군에게 감사하게 해줘."

꼬옥 리디아 씨가 달라붙어서 떨어지지 않는다.

여성진이 그 외에도 두 명 있었지만, 여기선 뭐 꼭 안겨도 괜찮겠지.

"정말, 아이돌 업계라는 건 역시 어둠 같은 면이 있네. 이걸로 쓰레기 같은 조직을 한 군데는 부순 것 같지만 아마 왕도 안에만도 아직 훨씬 많이 있겠지. 아~아, 환멸 나."

투덜거리면서 메어리는 쓰러진 두 사람을 단단히 밧줄로 묶고 범죄자로 넘길 준비를 하고 있었다.

"그러네. 마계보다 여기 왕도 쪽이 훨씬 더 무서울지도 모르겠네."

유명해질 수 있을지 몰라.

모두의 선망을 받을 수 있을지 몰라.

그런 지극히 평범한 바람을 악용하려고 하는 인간도 있는 것이다.

평화로워 보이지만 그 실상은, 인간으로 우글대는 왕도는 위험한 곳일지도 모른다.

◇

　그날은 이러저러한 일이 많았기에 밤에 '리디아 씨 수고하셨습니다 파티'를 했다.

　나도 특기인 비엔나 구이를 만들었다.

　비엔나 적당히 굽기는 우리 집에서 내가 제일 잘한다. 그 외에도 소소한 요리 몇 개를 담당했다.

　"좋았어, 다음엔 더 안전해 보이는 예능 사무소에서 접촉해오도록 노력해야지!"

　"언니, 딱히 아이돌을 목표로 이쪽에 온 건 아니죠?"

　세룰리아가 동생답게 적절하게 태클을 걸었다.

　"그, 그건 그렇지만…… 어쩐지 아이돌이 될 수 있을지도 모른다고 들떴던 자신에게 화가 나는 것도 있고……. 제대로 아이돌이 되면 그게 꼭 틀린 것만은 아니었던 것도 되지 않을까 싶어서……. 이래놓고 아이돌이 되지 못한다면, 처음 그 녀석들이 내 몸을 목적으로 접촉해왔다는 뜻이 되잖아……."

　그 마음이 이해되지 않는 것도 아니다. 지금의 리디아씨에게는 아이돌이 될 수 있다고 기뻐했던 자신에 대한 겸연쩍음 같은 마음이 있겠지.

　"하지만 서큐버스 아이돌이란 어떨까……. 유리한가? 아니면 엄청 놀았던 것처럼 보이니까 안 되려나……?"

　"그건 어려운 문제네요……."

자매가 함께 "음~" 하고 생각에 잠긴 것처럼 보였지만 좀처럼 답은 나오지 않는 모양이다.

"많은 사람에게 사랑받고 싶다면 아이돌을 목표로 해야 할 거고, 그렇지 않다면 다른 길을 찾아봐도 좋을지도 모르겠네요."

"앗, 그런가, 그런가. 조금 구름이 걷힌 것 같은 느낌이 들어! 역시 내 동생!"

음, 나아갈 길을 결정한 모양이라 다행이다.

다만 두 사람이 함께 내 쪽을 쳐다본 듯한 느낌이 들었단 말이지…….

그날 밤.

세룰리아와 서큐버스다운 일을 하려고 하던 때──

"주인님, 잠시 기다려주세요."

"앗, 무슨 사정이라도 있는 거라면 무리하진 않아도 되는데……."

문이 찰칵 열리더니 리디아 씨가 들어왔다.

"안녕! 실은 집에 안 갔었지."

나는 눈을 깜빡거렸다. 이 전개는…….

"지금의 난, 먼저 제대로 프란츠 군에게 감사의 표시를 하지 않으면 안 되겠다 싶어서. 아이돌을 하는 건 그 다음일까 하고. 그렇게 된 고로, 오늘은 세룰리아랑 셋이서, 응?"

나는 마른침을 삼켰다.

"자, 잘 부탁드립니다⋯⋯."

여기서 거절한다면 남자가 아니다. 유혹에 굴복하자⋯⋯.

"그럼 주인님, 오늘은 언니와 제가 함께──."

"──잔뜩 즐겁게 해줄 테니까! 후후후, 여자애가 두 명 있어야만 할 수 있는 일이 잔뜩 있고 말이지~."

세룰리아와 리디아 씨는 자매인 만큼 그⋯⋯ 호흡도 딱 맞아서⋯⋯ 나를 둘 사이에 끼워놓기도 하며⋯⋯.

──말로는 표현할 수 없을 격렬한 밤이 되었습니다.

제 5 화

사장님 간호와 백마법

그날, 나는 아침 일찍부터 집 뒤편에서 일종의 아침 여가 활동을 하고 있었다.

"천공으로부터 쏟아지는 무구한 빛이여, 어둠을 남김없이 비추어라!"

아직 희미하게만 보이는 아침 햇살 위를 덧씌우듯 강한 빛이 내려온다.

뭐 몹시 기초적인 마법이니 구사할 수 있는 게 당연하지만.

이것은 빛을 강하게 비추기만 하는 마법이다.

그래도 어두운 곳 등에서는 편하고 중요하다면 편하고 중요하다. 한 번 구사하면 장시간 효과가 유지되기 때문에 간이 라이트 마법보다 경제적이라고 한다.

짝짝짝 박수가 울려 퍼졌다.

"주인님, 아침부터 마법 연습이라니 열심이시네요."

빨래 바구니를 팔에 끼고 세룰리아가 다가왔다.

"리디아 씨 일도 있어서 백마법도 쓸 수 있는 건 써야겠다 싶었어. 지금은 새로운 걸 익히는 단계가 아니라 학창 시절에 배웠던 걸 복습하는 거지만."

"대단한 각오예요! 부디 척척 해나가시길 바라요!"

세룰리아가 그렇게 말해주면 나도 한층 더 의욕이 난다.

"특히 저나 메어리 씨 같은 마계 출신은 일단 백마법을 쓸 수가 없는걸요."

"앗, 하긴 아닌 게 아니라 정말 그러겠네."

지금까지 지내오면서도 모두가 백마법을 구사하는 건

본 적이 없었다.

많은 마법사들은 특정한 색의 마법밖에 쓰지 못한다.

그렇다고는 해도 거기에는 예외가 있다.

어렸을 때부터 적마법이나 녹마법 스승 아래서 수행해서 마법사가 되었다든가 하는 케이스를 제외하면 마법사가 되는 인간은 마법 학교에서 우선 백마법을 중심으로 공부하기 때문이다.

그렇기에 백마법 가운데서도 초보적인 마법은 인간마법사라면 적마법사든 청마법사든 사용할 수 있다. 그야말로 기본 중의 기본 같은 것이다.

하지만 사장님이나 메어리가 백마법을 구사하는 모습은 초보적인 것조차 본 적이 없었다.

"마족은 출생 때문에 백마법을 전혀 쓸 수 없겠구나."

"네. 그러니까 주인님께서 백마법을 잔뜩 쓸 수 있게 되시면 다른 분들과 차별화가 될지도 모르겠네요."

생긋 세룰리아가 태양처럼 웃는다.

그건 그렇고, 세룰리아는 내 생각을 모조리 읽어버렸네.

"응, 정확하게 그럴 생각이야. 회사에 도움이 되면 좋겠어."

네크로그란트 흑마법사는 이제 와 굳이 말할 것도 없는 실력 좋은 흑마법사 집단이다.

이렇게나 양질의 흑마법사만으로 구성되어있는 회사는 왕도에도 거의 없다.

그렇다면 그 가운데서 나는 대체 무엇을 할 수 있느냐는 얘기다.

내 몸 안에는 거물 흑마법사의 피가 흐르고 있긴 하다.

하지만 그것을 이용해 언제나 터무니없이 대단한 스펙을 발휘할 수 있는 것은 아니었다.

애초에 입사 첫해에 선배들과 경쟁하려 드는 쪽이 분수를 모르는 하룻강아지 소리를 들을 것 같지만…… 그건 또 별개의 이야기다.

내가 이 회사에서 나만이 할 수 있는 일을 한다면 백마법이 아닐까.

그렇기에 백마법 자율 훈련을 시작한 것이다.

실은 인간인 파피스타냐 선배는 백마법도 팍팍 구사할 수 있었습니다. 같은 결말이 기다리고 있을지도 모르지만, 그건 그 때 가서 생각하기로…….

옛날부터 백마법은 해가 떠 있는 시간에 더 강하다고 한다.

마법적인 근거는 별로 없고 일종의 미신에 가깝다고 하지만, 밤에는 흑마법이라든가 자마법이라는 의심을 사서 주변에서 경계할지도 모른다.

뒤에서 빨래를 널면서 세룰리아가 바라보고 있기에 부끄러웠지만, 그래도 학창 시절에 시험공부를 하던 것 같은 기분으로 하나하나 백마법을 시험하고 있었다.

그렇게 지치지는 않았지만, 조금은 땀이 배어 나온다.

"음, 멋지세요."

또 짝짝 세룰리아가 박수를 보내준다.

"그렇게 칭찬해주는 건 고맙지만, 진짜로 학생 레벨이야. 오히려 그때보다 솜씨가 무뎌졌어⋯⋯."

"그런 건 금방 다시 갈고 닦을 수 있어요. 지금 제가 걱정하는 점은──."

세룰리아가 살며시 내게 다가와 손수건으로 내 땀을 닦았다.

"주인님이 너무 열심히 노력하다 지치지 않을까 하는 정도예요."

"아⋯⋯ 고마워, 세룰리아⋯⋯."

이거, 모르는 사람이 보면 러브러브 신혼 커플로밖에 안 보이겠지⋯⋯.

◇

그날도 평소와 같이 아침을 먹고 다 같이 출근했다.

출근길 도중에 하늘이 급속도로 흐려지더니 뚝뚝 빗방울이 떨어졌다.

아무래도 오늘은 날씨가 변덕스러운 모양이다.

"우와아⋯⋯ 끔찍해⋯⋯. 축축한 건 흑마법에는 좋지만, 기분은 안 좋단 말이지⋯⋯. 공기가 무거워지면 잠들기도 힘들어지고⋯⋯. 미안하지만, 먼저 갈게."

메어리가 머리를 감싸며 서둘러 쓱 하늘을 날아갔다.

우산을 준비하지 않았기 때문에 나도 세룰리아도 똑같이 젖는 대로 내버려 둘 수밖에 없다.

"우리도 서두르지 않으면 감기에 걸리겠어요."

"아니, 이 정도로 감기에 걸리진 않겠지. 괜찮다니까."

"저는 노출도가 높아서 춥답니다……."

"그, 그건 옷을 입으란 말밖에 못 하겠네……."

서큐버스 특유의 고민이네. 어렵다…….

나와 세룰리아도 좀 서둘러서 회사로 향했다.

입구 쪽에 먼저 가서 기다리고 있던 메어리와 타월로 머리를 말리는 파피스타냐 선배가 있었다.

"앗, 후배 군, 좋은 아침."

"선배도 비에 당하셨네요. 좋은 아침입니다."

"촉촉하고 싱그러운 미인?"

"그러잖아도 선배는 원래부터 미인이에요."

그런 가벼운 농담을 주고받을 수 있을 정도로 별것도 아닌 비였다는 뜻이다.

"이 정도면 감기 걱정도 안 해도 될 것 같다."

——그러나, 사장실로 들어선 우리는 말도 안 되는 장면을 목격했다.

케르케르 사장님이 털썩 배를 깔고 쓰러져 있는 것이다!

"사장님! 무슨 일이 있었던 건가요!"

안아 일으켜 이마를 짚어보니——

"우아! 엄청난 열이에요!"

"사, 사실은…… 어제, 자는 동안 이불을 발로 차버렸던 모양이라…… 춥게 잔 탓에 감기에……."

비에 맞는 것 따위와는 관계없이 감기에 걸려 있었다!

"으으…… 결재 서류가 잔뜩 있는데……."

"이런 몸으로 일하는 건 무리예요! 오늘은 쉬세요! 다행히 사장님 집은 이 건물 지하니까!"

"아, 알겠습니다……. 다만, 몸이 말을 듣질 않아서……."

이건 간호할 수밖에 없겠네. 절대 혼자 놓아둘 수 없다.

"사장님, 오늘 저는 유급휴가를 쓰겠습니다."

"네?"

"그리고 하루 동안 사장님을 충분히 돌봐드릴 테니까요! NO란 말은 거부하겠습니다!"

사장님도 "그, 그렇다면 그 말씀을 고맙게 받아들일까요……"라고 평소보다 가냘픈 목소리로 말했다.

내 말에 파피스타냐 선배도 끄덕끄덕 고개를 주억거렸다.

"알겠어. 사장님 간호로 연기될 것 같은 일은 이쪽에서 연락하고, 결재 서류는 대행으로 처리해둘게."

"감사합니다."

"그보다, 애초에 유급 휴가 안 써도 돼. 회사에 출근했잖아."

"그건 그렇지만…… 어차피 남아서요……."

메어리와 세룰리아도 곧바로 사정을 받아들여 줬다.

"주인님이 하시는 임프를 이용한 일은 제가 해두겠어요."

"프란츠 일쯤이야 소녀만으로도 충분히 할 수 있으니까. 여유, 여유."

"고마워. 그럼, 나는 지하에 사장님 방까지 갔다 올게."

나는 사장님을 등에 업고 계단을 내려갔다.

"무거워서 힘들죠……."

"아부도 거짓말도 아니고 사장님은 작으셔서 가벼워요!"

그러고 보니 사역마인 게르게르는 어쩌고 있을까.

이럴 때야말로 사역마가 일할 때일 텐데.

"게, 게르게르가 체스 대회 때문에 마계에 가 있어서 마침 다행일지도 모르겠네요……. 콜록콜록……."

스케줄이란 하필 이럴 때에 한해서 겹치고 그런단 말이지…….

게르게르는 이상하리만치 체스에 강하기 때문에 초대 선수인지 무언지로 불려갔을 것이다.

무사히 지하에 있는 사장님의 주거 스페이스에 도착한 뒤 침대가 있는 침실을 찾아내 그곳에 눕혀드렸다.

먼저 찬물에 적신 타월을 케르케르 사장님의 이마에 얹는다. 약 같은 것은 없어서 이 정도 처치밖에 할 수가 없다.

"감기라면 가만히 있으면 곧 회복하겠지만, 불안하니까 오늘은 하루 종일 붙어 있을게요."

아무리 그래도 케르베로스가 이 정도 일로 죽지는 않을

테니 의사에게 데려가 보일 필요까지는 없겠지만, 그래도 혼자 두면 불안하니까.

"네…… 그냥 조금 춥게 잔 거니까…… 분명 내일이 되면 멀쩡해질 겁니다……. 가끔씩 이래요……."

"알겠습니다. 사장님 말씀 믿을게요. 아침은 드셨나요?"

"아직 아무것도……."

그러면 안 되지. 뭐라도 먹지 않으면 감기를 쫓아낼 힘도 안 난다.

"빵죽을 만들어 올게요! 부엌 좀 빌리겠습니다!"

빵죽은 빵을 찢어 수프 안에 막 넣어 만드는 손쉬운 요리이기 때문에 나도 어려움 없이 만들 수 있다.

맛은 조금 간을 세게 하자. 땀도 흘릴 테니 염분을 섭취하는 편이 좋다.

그렇다고 해서 자극적인 건 좋지 않으니까 스파이시하지는 않게 주의해야지…….

수프는 생각보다 괜찮게 됐다. 여기에 빵을 찢어서 넣으면 빵죽은 완성이다.

곧바로 사장님한테 가져가자.

사장님은 침대에서 안정을 취하고 있었지만 눈은 뜨고 있었다.

"사장님, 식사 가져왔습니다. 드실 수 있겠어요?"

"콜록콜록……. 흘리면 안 되니까 먹여주실 수 있을까요……?"

달아오른 얼굴로 사장님이 괴로운 듯 말했다.

"알겠습니다."

부끄럽기도 했지만 그런 얘길 할 수는 없지.

나는 수프와 불은 빵 조각을 스푼으로 떠서 후후 식힌 뒤 사장님의 입에 넣었다.

"괜찮나요? 뜨겁진 않아요?"

"네, 이거면 딱 적당해요."

사장님은 아직 지쳐 보이는 얼굴이었지만 겨우 웃음을 보여주었다.

"다행이에요. 그럼 이대로 빵죽을 드시고 주무세요. 감기에는 잠이 보약이니까."

"네, 알겠습니다……. 하나부터 열까지 죄송하네요."

"이럴 땐 서로 돕는 거죠. 사장님도 눈앞에 누가 쓰러져 있으면 도와주실 거잖아요?"

"그, 그건…… 그렇겠네요……."

고로 이런 것이다.

이 회사는 사람을 구하는 일을 몇 번이나 해왔다. 그 정신은 내게도 이어져 오고 있다.

"사장님이 깨끗하게 나으시지 않으면 저도 곤란하니까요. 힘껏 서포트할게요!"

"그러네요…… 저도 빨리 건강한 모습을 보여드리고 싶어요."

나는 사장님에게 그 뒤로도 빵죽을 먹였다. 식욕이 없는 것은 아닌 듯했기에 그 점은 안심했다. 이 상태라면 정말 단기간에 나을 수 있을 것 같다.

"그럼 저는 만약에 대비해 이 방에 있을게요. 무슨 일이 있으면 바로 불러주세요. 기본적으로는 주무시고 계시면 되겠지만."

"네. 저도 말끔히 회복하도록 노력할 테니까……."

곧바로 사장님은 침대에서 잠들고 말았다.

나는 방의 의자에 앉아 흑마법 책을 읽는다.

이렇게 공부하는 데에 시간을 쓸 수도 있으니 옆에서 대기하고 있는 것도 나쁘지는 않다.

다만 잠시 후, 상황이 다소 불편해졌다.

정오 전에 사장님이 천천히 몸을 일으켰다.

밤에도 잠을 잤으니 계속 잘 수 없는 건 어쩔 수 없는 일이다.

감기에 걸렸을 땐 몇 번이나 눈이 뜨이는 법이다.

"죄송해요, 프란츠 씨……."

어딘가 면목 없어하는 듯한 말투였다.

"자면서 땀을 많이 흘려서…… 갈아입을 옷을 가져와주실래요……?"

"아…… 네, 알겠습니다……."

"속옷도 부탁드려요……."

이건 말하기 불편했겠네…….

나는 서랍을 열고 사장님의 옷을 찾는다.

찬찬히 들여다보는 건 실례에 해당한다고 할까 변태 같기에 가능한 한 위쪽에 있던 것 중에서 고른다.

"사장님, 일단 한 벌 챙겨왔습니다! 갈아입으실 때까지 밖에서 대기하——."

"죄송합니다……. 몸이 잘 움직이질 않아서, 갈아입는 걸 도와주실 수 있을까요?"

일이 예상했던 것과 다른 방향으로 전개됐다

하지만 여기서 부끄러우니 싫다며 환자의 부탁을 단박에 거절하는 건 좋지 않다.

"프란츠 씨도 불편하시겠지만…… 죄송합니다……."

"마음을 무(無)로 하고. 흑심 없이, 하겠습니다……. 할 수 있도록 잘해보겠습니다……."

나는 평상심을 의식하며 사장님의 옷을 벗겨 내렸다. 사장님의 표정도 흐릿한 걸 보면 정말로 괴로운 것뿐인 모양이다.

아무리 해도 사장님의 나체가 눈에 들어오고 말지만, 이건 불가항력이다.

평상심, 평상심, 평상심…….

어떻게든 다 벗긴 뒤 속옷을 입혀간다.

오히려 벗기는 것보다 이쪽이 더 변태 같지만, 신경 쓰지 마.

엉덩이에서 꼬리가 자라나 있는 부분을 보면 어쩐지 야릇하게 느껴지는 건 어째서일까……?

안돼, 사념은 버려…….

환복을 완료했을 땐 나도 땀을 흘리고 있었다.

지, 지쳤다…….

"감사합니다, 프란츠 씨. 땀에 젖지 않은 옷이 되어서 기분도 상쾌해졌어요!"

사장님의 웃는 얼굴을 볼 수 있었으니 잘된 셈 치자.

◇

정오가 지나서도 아직 사장님은 괴로워 보였다.

몸집이 작으면 전염병 따위에 면역력이 낮다고 하는데, 그런 것도 있을지 모르겠다.

"으으음……. 이번엔 평소보다 조금 낫는 데 오래 걸리네요. 나이 탓일까요."

사장님이 자조적으로 말했다. 그래도 아침에 쓰러져 있었을 때에 비하면 눈빛에 힘은 돌아와 있지만 이 상태라면 하루 만에 나을지 의심스럽다.

"사장님은 언제나 분발하고 계셨으니까 가끔은 푹 쉬어주세요. 그거 가지고 뭐라고 할 사람 아무도 없어요. 특히 이 회사에는."

"그렇게 말씀해주시는 건 감사하지만……."

거기서 사장님은 한숨을 쉰다.

"그러네요. 움직여지지 않는 건 움직일 수 없으니까

요…… . 쉴 수밖에 없네요."

딱히 사장님이 일 중독인 건 아니지만, 사장이기 때문에 해야만 하는 일들도 얼마든지 있을 것이다.

무언가 사장님을 위해 해드릴 수 있는 게 없을까.

문득 백마법이 머릿속에 떠올랐다.

그런가, 백마법 중에는 회복 마법도 잔뜩 있다!

"잠시 도서관에 들어가도 될까요? 열쇠 빌려주세요."

"아, 네…… ."

이 회사의 도서관에는 상당히 양질의 장서가 갖춰져 있다.

백마법 책도 제대로 알짜배기가 있었다.

나는 백마법 책의 색인을 살펴보았다.

펼친 부분은 환자의 회복 능력을 높이는 마법 페이지다.

하지만 질병 치유는 부상 치유와 비교하면 상당히 고도의 마법인 모양이다.

영창도 복잡해서 학생 수준에서 구사할 수 있을 만한 것이 아니다.

하지만 이것이 잘 형태를 갖춘다면 사장님을 구할 수 있다.

"그럼, 해보기로 할까. 밑져야 본전이다."

나는 사장님 방에서 나와 복도에서 그 마법 연습에 착수했다.

백마법이니까 먼저 마법진을 그리는 방법이 흑마법과

전혀 다르다.

능숙하게 그릴 수 있게 연습하지 않으면 아무런 효과도 발휘하지 못한 채 끝나버리겠지.

땅 위가 아니라서 흔적도 남지 않으니까 마법진이 만들어지고 있는지 알아보기 힘들다.

그래도 집중해서 선에 힘을 싣는다.

고도의 마법이라고는 해도 나한테는 백마법사로서의 최소한의 소질은 있을 것이다!

——한 시간 정도 그 자리에서 연습을 반복했다.

흑마법에 비하면 상당히 어렵다고 할까, 몸이 익숙해지지 않는 인상을 받는다.

역시 나는 흑마법사의 핏줄이었던 걸까 하는 실감이 든다.

그렇다고 해서 포기할 생각은 없다. 잠들어 있는 사장님 옆에서 멍청하게 책을 읽는 것보다 훨씬 낫다.

그리고 벼락치기 연습을 마치고——

나는 사장님 방으로 돌아왔다.

"사장님, 단번에 성공할지는 잘 모르겠지만, 병에 걸렸을 때 저항력을 높여주는 마법을 시도해봐도 괜찮을까요?"

"그야 물론 괜찮지만…… 당장 숙달하기엔 어려운 게 아닌지……."

사장님도 설마 내가 자유자재로 백마법을 구사할 수 있

을 거라는 생각은 못 했겠지.

"할 수 있는 데까지 해보겠습니다!"

실패한다고 잃는 것은 없다.

마음을 차분히 하고 진심을 사장님께 내보인다는 생각
으로.

그것이 백마법 본연의 존재 방식이니까.

영창을 행하면서 나는 천천히 마법진을 그렸다.

지금까지 했던 것 가운데 가장 잘 그려지고 있다는 생각
이 들었다.

자연히 몸이 움직이는 듯했다.

연습 때는 이렇게 자유롭게 즐겁게 움직이지는 못했다.

그래, 이상한 표현일지도 모르겠지만—— 즐거운 것
이다.

긴장감 같은 것이 사라지고 마치 춤이라도 추고 있는 듯
한 기분이 되어간다.

나는 마지막으로 지팡이를 사장님 쪽으로 향했다.

운동회에서 받은 상아제 지팡이다.

반짝반짝 보석처럼 잠시 동안 빛이 뿜어져 나왔다.

마법의 효과 측면에서 극적인 변화는 알아볼 수 없었지
만 아마도 마법은 성공……한 것으로 보인다.

애초에 내가 성공해본 적이 없는 것이니 판단이 불가능
하다.

"어, 어떠세요, 사장님?"

케르케르 사장 본인에게 묻는 편이 빠를까 싶어서 그렇게 질문했다.

"이쪽으로 가까이 와주실래요?"

이상한 대답이 돌아왔다. 나는 그 말대로 따랐다.

내 머리에 톡 손이 얹어졌다.

"정말로 훌륭한 마법사로 성장하셨네요."

감사 인사를 받았다기보다, 칭찬을 받았다.

"마법은 분명 효과를 발휘했어요. 몸이 단박에 편해졌으니까."

다행이다── 지금은 그 생각뿐이다.

"상당히 고도의 마법이라 밑져야 본전인 셈 치고 해본 거였는데요."

"프란츠 씨, 마법과 하나가 되어 계셨어요."

"마법과 하나?"

조금 수수께끼 같은 표현이라고 생각했다.

"네. 마법사가 한층 성장한 경지에 도달하는 것을 '마법과 하나가 된다'고 말한답니다. 방금 전의 프란츠 씨는 그야말로 그런 인상이었어요."

하나가 된다고 할까, 목숨을 걸었다고 하는 편이 심정적으로는 정확하겠지만.

"몸의 저항력이 높아진 것 같아요. 한숨 더 자고 나면 회복할 수 있을 것 같네요."

"그럼, 저는 방에서 지켜보고 있을게요."

그렇게 해서 잠든 사장님을 보고 있었는데——

익숙하지 않은 마법을 사용한 탓에 몸에 확 부담이 온 듯한…….

백마법에서도 분수에 맞지 않는 고위 마법을 사용했으니, 그만큼 피로가 쌓였는지…….

나 또한 의자에서 책을 읽는 사이에 잠에 빠지고 말았다.

◇

눈을 뜨니 몸에 담요가 덮여져 있었다.

그것보다도, 앉아있던 의자도 어느 틈엔가 안락의자로 바뀌어 있다.

그렇다면 이렇게 해준 사람은—— 사장님밖에 없다.

"앗, 일어나셨네요."

눈앞에는 조금 전보다 훨씬 평온한 얼굴이 되어 있는 사장님이 있었다.

"죄송합니다, 제가 잠들어버렸네요……."

"익숙하지 않은 특수한 마법을 사용하셨으니까요. 저는 한 시간도 넘게 잤더니 훨씬 좋아졌어요. 그다음엔 계속 책을 읽고 있었는데, 다시 도질 기미도 없고요."

어쩌면 시간이 엄청 많이 흐른 건 아닐까 했는데, 밤 10시 전이었다.

꽤 푹 자버렸던 모양이다.

"죄송합니다. 사장님도 회복하신 모양이니까 이제 돌아가 볼게요……."

하지만 천천히 사장님이 내 앞으로 다가왔다.

"모처럼이니까 흑마법 계승식을 하고 가시지 않을래요?"

나는 두근거렸다.

과거에 사장님과 했던 흑마법 계승식은 완전히 야릇한 것이었기 때문이다…….

"저기…… 흑마법 계승식이라는 건, 저번에 했던 것 같은 거 말씀인가요……?"

물어보는 것도 좀 민망하다 싶었지만, 물어보지 않을 수도 없겠지.

"한마디로 말하자면, 그렇습니다. 살짝 야시시한 겁니다."

사장님은 킥킥 웃으며 말했다. 역시!

그런 말을 미소 지으며 하면, 듣는 입장에선 머리가 어떻게든 되어버릴 것 같아진다. 몸이 뜨거워진다. 어느 쪽이 감기 때문에 열이 났었는지, 알 수 없게 됐다.

"그렇다고는 해도, 저번처럼 대량의 미습득 마법을 손에 넣는 건 아닙니다. 간단히 말하자면 흑마법의 질 자체를 원 랭크 업하는 것이 될 겁니다. 참고로 그것을 행한 주요 효과로는……."

"효과로는?"

"미용이 있습니다."

나는 넘어질 뻔했다.

"아니, 여성 흑마법사에게 있어서는 사활이 걸린 문제라고요? 늙어서 비실대고 싶지는 않으니까요. 이왕이면 미소녀 흑마법사로 있고 싶지 않겠어요?"

말하는 뜻은 알겠지만…….

하지만, 확실히 이 회사 유난히 어려 보이는 사원이 많으니 그런 면에도 신경을 쓰고 있는 거겠지.

"그 외에도 마력이 몸에서 잘 순환되어 피로가 잘 쌓이지 않게 됩니다. 마력에 몸이 적응한다고 할까요."

"앗, 그렇다면 감사하죠!"

"본래 같으면 10년은 흑마법사로서 생계를 꾸려온 그런 사람이 도전하는 것입니다만——"

거기서 사장님은 살포시 검지로 내 가슴을 콕 찔렀다.

"백마법 가운데서도 고도의 마법까지 구사할 수 있는 지금의 프란츠 씨 실력이라면 지금 도전해도 괜찮을지 모릅니다."

마법사로서 성장할 수 있다면 꼭 시도해보고 싶다.

"알겠습니다! 하겠습니다!"

"네. 그럼, 옷을 벗어주시겠어요."

앗, 진짜로 그런 전개가 되는구나…….

그 뒤로는 서큐버스다운 일을 했는데, 아무래도 마력 회

로를 조정하는 것이 지금의 목적인 모양으로──

구체적인 언급은 피하겠지만, 특정 부위를 중점적으로 사장님이 다루어 주셨다.

나는 사념이 그다지 커지지 않도록 영창을 행하거나 했는데, 단솥에 물 붓는 격이었기에 기본적으로는 사념에 물 들어 있었다. 흑마법사니까 괜찮은 걸까…….

"후후후, 프란츠 씨, 건강하시네요. 무척 씩씩해요."

어쩐지 도발하는 것 같은 말이었지만, 사장님의 음성은 정말로 상냥했다.

"조금만 혀를 사용할게요. 간지러울지도 모르지만 버티세요?"

"네……. 여러 가지 의미로 버티겠습니다……."

한 시간 정도로 의식은 모두 끝났다.

"네, 이것으로 프란츠 씨는 마법사로서 또 한 꺼풀 벗고 성장하셨을 겁니다."

그 표현에 나는 나도 모르게 어떤 부위에 시선이 가고 말았다…….

"앗, 그런 의미가 아니라고요, 프란츠 씨?!"

"알고 있습니다! 진짜로 알고 있으니까요!"

"이게 제 나름의 보답이라고 생각해주세요."

마지막으로 사장님이 꼬옥 끌어안아 주었다.

사장님의 따뜻함을 전신으로 느꼈다.

"이런 귀여운 사장님이 소중히 여겨주신다면 얼마든지

노력할 거지만요."

　이것은 남자로서의 솔직한 감상이다.

　"후후, 나잇값도 못 하고 부끄러워지네요."

　사장님의 목소리는 어딘가 들떠 있었다.

　"사실대로 말하자면, 남자 쪽에서 이런 식으로 걱정해준 게 무척이나 오랜만이라서 기쁘기도 했었어요."

　이 회사, 여자뿐이지.

　"최근엔 프란츠 씨, 바니타자르…… 바니와 잘 지내고 계시는 모양이시고…… 조금 쓸쓸했다고 할까."

　사장님은 부끄러운 걸까. 강아지 귀를 축 늘어뜨렸다.

　어, 이건, 나 때문에 질투하는 거……?

　아니, 내 생각이 지나친 거겠지, 아무리 그래도…….

　자의식 과잉이라는 거다. 조심하자, 조심하자…….

　사장님 간호하기는 그렇게 막을 내렸다.

◇

　참고로 그로부터 몇 번인가 짬을 이용해 사장님에게 사용한 고도의 백마법에 도전해보기도 했는데, 전혀 성공하지 못했다.

　그때 사장님에게 했던 것과 같은 흐르는 듯한 마법진의 댄스가 안 되는 것이다.

　지금의 내가 구사할 수 있는 건 졸업 전에 익힌 백마법

정도다.

학생에겐 이 정도 차원이면 문제없겠지만 프로 백마법사로서는 실격이라는 소리를 들어도 별수가 없겠지.

집 뒤편에서 삐끗거리며 마법진을 그리고 있자니 그 모습을 보고 있던 세룰리아가 웃었다.

"주인님은 분명 그때 사장님을 위해 필사적이었을 거예요. 그래서 그때는 마법과 일체화할 수 있었던 거랍니다. 그런 기적이 일어나는 일이 가끔 있다고 해요."

"그럴지도 모르겠네. 뭐, 기적이든 뭐든 성공해서 다행이야."

나는 내 손바닥을 바라보았다.

적어도 그 이후로 흑마법을 구사할 때마다 분명히 느껴지는 느낌이 든다.

아마도 흑마법 계승식 때문이겠지.

지금까지는 마법이란 생판 남을 그때마다 사역하는 느낌이었지만, 지금은 마법이 언제나 내 주변에 있는 것처럼 느껴진다.

아직 사원 첫해지만, 신인에서 중견이 된 듯한 그런 기분이다.

"분명 신께서 지켜보고 계셨던 거예요."

"백마법적으로는 딱 들어맞는 표현이지만, 마족인 세룰리아는 신 같은 걸 믿어?"

"신께서 진정 대단하시다면 우리 마족에게도 손을 뻗어

주실 거 아니에요? 백마법을 사용할 수 있는 프란츠씨라면 물론이고요."

이제 세룰리아는 더 이상 서큐버스가 아니라 천사인 걸로도 괜찮지 않을까.

"세룰리아, 조금만 더 연습한 다음에 아침 먹을게."

"알겠어요. 화이팅이에요!"

세룰리아가 실내로 들어간 뒤에 나는 한 번 더 백마법 마법진을 그렸다.

언젠가 흑마법도 백마법도 자유자재로 구사할 수 있는 마법사가 되면 좋겠다.

제6화

상납금을 되찾아라

사장님 감기도 무사히 나은 직후 즈음부터 겨울도 조금씩 깊어갔다.

단적으로 말해서, 기온이 떨어졌다.

"으~ 요즘 아침 일찍 일어나는 게 힘드네요……."

얇은 옷차림의 세룰리아가 지금까지보다도 더 추워하는 일도 많아지고 있다.

"하지만, 아직 세룰리아 정도면 훌륭하다고 생각해."

메어리가 전혀 일어나질 않는 것이다.

"추워~. 이불에서 나가기 싫어~!"

메어리의 방에서 목소리가 들려왔다.

"어이! 슬슬 일어나지 않으면 지각한다!"

"그럼 지각할래~."

이건 안 되겠다. 강제로 데려와야지.

메어리의 방으로 가서 이불을 잡아당겼다.

다만 메어리는 조금 안이 비쳐 보이는 잠옷을 입고 있었다.

"앗, 프란츠 야하긴……."

"아니, 그런 의미가 아니니까……. 깨우러 온 것뿐이거든!"

"설마 소녀를 아침부터 원한다는 거야?"

"그러니까 아니라고. 그보다 너도 알면서 그러는 거지. 얼굴 보면 알아."

질질 메어리를 끌고 식탁까지 데려왔다.

세룰리아가 따뜻한 수프를 만들어 주었다.

"으으~ 살 것 같다~."

그 행복해 보이는 얼굴은 어린 학생 그 자체네. 실제로는 무서운 마족이지만.

"수프는 많이 남아있으니까 더 드시려면 사양 말고 말씀해주세요."

"이거, 생강을 넣어서 몸이 따뜻해지게 한 거네. 다음에 만드는 방법 가르쳐줘."

세룰리아에게만 신세를 지는 것도 미안하니 보답으로 만들어주고 싶다.

"네. 알겠어요. 주인님."

엄동설한이 찾아와도 우리 집은 마음이 따뜻해지는 환경이었으면 좋겠다고 생각한다. 혼자 살았다면 더 힘들었겠지.

"가족이란 소중한 거네. 진심으로 그렇게 생각해."

"가족이라고 하니까, 연말연시에 프란츠 또 귀성해?"

메어리의 말에 아버지의 그 얼굴이 떠올랐다.

"응…….. 그다지 아버지한테 모두를 만나게 하고 싶지 않지만, 아무튼 나는 귀성해……. 뭐 차차 생각하지……."

지금 우리 회사라면 분명히 새해 휴가도 줄 거고.

하지만 흑마법사란 신년을 축하해도 되는 건가?

메어리는 착실하게 수프 리필 주문을 했다.

춥기 때문에 더 따뜻한 마실 것이 맛있는 느낌도 있다. 그런 점은 겨울도 나쁘지 않다.

"하지만 이런 수프도 좋지만 역시 몸을 따끈따끈하게 만들려면――."

메어리가 오른손으로 글라스를 들이키는 듯한 제스처를 했다.

"술이지~. 센 술로 몸속에서부터 데우고 싶네~."

"메어리는 겉모습은 어린애여도 나이로는 어른이 되고도 남으니까."

아무리 봐도 가끔 미성년인 것 같은 착각을 할 때가 있다.

"프란츠! 그건 실례야! 어딜 봐도 어엿한 레이디잖아! 프란츠 같은 것보다 훨씬 어른이니까 말이야!"

그렇게 화를 내는 점은 어린애 같지만, 말하면 더 화낼 것 같으니까 지적하지 않기로 하자.

"그러네요. 이 시기엔 왕도에 있는 어느 가게도 붐비죠."

세룰리아도 어느덧 완전히 왕도 근처 생활에 익숙해져 있었다.

"괜찮으면 오늘 하루 정도는 밤에 왕도 술집에 들르는 건 어떨까요? 아직 우리가 모르는 가게들도 많을지도 모르겠네요."

세룰리아가 상당히 재미있는 제안을 해왔다.

그리고 내가 무어라 말하기 전에 메어리가 "대대대찬성!"이라고 기운 좋게 손을 들고 있었다.

"그럼 결정이네. 열심히 일하고 밤엔 열심히 마실까."

"응. 오늘은 평소보다 더 열심히 일할게!"

그날 일하는 내내 메어리는 계속 기분이 좋았다고 한다.

◇

무사히 근무시간도 끝났다.

이 회사는 갑작스러운 잔업 같은 게 생기는 일도 없으니 그런 부분도 감사하다.

나와 세룰리아, 메어리 세 사람은 곧바로 저녁의 왕도로 나갔다.

왕도 안에서도 도둑다리길이라는 곳이 있는데 그곳에 술집이 많다.

일찍이 그곳에 걸려 있던 다리 근처에서 도둑이 잡힌 것이 유래가 된 지명으로, 그런 연유로 그다지 치안이 좋은 곳도 아니지만 구수한 맛이 있는 술집도 많다.

"술집 거리의 프로라면 대부분이 이 근처 가게에 간대."

"주인님, 어린데도 그런 걸 잘 아시네요."

"실은 토토토 선배한테 들은 게 있었어……."

토토토 선배는 왕도 쪽에서 묵을 땐 거의 확실하게 도둑다리길에서 마신다고 한다. 그렇게 노출도가 높은 차림으로 만취하는 건 어떨까 싶지만, 경찰에게 끌려가거나 하진 않았으니까 허용 범위 안이겠지.

"그럼, 어디로 들어갈까요. 어느 곳도 점포 구조가 단골 지향적이라고 할까, 조금 들어가기 힘든 분위기네요……."

세룰리아가 조금 쩔쩔매고 마는 것도 이해가 된다.

입구가 좁아서 안이 어떻게 되어 있는 건지 보이지 않는 가게가 많네.

"이런 건 회사 상사가 데려가줄 때 가는 그런 타입의 가게였나……. 하다못해 사장님한테 추천 가게라도 물어보고 올 걸 그랬다……."

좀처럼 어디로 들어갈지 결정을 하지 못하고 도둑다리 길 안으로 안으로 들어가고 말았다.

걸어 다니는 사람들도 중장년이 많다.

역시 베테랑 모주망태 같은 사람들이 오는 곳인가……

참고로 하려고 간판을 신중하게 읽어보지만 〈술 아렛파〉라든가 〈주점 데니스〉라든가 하는 가게 이름이 쓰여 있을 뿐인 곳이 많다.

메뉴표를 친절하게 앞에 내보여주는 곳은 전무하다고 봐도 좋다.

"으으음, 어디로 해야 좋을까……."

"프란츠, 이런 거에선 의외로 줏대가 없네~."

메어리한테 놀림받았다.

"저기 있지, 사회인 1년차에겐 진입 장벽이 높은 곳이라고. 내가 아니어도 1년차면 헤맨다니까."

무언가 일기 쉬운 정보는 없을까 진지하게 문자를 좇는다.

그리고, 문득 낯이 익은 문자가 눈에 들어왔다.

판트란드 지역 전통주 도부론 가게 시골집

"엇?! 판트란드라는 거 내가 다스리는 토지잖아!"

어째서 그런 곳의 술이 여기 있는 거지……?

이래봬도 나는 말단 귀족이다. 그렇다고는 해도 집안이 귀족이라든가 하는 게 아니라, 클래스 메이트에게서 남작 지위와 토지를 받은 것이다. 단순한 결투의 대가였다.

솔직히 말해서 시골 중의 시골인, 진짜로 아무것도 없는 곳인데, 그 가운데서도 유일하게 자랑할 수 있는 것이 도부론이라는 하얗고 탁한 전통술이다.

그래서 그 도부론을 만들어가다 보면 지역의 산업이 되지 않을까 하는 제안을 한 지 몇 개월이 지났다.

"프란츠, 이런 가게가 있다는 얘기 들었어?"

"아니, 처음 들어. 아무튼 들어가 보자."

이런 우연이 있을 거라 생각하기 힘들다. 수수께끼투성이지만 가게에 물어보면 알 수 있을 것이다.

그리고 천천히 문을 열자――

"어서 오세요. 자리는 비어 있는 자리에 편하게 앉으세요, 어흥어흥."

낯이 익은 작은 키의 흑발 여자애가 서 있었다.

"호와호와잖아!"

앞치마 차림인 걸 보면 점원 일을 하고 있는 거겠지.

"설마, 프란츠네? 어흥어흥!"

호와호와도 놀랐는지 정말로 그 자리에서 폴짝 뛰어올랐다.

늪 트롤의 감정 표현은 어딘지 모르게 원시적이다.

"앗, 영주님이 오셨나요!"

안에서 나온 요리사로 보이는 사람도 판트란드에서 분명 본 적이 있는 얼굴이다.

"이야, 설마 개점 직후부터 만나 뵙게 될 줄이야……. 거기 자리에 앉으세요. 말씀드리고 싶은 게 잔뜩 있습니다."

권유받은 대로 우리는 가장 널찍한 자리에 앉았다.

그렇긴 해도 가게 자체가 아담하니까 호화롭다고 할 만한 장소는 아니다.

"다시 자기소개하겠습니다. 판트란드 출신 마커리베입니다."

마흔 살 정도의 머리숱이 조금 적은, 누가 봐도 농업으로 단련된 풍모의 소유자다.

마커리베 씨는 도부론의 경위에 대해 설명하기 시작했다.

"그 뒤로 도부론은 순조롭게 판로를 찾아내서 궤도에 오르기 시작했습니다. 정말로 감사한 일이에요."

"그거 잘됐네요. 저도 영주로서 순수하게 기뻐요."

작은 마을이지만, 그렇기 때문에 산업이 한 가지 자리 잡으면 상당히 편해지겠지.

"다만 아직 도부론이라는 술은 알려져 있지 않습니다.

사람이란 미지의 음료를 좀처럼 마시려고 하지 않죠. 애초에 존재를 알지 못하면 마시려는 마음조차 들지 않습니다."

"그건 그렇네요."

지방의 음식이어도 그 지역의 인구가 많다면 단순히 지역민의 모집단이 크기 때문에 그것이 확산되어 간다.

하지만 판트란드에서만 소비되고 있는 도부론이 확산되는 건 역시 어렵다.

"왕도에서의 시음회 등에도 참가했습니다. 하지만 그때마다 담당자가 왕도에 나오게 되면 비용이 들죠. 그렇다면 차라리 왕도에 거점을 만들어버리지 않겠느냐는 이야기가 됐습니다. 불과 얼마 전 이야기지만."

"그래서 이 기회에 도부론을 제공하는 가게를 열게 되었다는 거네요."

내 말에 마커리베 씨가 끄덕인다.

"네. 원래는 사무실로 삼을 장소를 빌리면 그걸로 된다고 생각했었는데, 빈 곳 중에 도둑다리길에 있는 이곳이 있었어요."

"여기라면 술집을 열지 않으면 말이 안 되니까요."

"그렇습니다. 도부론은 그대로 마셔도 당연히 맛있지만, 역시 판트란드의 맛이 진한 요리와 함께 마시는 쪽이 최고예요. 도시의 삼삼한 요리와 함께 먹으면 도부론이 너무 강해요. 그러니 판트란드의 맛으로 요리도 내놓으려고요."

세룰리아도 옆에서 크게 맞장구를 치고 있었다.

"맞는 말씀이세요. 그 지역에서 개발된 건 그 지역의 역사를 짊어지고 있는 걸요. 도부론의 어딘지 모를 걸쭉한 맛은 진한 맛의 음식을 먹은 혀에도 술의 맛을 확실하게 느끼게 해줘요."

"그야말로 그겁니다! 실제로 왕도 시음회에서도 술의 힘이 너무 강해서 라이트 고객층에게는 먹히기 힘들겠다는 이야기를 들었죠. 도부론을 즐기려면 도부론에 맞는 요리가 필요합니다."

마커리베 씨가 몸을 내밀었다.

어쩐지 요리 담화가 될 것 같다…….

그렇게 되면 세룰리아가 담당해주는 편이 좋다.

그 뒤로 요리 이야기가 자세해져 갔기에 줄이자면──

요리 실력에는 자신이 있고 마을 안에서도 나름대로 젊은 나이인 마커리베 씨가 왕도에 와서 며칠 전부터 가게를 오픈하게 되었다.

즉 이제 갓 만들어진 따끈따끈한 가게에 우리가 온 것이라고 한다.

그리고 그 점원으로 함께 온 것이 호와호와다.

"왕도가 어떤 곳인지 관심이 있었어. 모처럼 맞은 찬스니까. 어흥어흥."

무표정해 보이지만 호와호와, 생각했던 것보다 행동력이 있네.

"그리고, 왕도라면 또 프란츠와 만날 수 있을지 모른다고 생각했어. 어흥어흐응."

"그런 말을 해주다니 기쁜걸."

톡톡 호와호와의 머리를 쓰다듬었다.

"기뻐어흐응."

표정은 그다지 변하지 않았지만, 기뻐해주는 모양이다.

"앗, 또 프란츠의 여성 편력이 발동했다."

메어리가 이상한 소리를 했다.

"뭐야, 내가 특수한 흑마법을 구사하는 것처럼 말하지 마……."

하지만 직업적인 영향인 건지 지난 1년간 여성과 서큐버스다운 일을 하는 일이 급증해 왔기에 그다지 강하게 나갈 수가 없다……. 오랫동안 여자친구조차 없었는데…….

"아직 이제 막 시작한 참이라 전혀 앞으로 어떻게 될지도 알 수가 없었기에 영주님께는 말씀드리지 않았었지만…… 이렇게 될 줄 알았다면 사전에 연락을 드릴 걸 그랬네요……. 죄송합니다……."

"아뇨 아뇨. 저도 판트란드를 직접 지배하고 있는 것도 뭣도 아니니까 하고 싶으신 대로 하세요."

아무리 작은 마을이라고 해도 그 마을의 관리를 전부 하는 건 회사 일을 하면서는 절대로 불가능하다. 결국 느슨하게 권리만 갖는 정도밖에 할 수 없다.

"그보다도 여기 가게가 번창하기를 바라겠습니다."

"네! 도부론과 향토 요리를 확실히 포교해나가면 좋겠네요! 오늘은 배불리 드시고 가십시오!"

마커리베 씨는 두꺼운 가슴팍을 팡 때렸다.

이거 술집 투어는 중지네.

하지만 이런 돌발 상황이라면 대환영이다.

우리는 속속들이 나오는 요리에 입맛을 다셨다.

"음, 잔치 때는 장소가 장소이니만큼 긴장하기도 했었지만, 가게에서 먹으니까 그런 것도 없어서 마음 놓고 맛볼 수 있어."

"맛있어요~. 간이 세도 전혀 거칠지 않은 맛인걸요. 맛에서 역사가 느껴져요!"

"그리고, 도부론이랑 잘 어울리네~ 앞으로 추워질 테니까 이런 술이 최고야!"

메어리가 꿀꺽꿀꺽 술을 마시고 있다. 도부론 자체는 달콤한 편이라서 마시는 사람은 무척 잘 마신다.

요리는 호와호와가 아직 불안한 걸음걸이로 내왔다.

하지만 그 서투른 모습도 사랑스럽다. 언젠가 익숙해지겠지.

이윽고 시간이 지남에 따라 가게 쪽에 손님들도 늘어갔다.

"여긴 새로 생긴 가게네.""어디 보자. 어떤 요리랑 술이 나오나."

누가 봐도 술고래 모주망태라는 아우라를 풍기는, 연배가 있는 아저씨들이다.

이곳은 그런 동네다. 술 전문가들이 모여든다.

손님이 들어올 때마다 마커리베 씨의 등줄기가 꼿꼿하게 펴지는 것이 보인다.

오랫동안 경영해갈 수 있는 음식점은 극히 일부라고들 한다. 궤도에 올리기까지가 어려운 장르인 것이다. 게다가 오른 직후라면 기합도 들어가겠지. 그리고 이 동네에서 성공한다면 모주망태들로부터의 보증서를 받은 것이나 마찬가지다.

"술뿐만 아니라 가게도 호평을 받으면 좋겠네요."

호와호와가 요리를 다른 손님에게 내가는 모습을 보면서 세룰리아가 말했다.

여동생을 지켜보는 언니 같은 표정이다.

"괜찮아, 괜찮아. 이 가게 제대로 맛있는걸. 소녀가 보증하지."

그렇게 말하며 또 도부론을 입으로 가져가는 메어리. 어지간히 잘 마시는데.

새로 생긴 가게이기에 단골도 없으니 절반이 조금 못 되는 자리가 채워졌을 뿐이었지만 요리 평판 자체는 나쁘지 않은 모양이다. 언젠가 도부론을 널리 알리는 거점이 되어줄 것이다.

잠깐 짬이 나서 마커리베 씨와 호와호와가 우리 테이블

쪽으로 왔다.

"영주님이랑 여러분이 즐기고 계신 것 같아서 다행입니다."

"왕도에서 지내는 건 익숙해질 때까지 많이 힘드실 텐데, 굴하지 말고 힘내세요. 아, 그렇지"

나는 회사와 자택 주소를 종이에 적어 마커리베 씨와 호와호와에게 각각 건넸다.

"만약에 문제가 발생하거나 하면 이쪽으로 와주세요. 판트란드랑은 여러모로 다른 부분들도 많을 테니까."

꼬옥 호와호와는 그 종이를 감싸 쥐었다. 너무 구겨버리지는 말라고.

"아직까지는 괜찮습니다. 임대료도 그다지 높지 않고, 해나갈 수 있을 것 같습니다."

"그렇다면 다행이에요. 아마 판트란드와는 비교도 되지 않을 만큼 왕도는 비쌀 테니까……."

음식점을 낼 만한 넓이의 건물 같은 곳은 빌려본 적이 없으니까 자세히는 모르지만, 일반인이 거주하는 곳에 내는 금액 수준은 아니겠지.

일등지에 위치한 음식점의 음식 가격들이 고액인 것은 가게 임대료 때문이라고도 하니까.

"저희도 각오는 다지고 왔는데요, 도둑다리길은 생각했던 것보다 훨씬 쌌습니다."

깨끗하고 예쁜 새 가게가 늘어서 있는 장소도 아니니 그릴 수도 있으려나.

"도부론을 널리 알리기 위해서라도 이 가게를 제대로 살려보겠습니다!"

마커리베 씨는 알통을 불끈 내보였다.

"나도 열심히 할게, 어훙어훙."

호와호와도 그것을 흉내 내듯 알통을 만들려 했지만 하나도 안 나왔다.

"호와호와의 의욕은 전해졌어."

모두의 웃음이 새어 나왔다.

우리 고향은 아니지만, 우리 영지 사람들이 이렇게 노력하고 있는 모습을 보는 건 기분 좋은 법이다. 부디 성공하기를.

그날은 곤드레만드레 취해서 우리는 귀로에 올랐다.

다음날 숙취인지 조금 머리가 아파서 큰일이었다.

술은 적당히 마셔야지 그렇지 않으면 몸에 독이 되는군…….

◇

"음, 술집에서 마시는 것도 좋지만 집에서 마시는 것도 좋지!"

메어리가 저녁을 먹으면서 홀짝홀짝 포도주를 마시고 있었다.

"너, 요즘 완전히 리미터가 풀린 것처럼 술을 입에 대네……."

"소녀의 월급으로 사는 거니까 프란츠의 불평을 들을 이유는 없는데~."

그야 〈형언할 수 없는 악몽의 창시자〉가 알콜 중독으로 쓰러져 있는 모습은 상상하기 어렵기도 하니 마음대로 마시게 내버려 둬도 좋을지 모르겠다.

하지만 거기에 휩쓸려서 나까지 벌컥벌컥 마시면 건강을 해치니까 그 점은 주의하자…….

"오늘도 마커리베 씨랑 호와호와 양의 가게는 영업하고 있을까요. 술집은 밤도 늦으니까 힘들겠어요."

"술집이라는 게 상당히 힘든 업종이지. 노동시간이 아무래도 밤이 되니까."

호와호와는 아직 어리니까 그렇게 밤늦게까지 일하지 말고 잠을 자면 좋을 텐데. 하지만 그 녀석이 밤을 새우는 이미지도 없으니 괜찮으려나. 일이 끝나면 금방 잘 것 같다.

그리고 식사를 끝낸 나는 목욕을 마치고 침대에 들어갔다.

세룰리아와 함께.

이것은 매일 하는 일상 업무 같은 거니까 딱히 거리낄 것은 아니다.

"주인님, 이전보다, 그…… 잘하게 되셨네요……."

세룰리아가 빨개진 얼굴로 말했다.

절찬할 만한 일도 아니니 칭찬 방식도 조심스럽다.

"그런가……. 경험이 쌓여서 그런가……."

서큐버스다운 일을 끝내고, 그대로 잠에 들었다.

그러나, 그 잠은 두 시간도 지나지 않아 끝나고 눈을 뜨게 되었다.

──쿵쿵, 쿵쿵!

유난히 거세게 우리 집 문을 두드린다! 이건 보통 일이 아니다.

"뭐야, 뭐야?!"

나는 벌떡 일어나 곧바로 옷을 입었다. 불길이 우리 집을 덮쳐오고 있을 가능성도 있었다.

아니면 괴한이 들이닥친 걸까? 흑마법 업계의 라이벌 기업이 우리를 뭉개놓으러 왔나?

"무슨 일일까요……."

세룰리아도 불안한 건지 내 곁으로 바싹 다가왔다.

문을 두드리는 소리는 좀처럼 멈추지 않는다.

부엌으로 나가니 거기서 메어리도 합류했다.

"누굴까. 내다보는 구멍이 있으니까 누가 보고 오자."

메어리와 함께 문 쪽으로 이동한다. 능력 면에서 가장 강한 메어리가 구멍을 통해 현관 앞을 체크한다.

"호와호와라는 애잖아!"

메어리가 큰 소리로 말하며 곧바로 문을 열었다.

그곳에는 울상을 지은 호와호와가 서 있었다.

"프란츠! 큰일이 났어!"

호와호와가 내 품으로 뛰어들었다. 그것만으로도 이상 사태라는 것은 쉽게 알 수 있었다.

"호와호와, 일단 진정해. 한번 천천히 심호흡을 해."

나는 일부러 미소를 지으며 그렇게 말했다.

같이 혼란에 빠져 있을 상황이 아니다.

고개를 끄덕이고는 호와호와는 크게 입을 열어 숨을 들이쉬고 후우 하고 뱉었다.

그것만으로도 호와호와의 패닉에 가까운 상태가 진정되었다.

하지만 강한 슬픔의 빛을 얼굴에 띠고 있었다.

"그래서, 무슨 일이 있었던 거야, 호와호와."

"우리 점장 마커리베, 끌려갔어…… 어흥어흥한 무서운 녀석들한테……."

정말로 큰일이다…….

"가능한 한 자세히 말해줘. 그리고, 호와호와 너 자체는 쫓기거나 하지 않았지?"

"호와호와, 혼자 남겨졌어. 왕도에 아는 사람, 프란츠네 밖에 없어……. 그래서, 어흥어흥 하고 달려왔어……."

적어도 호와호와에게 위해가 가해지거나 하지는 않은 모양이다.

그것만이라도 알게 되어 다행이다.

그런 우리에게 세룰리아가 물을 가져왔다.

"한잔 드세요. 달려오셨으니까 목 마르시죠?"

호와호와는 꿀꺽꿀꺽 물을 마시고서 그다음에 자세한 이야기를 해주었다.

이야기 도중에 몇 번이나 어흥어흥이라는 표현이 들어가 있었는데, 요약하자면 이렇다.

폐점 시간이 지난 뒤 누군가 문을 열었다. 인상이 나쁜 남자가 세 명 들어왔다.

그 남자들은 마커리베 씨에게 처음에 이렇게 말했다고 한다.

여기서 영업하는 가게는 상납금을 내야만 한다고.

호와호와의 말을 빌리자면, "나쁜 녀석들에게서 몸을 지킬 보험료라고 했어"라는 이야기다. 하지만 아무리 생각해봐도 그 녀석들이야말로 나쁜 놈들이다.

마커리베 씨는 그런 이야기는 가게를 계약할 때 포함되어 있지 않았다고 하며 버텼다.

그는 팔뚝도 굵었고, 협박에 굴할 타입이 아니었던 거겠지.

그러자 남자들은 그 가게를 엉망진창으로 만들었다.

제지하려 했던 마커리베 씨도 폭행당하고 끌려갔다고 한다…….

"우리는 일단 가게 쪽으로 갈게. 호와호와는……."

데리고 가는 것은 위험하다. 그렇다고 해서 혼자 남겨두는 것도 불안했다.

"세룰리아, 호와호와를 부탁해. 나랑 메어리 둘이 갔다
올게."

"알겠어요. 집 지키는 건 맡겨만 주세요."

세룰리아는 굳센 눈으로 나를 보면서 호와호와를 꼭 감
싸듯이 안았다.

◇

나와 메어리는 달려서 이동하면서 가볍게 대화를 주고
받았다.

"프란츠, 대강 짐작 가는 데는 있지."

"이거, 흔히 갱이라고들 하는 뒷세계 조직이 얽혀있어."

그 회사는 깨끗한 일만으로 성립되지 않았다.

그것은 범죄가 행해지는 경우도 있다는 의미와는 조금
다르다.

위법적인 일을 생업으로 삼는 녀석들이 회사 시스템의
일부로 존재한다는 뜻이다.

"갱의 일부는 번화가 음식점들을 관리한다고들 해. 그래
서 자기 영역 내의 가게들에 감독 명목으로 상납금을 요구
하는 경우가 있어."

"감독이라는 건 경호 비용 같은 거라는 뜻이잖아. 그 돈
을 내면 질 나쁜 손님이 왔을 때 쫓아내준다든가 하는

거지?"

메어리도 대충은 이해하고 있는 모양이다.

말할 것도 없이 그런 것들은 가게 임대 계약에는 한마디도 적혀 있지 않았겠지.

게다가 그런 돈을 내고 나면 갱과의 연결고리가 생기게된다. 쉽사리 끊어버릴 수 없는 연결고리가.

그래서 마커리베 씨는 낼 수 없다고 딱 잘라 말했을 것이다.

그러자 남자들이 난동을 부리기 시작했다. 그것은 만약 돈을 내지 않으면 어떻게 될지 아느냐고, 다른 가게들에게 보여주는 본보기 같은 의미도 있었을지도 모른다.

"마커리베라는 사람의 안부도 걱정은 되지만, 그쪽은 어지간한 일이 일어나지 않는 한 풀어줄 거라고 생각해. 상대방의 목적은 마커리베라는 사람을 죽이는 것도 유괴하는 것도 아니라 돈을 짜내는 거니까."

"그럴 거야. 그렇다고는 해도 마커리베 씨와 만날 때까지는 마음이 안 놓이네."

〈시골집〉에 가보니 가게 안은 의자며 테이블이 어지럽게 흩어져 있고 벽에는 구멍까지 뚫려 있었다.

훌륭하게 부숴놓았군…….

가까운 가게의 점원들도 그 모습을 보러 오기도 하고 있었다.

그 가운데 한 명이 동정하듯 말을 걸어왔다.

"자네들 이 가게 사람인가? 〈십자상(十字傷)의 로크〉한테 반항했구먼……. 그 녀석들 상납금을 내지 않으면 지독하게 괴롭혀대니까 말이야……."

그 〈십자상의 로크〉라는 게 갱의 이름이겠군.

"이 부근은 녀석들 영역이라 말이야…… 억울하지만 매월 은화 다섯 닢을 우리 집도 내고 있어."

1년에 은화 60닢인가, 그런대로 큰 액수다.

"저기, 이건 경찰에 신고해서 그만두게 할 수는 없을까요……?"

일단은 정보 수집이 필요하다.

그 사람은 고개를 가로로 저었다.

"무리야. 경찰들도 갱이랑 엮인 일은 그다지 진지하게 수색하지 않아. 사람이 살해당하기라도 하면 그제야 진지하게 쳐다보겠지만, 〈십자상의 로크〉도 물러나야 하는 선을 알고 있으니까. 가령 고발했다 해도 말단 한두 명을 체포하는 데까진 갈 수 있겠지만 보복을 당하겠지……."

이 지역에서는 상납금을 납부하는 게 관행이 되어 있는 거겠지.

그러는 사이에 마커리베 씨가 발견되었다.

발견되었다고 할까, 마커리베 씨가 직접 걸어서 가게 쪽으로 돌아온 것이다.

다만 얼굴은 상당히 부어 있었다.

흠씬 맞은 것이 분명했다.

"마커리베 씨!"

나는 곧바로 그에게 다가갔다.

"영주님, 걱정을 끼쳐서 죄송합니다. 그런 부당한 돈을 내줄 수 있겠느냐고 했더니 이 꼴입니다. 고향에선 싸움엔 어느 정도 자신이 있었는데 말이죠……. 상대 쪽은 싸움의 프로였습니다……."

"일단은 경찰에 신고를 하죠. 확실한 폭행죄고."

"그렇죠……. 이대로 가만히 있으면 참고 넘어가주는 게 될 테고……."

다만 도둑다리길의 다른 가게들의 반응을 보고도 예상은 했었지만, 경찰은 제대로 사건을 접수해주지 않았다.

그 사건은 손님과 점원의 싸움이라는 것으로 처리되었다.

"그럴 리가 없잖아. 〈십자상의 로크〉라는 녀석들이 덮치고 들었다고."

메어리가 골이 난 얼굴로 말했다. 이거 상당히 열 받았군.

담당 경찰은 지친 얼굴을 하고 있었다.

"그것 때문이라고요. 도둑다리길 일대는 〈십자상의 로크〉가 관리하고 있다고요. 그 녀석들이랑 정면으로 싸워봤자 승산이 없어요. 만약에 상납금을 내지 않고 있어봤자 자잘한 괴롭힘이 이어져서 가게는 망할 거고. 거기서 앞으로도 장사할 생각이면 순순히 내는 편이 좋다고……."

"뭐, 갱이 존속하는 시점에서 대충 예상은 했지만 말이야."

질렸다는 듯이 메어리는 한숨을 쉬었다.

"그럼 프란츠, 어떻게 보복을 해줄까?"

"메어리라면 반드시 그렇게 말할 줄 알았어."

어떤 의미에서는 안심했다.

나도 이대로 끝낼 마음 같은 건 없었다.

"틀림없이 잘못한 건 그쪽이니까 말이야. 벌이라도 받게 해줘야지."

"그렇지. 나도 이번엔 물러서지 않을 거야. 그도 그럴 게 내 땅의 영민이 호된 꼴을 당했으니까."

여기선 판트란드의 영주로서 싸우도록 하겠어.

"그렇다고는 해도, 상대는 개인이 아니라 조직이야. 파멸시키는 건 무리가 있을 테고, 조금 작전을 생각해야 겠네."

"그러네. 좀 더 우리가 납득할 수 있는 데까지 가면 소녀도 창을 거둘 생각이야."

참고로 부서진 가게 쪽은 하루정도 수리를 한 뒤 다시 열기로 했다.

무서운 경험을 한 호와호와는 우리 집에서 일단 지내게 하기로 했다.

안심감이라면 왕도에서 우리 집을 이길 수 있는 곳은 없다. 방도 메어리의 방 안쪽에 있는 게 남아 있고. 아리에 노르가 썼던 방이다.

◇

　다음날 나는 자초지종을 케르케르 사장님에게 이야기했다.

　"호호오……. 그거 또 어려운 일이 되겠네요……."

　사장님도 복잡한 얼굴이 되었다.

　"역시 케르케르 사장님한테도 성가신 상대인가요?"

　"갱이라는 건 단순히 질이 나쁜 녀석들과는 비교할 수가 없으니까요. 합법적인 범위 안에서도 셀 수 없이 많은 회사를 경영하고 있습니다. 그야말로 그 가게 건물을 계약한 부동산 회사에도 갱의 입김이 닿아있을 겁니다."

　그럴 가능성이 있겠군…….

　"갱이란 정말로 거대한 악입니다. 네크로그란트 흑마법사의 규모로는 그들을 근절하는 건 아무리 그래도 힘듭니다. 그건 모기가 짜증나게 한다는 이유로 모기를 멸종시켜버리는 것만큼 큰일이에요. 그리고 모기가 사라져 버리면 아마도 생태계가 무너지는 것처럼 또 이상한 일이 일어날 겁니다."

　갱이란 사회의 생태계라고도 할 수 있는 부분까지 침투해 있다.

　그것을 없앨 수 있는가, 그건 신이라도 되지 않는 이상은 힘들다.

　"저로서도 그런 대규모의 일을 벌일 생각은 없습니다.

다만 상대가 조직이라면 이야기를 나눠볼 여지는 있지 않을까 하고. 간단히 말해서 이쪽에 손을 대면 그쪽도 따끔한 맛을 보게 될 거라고 가르쳐줄 수 있다면 교섭은 가능하지 않을까 합니다."

갱도 장사를 벌이고 있을 것이다.

장사에 지장이 생긴다면, 체면문제가 아닌 경우 발을 뺄 가능성이 높다.

"이번에는 가게를 지켜내는 것을 승리 조건으로 생각하고 있습니다."

"그렇군요. 그거라면 방법은 여러 가지 있을 법하네요."

짝 하고 케르케르 사장님은 손뼉을 쳤다.

"솔직히 말씀드리자면 더 끔찍한 맛을 보여주고 싶지만, 규모가 너무 커지면 판트란드 사람들에게도 폐를 끼치게 될지도 모르니 적당히 부탁드리겠습니다."

자, 그래서 어떤 수단을 사용할까.

여기서는 독으로 독을 제압하는 계략으로 가볼까.

◇

나는 마커리베 씨를 포함해 대책에 대한 이야기를 나누었다.

그때 메어리의 정체 등에 대해서도 확실하게 이야기했다.

"어……. 이 애가, 〈형언할 수 없는 악몽의 창시자〉인가 하는 그런 무서운 존재인가요……?"

"응, 그래. 갱 같은 것보다 소녀 쪽이 1억 배는 무섭다고."

그 1억 배는 비유가 아니다. 메어리는 나라를 멸망시키고 싶으면 멸망시킬 수 있다.

"그래서 이번 복수 방법 말씀입니다만, 이름하여 〈갱에게는 갱으로 부딪치는 작전〉으로 가볼까 합니다."

"뭔가요 그건? 영주님의 편이 되어주는 갱이 있는 겁니까?"

아직 마커리베 씨는 상황을 파악하지 못했다.

"한마디로 말하자면, 마커리베 씨가 어떤 갱의 구성원이 되어주시는 겁니다."

"으에엑! 그런 건 싫습니다! 복수는 하고 싶지만 그런 건 할 수 없습니다! 게다가 시골에서 제가 갱에 들어갔다는 얘기를 알게 되기라도 한다면 다른 모든 집들이 저를 피할 겁니다!"

마커리베 씨는 강경하게 거부했다.

그런 건 가벼운 마음으로 가입할 수 있는 것이 아니지.

메어리는 조금 웃고 있었다. 이미 나와 메어리 사이에서는 말이 통하고 있었다.

"그건 문제없어요. 실재하지 않는 갱이니까. 페이퍼 컴퍼니가 아니라 페이퍼 갱이라고 하면 좋을까요?"

"네? 무슨 말씀이신지……?"

나는 아직 잘 모르겠다는 얼굴의 마커리베 씨에게 작전

을 설명했다.

"그렇군요……. 하지만 그렇게 잘 풀릴까요……?"

"잘 풀리게 만들 겁니다. 그건 영주인 저를 믿어주세요."

◇

다음날, 나와 메어리, 그리고 메어리가 엑스트라로 불러 온 마족 남자 두 명까지 모두 네 명이 갱 〈십자상의 로크〉의 본부에 와 있었다.

얼굴에 유난히 흉터가 많은 남자들의 안내를 받아 우리는 응접실에 들어섰다.

장식품들은 고급인 것들이 많다. 역시 돈은 많군.

잠시 기다리니 그쪽 중역으로 보이는 남자가 왔다.

40대 중반쯤일까. 다가오는 것만으로 풍격이 느껴진다.

"이야, 일부러 여기까지 찾아와주시게 하다니 실례가 많군요. 마계의 갱 측에서 저희를 만나고 싶어 하실 줄은 몰랐습니다."

표면상으로는 저쪽 중역도 정중하다.

아직 자세한 사정을 이야기하지 않았으니까.

"감사합니다. 저는 마계 갱 〈다섯번째 염소의 외침〉의 인간 세계 측 담당자, 프란츠입니다."

나도 얼굴은 웃고 있었지만 눈은 웃고 있지 않았다.

"그래서, 용건이라 하심은?"

"실은 말이지요, 저희 〈다섯번째 염소의 외침〉 구성원이 당신 조직 사람들한테 당해서 다친 모양이라……. 그에 대해 교섭을 하고자 이렇게 왔습니다."

중역의 표정이 바뀌었다.

"서, 설마 그런 일이……."

"이쪽도 아직 인간 세계에서는 무명이기에 이름을 모르실 거라고는 생각합니다. 도둑다리길에서 얼마 전에 술집을 연 마커리베라는 남자인데, 상납금을 내라고 폐점 후에 찾아온 남자 세 명에게 구타당하고 가게도 엉망으로 부서졌죠."

중역이 말단 부하에게 "당장 조사해!"라고 명령했다.

이걸로 이야기도 굴러갈 것 같군.

다른 방에 가 있던 말단 부하는 돌아오자마자 허둥대는 얼굴로 중역에게 보고했다.

"틀림없습니다! 〈시골집〉인가 하는 이제 막 생긴 술집에게 상납금을 걷으러 구성원들이 나갔었습니다……. 거기서 상납을 거절당해서 가게를 부수고 점주에게도 상처를 입혔다고……."

"나 참! 너무 난폭하게 굴었잖아! 멍청한 녀석들이!"

그 구성원의 품행에 화를 낸다기보다는 트러블이 벌어질 상황이 된 것이 짜증스러워서 호통을 치는 느낌이군.

크흠 하고 나는 일부러 들리도록 헛기침을 했다.

"먼저 정확하게 말씀드리겠는데, 우리 쪽에서는 왕도에

서 당신 측 구역을 어지럽힐 생각은 없습니다. 술집 주인
도 그런 일이 적성에 맞질 않아서 일단은 술집을 경영하게
한 겁니다."

"그렇게 말씀해주시면 저희는 감사하죠."

그쪽에선 그렇게 대답했지만, 이건 갱들의 대화다.

이렇게 간단히 결론이 나올 거라는 생각은 전혀 없겠지.

우리도 이 정도로 끝낼 마음은 요만큼도 없다.

"하지만——"

나의 '하지만'으로 다시 중역의 눈빛이 험악해졌다.

"——말단이라고는 해도 우리랑 연이 있는 사람이 불합
리하게 돈을 내라고 요구당하고 그걸 거절했더니 공격당
했다는 건, 어느 정도 적절하게 합의를 보고 마무리를 지
어야지 끝이 나지 않겠습니까."

형식적으로는 〈십자상의 로크〉는 〈다섯번째 염소의 외
침〉이라는 다른 갱의 체면을 깎아내린 상황이 되어 있다.

말할 것도 없이 〈다섯번째 염소의 외침〉 같은 갱은 마계
에도 없다.

오늘 일을 위해 날조한 것이다.

하지만 아무튼 마커리베 씨가 그곳에 소속되어있었다고
한다면, 거래가 가능해진다.

"합의라는 건, 그쪽에선 어디까지 바라시는지?"

그리고, 중역은 낮은 목소리로 위협적으로 말했다.

나는 당연히 무서웠지만, 메어리도 메어리가 데려온 엑

스트라 마족 둘도 당당하다.

뭐, 여기서 순순히 '죄송했습니다, 위자료를 내겠습니다' 같은 대답을 해오지는 않겠지. 그렇게 나온다면 상납금을 내는 다른 가게들에게도 좋은 본보기를 보여주지 못하게 된다.

무엇보다도 수수께끼의 마족 갱이 침입해올 계기가 될 수 있다.

그러니 상대는 갱답게 우리를 위협해올 것이다.

"미안하지만 그쪽 분들의 이름은 완전히 처음 듣는 이름이라. 그런 당신들이 〈십자상의 로크〉에게 뭘 얼마나 요구하실 생각인가?"

나는 농담조로 양손을 들어 보였다.

"워워, 그렇게 열 내지 마시고. 그쪽 마음도 잘 알고 있습니다. 내버려 둬봤자 저따위 무명 조직 별거 아니지, 그렇게 생각하시는 게 당연하죠."

나는 자연스럽게, 그다지 깊게 받아들이지도 않는다는 어조로 말했다.

"그래서 제안하겠습니다만, 서로 한 명씩 골라서 간단한 결투를 하는 건 어떨까요? 우리 쪽에서도 상부에다 '저항했습니다'라는 보고를 할 만한 사실이 필요하거든요. 아무것도 하지 않고 돌아가서는 제 목이 날아갈 테니까요."

중역의 입가가 풀어졌다. 그거라면 어떻게든 될 거라고 생각한 거겠지.

"정말 괜찮겠습니까? 우리한텐 실력 있는 적마법사들도 모여 있는데."

"네. 물론 결투에서 패배했다고 해서 다시 보복하러 오는 일은 없을 겁니다."

"그래서, 결투 기일은?"

"아아, 지금 당장이라도 괜찮습니다. 우리 쪽에선 여기 메어리라고 하는 여자가 나갈 겁니다. 그쪽에서도 오래 끌고 싶진 않으실 거고, 착착 끝내버리죠."

메어리가 꾸벅 고개를 숙였다.

"그렇습니까. 왔다 갔다 하며 할 일도 아니니 여기 정원을 쓰시죠. 한판 붙을 때 쓸 수 있을 만큼은 넓으니까요."

좋아 좋아, 일이 잘 진행됐다고.

◇

유력한 갱 본부인만큼 정원도 무척이나 넓었다.

불길한 이야기지만, 시체 몇 구쯤은 묻혀있을 법하군.

우리와 함께 아까 그 중역도 와 있다. 우리를 안내하는 역할을 겸하고 있다.

그곳에 나타난 것은 심홍색 로브를 걸친, 머리카락도 새빨간 남자 마법사.

저 녀석이 대전 상대인 적마법사로군.

적마법은 불꽃을 중심으로 무언가를 파괴하는 마법이

많다.

말하자면 직접적인 폭력을 다루는 마법의 색이라고 할 수 있다.

그렇다면 전쟁 등에서 활약하는 마법인가 하면 그렇지는 않고, 낡은 건조물 파괴 등 여러 가지 활용 방법이 있다.

애초에 갱의 구성원으로 들어간 시점에서 역시 비합법적인 부분도 있음이 명확하지만.

메어리 쪽은, 적이 나온 시점에 하품을 했다.

긴장감 제로였지만 메어리에게 긴장될 만한 요소 같은 건 아무 데에도 없으니 어쩔 수 없다.

"어이 어이, 그렇게 꼬맹이 같은 애로 괜찮겠어? 불에 타 죽어도 모른다고."

적마법사 쪽에서는 노골적으로 이쪽을 깔보고 있다.

겉모습만 본다면 메어리는 전혀 강해 보이지 않으니 말이지.

"마족은 수명이 기니까 아마 너보단 오래 살았을걸. 자, 당장 해치우자."

"좋았어, 좁은 범위만 중점적으로 태우는 마법으로 끝내주지!"

남자는 일부러 작전을 입으로 읊고서 마법 영창을 시작했다.

길어 보이는 영창이니 위력은 상당하겠지.

그러는 동안 메어리는 또 하품을 하고 있었다.

조금만 더 의욕을 보여줘도 좋지 않을까 싶다…….

적마법사의 지팡이에서 거대한 화염구가 떠올랐다.

그것이 단숨에 메어리를 향해 발사되었다!

이거라면 공격 범위를 좁히는 것이 가능하다. 적마법사가 말한 대로다.

하지만 그 화염구는 불타는 일도 폭파하는 일도 없이 사라지고 말았다.

메어리가 뻗은 오른손에 의해서.

그 오른손에 작은 입 같은 것이 자라나는가 싶더니 화염구를 삼켜버린 것이다…….

"이거, 최상급 흑마법으로 〈허무에의 공물〉이라고 해. 문자 그대로 지금 그 마법을 허무에 바친 거야. 형태가 있는 거라면 대부분 뭐든지 OK란 말이지."

태연한 얼굴로 메어리가 해설했다.

한편 적마법사며 중역을 비롯한 저쪽 관계자들은 망연해져 있었다.

이 녀석들도 험한 일은 많이 해봤을 테니 힘의 차이를 이쯤 되면 실감하기 시작했겠지.

"그럼, 이번엔 나부터 간다."

메어리는 천천히 적마법사 쪽을 향해 걸어 다가간다.

그 자리에서 마법을 쓰는 게 아닌 건가.

아마도 마법으로는 힘 조절이 복잡해서 피해가 너무

커지기 때문이겠지.

"제, 젠장! 이건 뭔가 잘못됐어! 홍련의 화염이여……."

허둥지둥 흑마법사가 다시 영창을 행하기 시작한다.

메어리가 오기만을 가만히 기다려봤자 절대 이길 수 없을 테니 전략으로서는 옳다.

그래봤자 이제 와서 아무리 어떻게 발버둥 쳐봤자 이길 수 없겠지만.

적마법사가 사용하는 것은 닥치는 대로 불꽃을 발사하는 마법이다.

그것이 적마법사의 전매특허니 어쩔 수 없다.

그리고, 그것을 메어리는 오른손에 생긴 작은 입으로 잇따라 흡수해간다.

적마법사는 상대가 트리키한 마법을 구사하는 경우 순식간에 대처법을 상실하는구나. 공격력이 높지만 유연성이 없다.

그대로 메어리는 걸음으로 쳐도 느린 페이스의 속도로 적마법사에게 접근한다.

그리고 적마법사의 코앞까지 간 뒤 그제야 영창을 행하기 시작했다.

위치로 보아 틀림없이 적을 얕보고 있다.

"제, 젠장! 이건 뭔가 잘못됐어! 분명히 잘못됐어! 빨리 꿈에서 깨!"

적마법사는 거기서 등을 돌리고 단숨에 달려 나갔다! 어이, 그러면 안 되지! 일단은 결투고 너희 쪽 중역도 보고 있는데!

애초에 이제 와서 뒤돌아봤자 도망칠 수 있을 리가 없다.

뭐, 이미 전선 이탈로 패배한 것 같기도 하지만…… 메어리는 납득하지 않았다.

메어리의 손에서 연기 형태의 검은 어둠이 뿜어져 나와 남자의 머리에 빨려 들어가듯 사라졌다.

그러자 적마법사는 갑자기 그 자리에 털썩 쓰러졌다.

"무서워! 무서워, 무서워 무서워 무서워 무서워! 죽는 거 무서워! 사는 것도 무서워! 갱 하는 것도 무서워! 인사하는 게 무서워! 가게에 들어가는 것도 무서워!"

뭐야 뭐야? 갑자기 겁먹었는데…….

적마법사는 벌벌 떨면서 그저 계속해서 무서워 무서워를 계속 외쳐댔다.

저 부분만 도려내면 상당히 괴이한 광경이다. 연극의 한 장면 같기도 하다.

"이건 상급 흑마법 〈절대적인 공포〉라고 해서, 잠시 동안 수많은 것들이 너무너무 무서워져서 견딜 수 없게 되는 거. 이걸로 전투 속행 불가능 상태가 되지. 남한테 해를 끼치는 일도 없이 평화적으로."

뭐, 사망자가 나오는 그런 마법이 아닌 건 확실하다. 마음에 상처를 입혀버릴지도 모르겠지만, 결투니까 그 정도는 너그럽게 봐달라고.

"그럼, 소녀 쪽의 승리네. 결투는 끝."

그리고 나는 입을 쩍 벌리고서 멍하니 서 있는 중역 쪽으로 다가갔다.

설마 지금 건 없던 걸로 하자는 말은 안 하겠지.

그런다면 메어리가 더 날뛰면 될 뿐이다.

메어리가 화를 내면 언제든지 갱 조직 한두 개쯤은 소멸할 수 있다.

이 녀석들도 비합법적인 일을 여럿 해왔을 테니 메어리를 거역했다가 어떻게 될지 막연하게나마 직감적으로 느끼고 있겠지.

"결투는 마계의 갱 〈다섯번째 염소의 외침〉의 승리라는 것으로 괜찮으시죠? 합의하고 마무리 지어주시겠습니까?"

중역의 표정이 파랗게 질렸다. 중요한 사항을 아직 정해놓지 않았다는 것을 깨달은 거겠지.

아마도 자신들의 승리를 확신하고 방치해뒀던 거겠지.

"그래서 합의 내용은 어떻게……?"

그래, 조건을 정하지 않고 결투만 먼저 치른 것이다.

"처음에 말씀드렸던 대로 우리는 당신 쪽 구역을 어지럽힐 생각은 없습니다. 그런 짓을 했다간 역학 관계가 엉망진창이 되어버리니까. 어디까지나 우리는 마계의 갱입니다. 이쪽에 본격적으로 진출할 마음 같은 건 없습니다."

이런 갱은 왕도에만도 몇 개가 더 있을 것이다.

그리고 만약 〈십자상의 로크〉가 그 사이에서 빠지게 될 경우, 그 자리에 또 새로운 갱들이 반드시 들어올 것이다. 갱이 완전히 사라진 멋진 세계가 되는 건 불가능하다.

그러니까 상당히 자잘한 것으로 타협한다. 그것은 처음부터 예정했던 일이었다.

"다친 우리 쪽 구성원 마커리베에게 치료비를 지불해주십시오. 마커리베가 하는 술집이 피해를 입었으니, 그쪽 수리 비용도."

"네, 알겠습니다! 완벽하게 변상해드리겠습니다!"

중역을 비롯한 다른 구성원들도 내게 머리를 숙였다.

철저하게 완패하고 말았으니. 그럴 수밖에 없겠지.

"액수에 관해서는 우리 쪽에서 납득할 수 있을 만큼을 마커리베의 가게 쪽으로 주십시오."

액수는 굳이 말하지 않는다.

만약 우리 쪽에서 액수가 너무 적다면서 생트집을 잡는다면 감당할 수 없을 만큼 큰일이 될 테니, 이렇게 해두면 저쪽에서 알아서 꽤 내어주겠지.

"알겠습니다. 납득하실 만큼의 금액을 준비하겠습니다……."

이걸로 이야기는 마무리됐다.

"아아, 상납금은 두 번 다시 내지 않을 테니까 그런 걸로 알고 있어."

메어리가 표표한 태도로 말했다.

"그 가게는 조직 블랙리스트에라도 올려놔."

◇

집에 돌아와 문을 여니 바로 옆에서 호와호와가 기다리고 있었다.

우리 신변을 계속 걱정해주었구나.

"프란츠, 괜찮았어……? 무섭지 않았어……?"

"만사가 다 잘 풀렸어. 이제 그 가게에 나쁜 녀석들은 절대 안 와. 안전하게 가게를 계속할 수 있어. 괜찮아."

나는 호와호와의 몸을 가볍게 안아주었다.

"다행이야, 정말 엄청 다행이야…… 다행이야…… 어흥어흥어흥어흥어흥……."

호와호와는 그대로 기쁨의 눈물을 흘렸다. 마음이 놓여 긴장의 끈이 툭 끊어져 버린 것이겠지.

좋아, 좋아. 지금은 얼마든지 울어도 돼.

이 집에는 호와호와 편밖에 없으니까.

"세룰리아, 오늘 식사는 평소보다 호화로운 진수성찬으로 해주지 않을래?"

만면의 웃음으로 세룰리아도 고개를 세로로 끄덕였다.

"네! 호와호와 양도 좋아할 만한 것을 잔뜩 만들게요!"

그날 저녁 식사는 정말로 맛있었다.

걱정이 없는 상태에서 먹는 밥이란 좋구나.

다음날, 우리는 다시 세룰리아와 메어리까지 셋이서 〈시골집〉을 방문했다.

참고로 호와호와는 가게에서 일하는 쪽이다.

건물 안은 깨끗하게 새로 단장되어 있다. 〈십자상의 로크〉가 돈을 대서 파괴됐을 때의 건물보다 훨씬 나은 것으로 바꿔준 모양이다.

"모두 다 영주님 덕분입니다. 뭐라고 감사 인사를 드려야 좋을지……."

마커리베 씨는 무언가 결심한 사람 같은 표정으로 몇 번이나 내게 머리를 숙였다.

"그렇게 깍듯하게 대하실 필요 없어요. 저는 할 수 있는 일을 한 것뿐이니까."

"하지만 영주님이 이렇게까지 영민을 위해 일해주시는 분이라니……. 조금 벅차올라서……."

곤란한걸……. 나는 그다지 상하 관계를 의식한 적 없는데.

"또 상납금이 어쩌고 하는 녀석이 오면 저를 불러주세요. 당장 그런 녀석들이 오지는 않을 테지만."

"아아, 그거라면 〈십자상의 로크〉 녀석이 사과를 하러 와서 더는 돈을 받아가지 않을 거라고 말했습니다."

일단은 자기가 남작 자리를 맡은 지역의 사람들을 지키는 건 성공한 거려나.

"오늘은 물론 가게에서 대접하는 겁니다. 부디 마음껏 먹고 마시세요!"

오늘 밤은 실컷 취할 것 같다.

"알겠습니다. 그럼 먼저 도부론 부탁드립니다!"

호와호와가 인원수만큼의 도부론을 바로 가져다주었다.

이미 완전히 가게의 마스코트라는 느낌이다.

셋이서 도부론으로 건배를 하고 후우 숨을 돌렸다.

"하지만 이번에도 큰일이었어……."

어떤 의미에서는 지금까지 중에 가장 고민했을지도 모른다.

"왜? 적을 해치워서 한 건 해결했잖아?"

메어리는 그런 면에선 쿨한 건지 더는 신경 쓰지 않는 모양이다.

"마커리베 씨가 심한 꼴을 당한 건 물론 용서할 수 없어. 그걸 그대로 놓아둘 순 없었지. 하지만 우리가 해치웠다고는 해도 말하자면 그건 비합법적인 활동이야. 경찰이 제대로 움직였다면 우리가 갱 흉내를 낼 필요 없었어."

세룰리아도 내 마음을 이해한 것인지 조금 얼굴을 찌푸렸다.

"이 사회가 깨끗한 것만으로 성립되지 않았다는 사실을 강제로 보게 되고 말았네요……."

나 역시 갱이 뒷세계를 좌지우지하고 있다는 건 어렴풋이 알고 있었다.

하지만 그건 지식으로서의 내용이었지 그런 것과 관련되는 장면이 인생에 닥쳐올 거라고는 생각지 못했다.

실제로 평범한 백마법 기업에 취직이 결정되었더라면 맞닥뜨리는 일조차 없었겠지.

그리고 뒷세계는 룰 위반, 말하자면 '범죄'가 판을 치고 있었다.

경찰이 이번에 정상적으로 기능하지 않았던 것은 사실이다.

"뭐, 프란츠나 소녀가 우리 눈에 띄는 범위 내에 있는 것들을 보이는 대로 좋게 만들면 되지 않아? 이 세상 모든 문제를 끌어안는 건 케르케르 사장이라 해도 불가능할 거야."

메어리는 도부론 병을 내 잔에 부딪쳤다.

"그래서 프란츠는 자기가 지켜야 하는 사람들을 끝까지 지켰어. 거기엔 잘못된 건 없어. 지금은 마음 편히 취하면 돼."

세룰리아도 메어리의 말을 받아주듯 생긋 내 쪽을 보며 미소 짓고 있다.

"그래요. 주인님은 해야 할 일을 해내고 계시는걸요. 이 걸로 모든 게 다 잘된 거예요."

그런가. 일단은 내가 지킬 수 있는 범위 안의 사람들을 지켜야겠지.

잘하면 그 범위가 넓어져 갈 수 있을 테고.

예를 들어 케르케르 사장님이 나를 이렇게 거두어준 것처럼.

"좋아! 나, 더 더 훌륭한 사람이 되겠어!"

나는 자리에서 일어나 외쳤다.

"오, 연말도 가까워졌으니 통 크게 나오네."

"그래야 우리 주인님이시죠! 기상이 하늘같으세요!"

그때 호와호와가 요리를 척척 내왔다.

오늘 호와호와는 화장을 하고 있기 때문인지 평소보다 어른스러워 보인다.

"여기. 팍팍 먹어, 어흥어흥 먹어. 마커리베 팔 걷어붙이고 여러 가지 요리 해보고 있어. 느긋하게 있다간 테이블 넘쳐버려."

"알겠어. 그러지 말고 호와호와도 같이 먹으면서 축하하자고 하고 싶지만, 점원이 손님이랑 같이 신나게 즐겼다간 다른 손님들 눈엔 이상하게 비치겠지."

다행히라고 할까, 가게가 새로 단장하면서 들어오는 손님 수도 이전보다 괜찮아진 모양이다.

이 기세라면 도부론이 유행하는 일도 꿈은 아닐지 모르겠다.

호와호와가 내 옆으로 훅 다가와 귓속말했다.

"프란츠, 나중에 2층으로 와. 어흥어흥."

대체 무슨 일일까 하며 나는 "응" 하고 답했다.

처음에는 기세 좋게 먹어대던 페이스도 중간부터 배가 꽉 차기 시작해서 느려진다.

뭐, 오늘은 이 테이블은 우리가 전세 낸 거나 다름없는 상황이니, 편안하게 있자.

가게 안을 둘러보니 호와호와가 없다.

그러고 보니 2층으로 와달라고 말했었다.

잠깐 올라가볼까.

나는 화장실에 다녀오는 김에 2층으로 향했다. 2층은 사무실인 걸까.

그중 한 방에 호와호와의 모습이 있었다.

다만 문제는 차림새가 유난히 야시시한 속옷 차림이었다는 것으로……

"어, 어떻게 된 거야, 이거……."

호와호와는 바닥에 요염하게 누워 있다.

"호와호와, 저번에 말했어……. 다음에 프란츠가 구해줄 땐, 키스보다 더 좋은 거 한다고……."

"아, 그러고 보니…… 그런 말을 했던 것 같은……."

그때는 그다지 진지하게 받아들이지 않았었지만, 이 모습을 보아하니 농담이 아닌 듯한……

"늪 트롤 관습……. 신세를 졌으면 은혜를 갚는다……. 은혜를 갚지 않으면 안 돼……. 프란츠, 이런 거 좋아할 것 같았어."

"아니, 좋아한다고 해도, 그……."

아무리 취해있었다 해도 그 취기도 날아가 버렸다. 이건 피할 도리 없는 사태다.

"프란츠, 호와호와를 싫어해? 귀엽다고 생각 안 해?"

시무룩하게 슬픈 얼굴이 되는 호와호와.

그 얼굴이 몹시 애처로웠다.

"아, 아파지거나 무서워지거나 하면 말해……."

"괜찮아……. 프란츠, 이리 와…… 어흥어흥……."

──결국, 호와호와와 하나가 되고 말았다.

"후후, 이걸로 호와호와도 어른이 됐어. 조금 기뻐……
어흐응."

앗, 그 표정이 뭐라고 할까, 천진난만했던 게 여자로 바
뀐 느낌이 들어서……. 이렇게 말해도 되는지는 모르겠지
만, 형언할 수 없을 만큼 매력적이었다…….

"좋았어, 프란츠? 어흥?"

"응, 고, 고마워, 호와호와……."

그다음 1층에 내려가보니, 세룰리아와 메어리가 나를 뚫
어져라 쳐다보았다.

"즐거우셨나보네요."

"대충 무슨 일이 있었는지 알겠다."

그날은 잔뜩 눈치를 보며 집에 돌아갔습니다…….

좋은 인재를

늘리는 방법?

급료를 올리면

될 겁니다

토토토 선배의 습격

　밤, 부엌에서 메어리가 싱글거리면서 무언가를 읽고 있다.

　대충 예상은 됐는데, 내가 학창시절에 샀던 소설이었다.

　"흐흐~응. 프란츠는 이런 걸 좋아했구나."

　메어리가 즐거운 듯 표지를 이쪽으로 향했다.

　비교적 노출도가 높은 여성 캐릭터가 그려져 있었다.

　참고로 본문 중에도 비슷한 삽화가 몇 장이나 있다.

　딱히 그걸 들켰다고 당황하거나 하지는 않는다. 남자의 방에는 그런 것이 몇 권이 있어도 이상할 것 없잖아.

　"내 방에 들어가서 책장을 뒤졌구나. 언젠가 그럴 거라고 생각은 했지만."

　"소녀의 오빠도 이런 걸 책장에 살짝 숨겨놨었지. 여동생으로서 가만히 두고 볼 수가 없었으니까 전부 체크했었어."

　친여동생한테 체크당하는 건 상당히 괴로울지도 모르겠다…….

　하지만 거기서 메어리는 시무룩한 얼굴이 되었다.

　"하지만 있지, 오빠의 책, 안에 그려져 있는 일러스트가 유난히 거유투성이였단말이지. 이왕이면 빈유 여동생 책만 꽂혀있었다면 좋았을 텐데."

　"그건 그거대로 대단히 큰 문제잖아."

그렇긴 한데, 메어리의 오빠는 성벽까지 여동생에게 들켰었던 건가. 역시 힘들겠네.

"그리고, 오빠의 책은 거의 모든 페이지가 그림이었어. 프란츠 건 소설이네."

"대부분이 그림인 것도 갖고 있지만…… 그건 더 교묘하게 숨겨놨지……."

교묘하다고 할까, 꺼내기 성가신 곳에 넣어뒀다. 다 뒤지려면 작업량이 늘어나니 메어리는 손에 닿는 데에 있던 소설만 발견한 거겠지.

"프란츠의 소설은 여자애가 한쪽에 치우치지 않아서 시시해."

그러는 사이로 목욕을 막 마친 세룰리아가 등장했다.

"주인님의 그런 책은 전부 체크했다고 자신하는데, 한마디로 말하자면 올 마이티네요. 특정 장르에 치우치지 않은 인상이었어요."

그래. 서큐버스인 만큼 상당히 이른 단계에서 세룰리아는 내가 가지고 있던 그런 책들을 조사했었다.

"특히 주인님 소유의 소설에는 여러 가지 속성의 여성이 등장하네요. 굳이 말하자면 우연히 목욕탕을 훔쳐보고 마는 전개가 많은 듯해요."

"듣고 보니 그렇네. 야한 그림은 있지만 그렇게까지 수위가 높진 않네."

메어리도 이상한 부분에서 납득하고 있었다.

"이 책에도 목욕탕에서 소꿉친구의 나체를 목격하는 그림이 있었어. 나체를 보는 일이 그렇게 보는 사람 좋으라고 쉽게 벌어지나? 무리가 있지 않을까? 다른 신에서는 물을 끼얹고 있는 후배 여학생을 훔쳐보고 있었어."

"괜찮아, 지어낸 얘기니까……. 남자는 그런 이야기에서 로망을 추구한다고……."

가능하면 이제 슬슬 화제를 바꾸고 싶네. 아무래도 불편하다…….

──그때, 똑똑, 똑똑 하고 문을 노크하는 소리가 울렸다.

마침 좋은 타이밍이었지만 지금은 밤이란 말이지. 대체 누구야?

딱히 수상한 사람은 아니었다.

다크 엘프인 토토토 선배였다.

"안~녕~. 신규 고객이랑 식사하는 자리에서 취해버려서~ 비틀비틀이야~ ♪"

"보면 압니다……."

얼굴이 새빨개져 있고, 이상하리만치 즐거워 보인다. 고주망태가 됐다.

"그리고, 보면 알겠다는 건──."

나는 토토토 선배의 복장을 가만히 관찰한다.

평소에는 속옷 같은 아슬아슬한 옷을 입고 있다──고 할까 속옷 차림이기도 한데, 오늘은 정통파 엘프의 민속 의상이다. 이런 선배도 새로워서 좋네. 잘 어울린다.

"선배, 오늘은 제대로 된 옷이네요."

"사장님이 말이야~ 새로운 일을 맡을 때는~ 제대로 된 옷으로~ 가라고~ 하셨었거든~ ♪"

그야 그렇지. 속옷 차림으로 들이닥치면 상대도 위축될 테니까⋯⋯.

어찌 보면 세룰리아 같은 종족적인 이유가 없는 한 갑자기 노출도가 높은 옷으로 나타나면 곤혹스럽다고.

"그래서 있지~ 드래곤 스켈레톤 천상호를 세워놓은 데까지~ 너무 멀어서~. 오늘은 여기서 재워줬으면 좋겠~다 하고. 왜, 방이 증축됐잖아?"

그렇지, 아리에노르가 유학을 왔었을 때 방이 증설됐었다.

그 뒤로 거베라가 사용하기도 했지만 지금은 빈방이다.

"이 사람 분명히 처음부터 여기서 자고 갈 생각으로 마셔댄 거야. 계산적이네."

메어리가 질렸다는 얼굴을 했다. 아마도 정확한 분석일 것이다.

"전 취한 선배를 쫓아낼 수 있을 만큼의 용기도 없고, 냉혹하지도 못해요. 자, 자고 가세요."

"갑작스러운 손님이 와도 괜찮도록 청소도 해두었어요."

세룰리아 덕분에 만반의 준비도 갖춰져 있었다.

"다들 고마워~ ♪"

갈지자걸음의 토토토 선배는 안쪽 방으로 들어갔다.

밤의 작은 태풍은 이것으로 지나갔다. 본인은 지나가기는커녕 이제부터 여기서 자고 갈 거지만.

덕분에 화제도 바뀌었으니 만만세——

"그런데, 프란츠가 갖고 있는 소설 얘기로 돌아가자면 말이야."

"다시 원래대로 돌아가는 거냐!"

나의 계획은 허망하게 실패했다.

"아까도 말했지만, 프란츠가 가지고 있는 책은 그렇게까지 과격하지 않네. 그야말로, 그래봤자 목욕탕에서 알몸을 봐버리는 정도고."

"너무 하드한 걸 보기엔 아직 멀었다고……. 그런 점에서 소설은 열서넷 때 샀던 거야……. 말하자면 청소년 지향이지."

"그런 거였다면 서큐버스인 제가 해설해드리겠어요!"

진가를 발휘하겠다는 듯 서뮤버스가 몸을 내밀었다.

"야시시한 신이 있는 소설도 청소년 지향과 성인 지향으로 크게 나뉘어서 말이죠."

응. 그게 맞아. 아마 나보다 잘 알 거야.

"성인 지향인 건 관능 소설이라고 불리고 있답니다. 한마디로 말하자면 남녀의 교합을 중심으로 그려지는 이야기예요. 문학적인 것도 많아서 저도 가끔 읽는데 무척이나 공부가 된답니다."

"확실히 관능 소설은 행위를 여러 가지 표현으로 끝없이 써나가니까."

"서큐버스 학교에서도 필수 과목이었어요."

진짜로 공부 커리큘럼에 들어있었어?!

"그에 비해 메어리 씨가 들고 계신 책은 이른바 하렘 러브 코미디네요. 러브 코미디라는 말에서 알 수 있듯이 러브――연애에 의한 마음의 움직임이 중심으로 되어 있어요. 즉 목욕탕이나 샤워를 훔쳐보거나 해버리는 것도 마음의 변화를 만들기 위한 양념인 거랍니다. 이어질 때까지의 마음의 미묘한 변화를 써나가는 것에 역점을 두고 있기 때문에 그다지 생생한 행위 같은 건 쓰여 있지 않은 경우가 많은 거예요."

어느샌가 나도 모르게 팔짱을 끼고서 수긍해버리고 있었다.

"세룰리아, 훌륭한 해설이야. 잘 이해됐어."

"네, 학교에서의 성적은 비교적 좋은 편이었으니까요."

세룰리아도 칭찬을 받으면 싫지만은 않은 모양이다.

"흐~음. 그렇지만, 결국 야시시한 일러스트는 붙어 있는 거니 남자의 변명이라는 느낌이 드는데."

메어리는 납득이 되지 않는 듯 차가운 눈을 하고 있다. 메어리의 말도 이해가 되지만, 그다지 동의하고 싶지는 않다. 마음속에서 되풀이한다만 하렘 러브 코미디는 남자의 로망이다.

"메어리 씨가 말하는 신의 그림은 럭키 변태라는 거네요. 연애 관계에 있지 않은 여성의 알몸을 그리기 위한 방편이라고 할까요. 일상에서 알몸을 보는 일 같은 건 보통은 없으니까 그런 '럭키'가 필요한 거예요."

──그때, 문이 열리는 소리가 났다.

"술 깨게 물 주~세~요♪"

토토토 선배가 부엌에 들어온 것이다.

완벽하게 전라로!

"좀! 조금 전까지 민속 의상을 입고 있었잖아요!"

"그런 답답한 거 못 입어주겠어. 방에 들어가자마자 그 자리에서 벗었어."

"벗지 말아주세요! 하다못해 속옷 정도라도 업어주세요!"

메어리가 책의 삽화(히로인을 욕조에서 훔쳐보는 신)를 보면서 말했다.

"아아, 이런 걸 럭키 변태라고 하는 거구나."

"이건 아니야! 딱히 럭키도 아니고!"

전라인 상대 쪽에서 전라임을 알고 들어온 건 우연이 아니라 고의잖아. 그러니까 럭키라고 할 수 없을 것 같다.

"그건 그렇고 토토토 선배는 엉덩이도 가슴도 탄력이 있으시네요. 부러워요."

"어어~ 세룰리아 쪽이 훨씬 가슴 크다고~."

"제가 더 클지도 모르지만, 토토토 선배 쪽이 미유예요."

세룰리아는 세룰리아대로 전라의 토토토 선배에게 지나

치게 냉정하게 대응한다…….

　이런 화제로 토토토 선배의 가슴을 봐버린 건 용서해줬으면 좋겠다…….

　그 뒤로도 내가 목욕탕에 몸을 담그고 있자니——

　"역시 술 깨려면 목욕이지~!"

　——하고 토토토 선배가 (목욕탕이니까 당연히 알몸으로)들어오거나…….

　내가 자기 전에 내 방에서 마법 책을 읽고 있자니——

　"있지, 베개 높이 조절하고 싶은데 수건 같은 거 없어?"

　——하고 알몸으로 들이닥치거나 했다…….

　"거참, 몇 번이고 알몸을 들이대지 말아주세요!"

　점점 괴로워진다…….

　"미안 미안. 그럼 내일은 재워준 보답도 겸해서 아침밥 만들 테니까~."

　토토토 선배는 캐릭터에 어울리지 않게 요리가 특기다.

　한번 선배의 도시락을 본 적이 있는데 상당히 컬러풀했었다.

　"그럼 그렇게 부탁드리겠습니다."

　나는 내일을 기대하며 잠에 들었다.

　그리고 다음 날.

　부엌에 나가 보니 조리대에서 중인 토토토 선배의 모습

이 보였다.

조금 더 구체적으로 말하자면, 엉덩이가 보였다.

응, 세룰리아가 어제 말했듯이 탄력이 있네——가 아니라.

"그러니까, 옷을 입어주세요! 알몸은 그만둬 주세요!"

"그렇게 말하면 이상하지! 봐!"

국자를 든 토토토 선배가 내 쪽을 향했다.

"제대로 앞치마 착용했잖아!"

"앞치마밖에 착용하지 않았으니까 안 된다고요! 선배, 일부러 그러는 거죠?!"

완벽한 알몸 에이프런 상태다.

어쩐지 이렇게 될 것 같은 느낌이 들지 않았던 것도 아니지만, 정말로 당할 줄이야…….

"일부러 아니야. 기름 같은 게 튀면 위험하니까 입었다고."

설마, 아무 의식 없는 건가……. 알몸에 너무 익숙해진 사람은 무슨 생각을 하는 건지 알 수가 없네…….

"그럼 요리를 계속할 테니까."

토토토 선배가 옆을 향한다.

훌륭한 옆가슴이 보였다.

응, 세룰리아가 말했듯이 탄력이 있——는 게 아니라!

"아침부터 보여주시면 힘듭니다……. 그리고, 알몸보다 그쪽이 더 야합니다……."

"걸친 옷의 장수가 늘어난 쪽을 야하게 느끼다니, 변태 같다고?"

"변태는 지금 선배 쪽입니다!"

그날은 일에 좀처럼 집중이 안 됐다.

앞으로는 아침에 일어나는 해프닝은 목욕탕 훔쳐보기 정도에서 봐줬으면 좋겠다…….

◆끝◆

후기

오랜만입니다, 모리타 키세츠입니다!

⟨젊은이의 흑마법 기피~ (이하 생략)⟩ 3권을 구입해주셔서 진심으로 감사드립니다!

이 3권과 2권 사이에 스퀘어 에닉스의 스마트폰 어플 ⟨만화 UP!⟩에서 본작의 만화화가 시작되었습니다!

작화는 이즈미 코키 선생님입니다. 벌써 몇 화인가 저도 받아 읽어보았는데, 아무튼 서큐버스 세룰리아가 정말로 야릇합니다!

솔직히 처음에 콘티를 봤을 땐 이렇게 과격한 건 어차피 어플에 게재할 수 없을 테니 고쳐 그리게 되지 않을까…… 하고 생각했습니다.

그랬더니, 검고 네모난 봉으로 가린다는 거친 기술을 이용해 게재되게 되어, 그런 방법이 있었구나! 했습니다.

어플이기에 가입이 필요하지만, 그 밖에도 신작 구작을 불문하고 재미있는 만화를 잔뜩 읽을 수 있으니 아직 가입하지 않으신 분들은 부디 이번 기회에 가입해주신다면 기쁘겠습니다.

참고로 이 후기는 시간 관계상 전차 안에서 쓰고 있는데…… 마침 차내에도 ⟨만화UP!⟩의 광고가 창문 옆에 붙어 있습니다.

인터넷 소설판, 만화판, 문고판 등 여러 곳에서 본작을 접해주시고 즐겨주신다면 작가로서는 더 바랄 것이 없습니다.

그러고 보니 만화가 되면서 널리 알려졌음을 느끼게 된 일이 며칠 전에도 있었습니다.

그날 제 친구가 운영하는 바에 갔을 때 다른 손님에게 이러한 일을 하는 사람이라고 이름을 밝혔는데, '어제 만화화 시작돼서 읽었습니다!'라는 분과 조우했습니다.

참고로 그분은 웹 〈소설가가 되자〉의 연재분도 읽어주신 모양이라 역시 만화화의 힘은 정말로 위대하구나 하고 실감했습니다. 진심으로 이즈미 코키 선생님, 멋진 만화 감사합니다! 타사의 편집부 직원으로부터도 '그렇게 레벨이 높은 만화화라니 부럽다'는 말을 들을 정도입니다!

그럼, 말씀드린 만화화판입니다만 〈만화UP!〉보다 한 달 늦은 공개가 되겠으나 니코니코 만화 쪽에서도 볼 수 있습니다! 이쪽에서도 조회수가 순조롭게 올라가고 있어서 정말로 기쁩니다!

어쩐지 만화화 이야기만 하고 말았기에 본편을. 이번 권도 여러 가지 블랙한 노동 문제를 다루고 있습니다(운동회 같은 것도 했습니다만……)

물론 이 작품은 픽션이지만, 저 모리타가 주위에서 듣거나 직접 보아버린 내용을 바탕으로 만들었습니다.

솔직히 픽션 안에서처럼 현실에서는 쉽게 해결되는 게 불가능할지도 모릅니다. 다만 작중에서 거베라라는 언데드가 도망쳐 나온 것에서부터 상황이 바뀌었듯 행동에 의해 무언가가 바뀔 가능성은 언제나 존재합니다. 설령 그 행동이 도피라고 해도 말입니다.

제 친구나 선배 중에도 일찍이 돌아갈 곳조차 없어진 사람이나 진짜로 일도 취직도 하지 않는 사람 등이 잔뜩 있었지만 지금은 경제적으로도 사회적으로도 잘해나가고 있기도 합니다.

소설 그 자체에 현실을 직접 바꾸는 힘은 없지만, 만약 지친 사람이나 곤란한 상황에 처한 사람이 현상 개선을 위해 움직이기 시작할 연료가 조금이라도 된다면 이 이상 기쁜 일은 없을 겁니다.

마지막으로 감사 인사를. 이번 권에서도 멋진 일러스트를 그려주신 47AgDragon님, 정말로 감사드립니다!

특히 3권은 지금까지 이상으로 요염한 신이 많았는데, 작가로서도 좋은 일러스트를 잔뜩 볼 수 있어서 눈 호강했습니다.

그리고 독자 여러분, 정말로 감사합니다! 후에 만화화도 코믹스로 언젠가 발매가 될 것이라 생각합니다. 다음에 나올 4권과 함께 잘 부탁드립니다!

재킷을 입고 외출했더니 보이스 피싱 범인으로
착각당해 불심 검문 당한 모리타 키세츠

WAKAMONO NO KUROMAHOU BANARE GA SHINKOKU DESUGA,
SHUSHOKU SHITE MITARA TAIGUU II SHI, SHACHO MO TSUKAIMA MO
KAWAIKUTE SAIKO DESU!
© 2018 by Kisetsu Morita, 47AgDragon
All rights reserved.
First published in 2018 by SHUEISHA Inc., Tokyo
Korean translation rights ©2019 by Somy Media, Inc.

젊은이들의 흑마법 기피가 심각합니다만, 취직해보니 대우도 좋고 사장도 사역마도 귀여워서 최고입니다! 3

2019년 2월 7일 1판 1쇄 인쇄
2019년 2월 14일 1판 1쇄 발행

저　　　자	모리타 키세츠
일 러 스 트	47AgDragon
옮 긴 이	팀에스비
발 행 인	유재옥
본 부 장	조병권
담당편집자	정영길
편　　　집	김다솜 김민지 김혜주 이문영 이성호 정영길 조찬희
미　　　술	강혜린 박은정
라이츠담당	박선희 오유진
디 지 털	최민성 박지혜
발 행 처	㈜소미미디어
제 작 처	코리아피앤피
등　　　록	제2015-000008호
주　　　소	서울시 마포구 토정로222, 403호(신수동, 한국출판콘텐츠센터)
판　　　매	㈜소미미디어
마 케 팅	한민지 한주원
전　　　화	편집부 (070)4164-3962, 3963　기획실 (02)567-3388
	판매 및 마케팅 (070)4165-6888, Fax (02)322-7665

ISBN　979-11-6389-168-0 04830
　　　　979-11-6190-568-6 (세트)